KB142604

*Red Light*

레드 라이트

# 레드 라이트 *Red Light*

초판 1쇄 찍은 날 | 2019년 1월 23일
초판 1쇄 펴낸 날 | 2019년 1월 31일

지은이 | 문희
펴낸이 | 예경원

편집 | 주승아

펴낸곳 | 예원북스
등록번호 | 제396-2012-000132호
등록일자 | 2012. 7. 25
YRN | 제1-0245호

주소 | 경기도 고양시 일산동구 호수로 646-24 위너스21-Ⅱ 206A호 (우) 10401
전화 | 031-819-9431 팩스 | 031-817-9432
http://cafe.naver.com/yewonromance
E-mail | yewonbooks@naver.com

ISBN 979-11-6424-118-7 03810

# Red Light

## 레드 라이트

문희 장편 소설

YEWONBOOK'S
ROMANCE
STORY

# Contents

프롤로그

하늘도 슬픔을 아는 것처럼 세차게 비가 내리고 있었다. 약하게 추적이는 빗방울이 아니라 사납게 내리는 국지성 폭우였다. 하늘도 억울한 죽음을 맞이한 윤정 엄마의 원통함을 아는 것 같았다. 밤하늘에 반짝이는 별처럼 반짝이던 윤정의 눈동자는 이제 빛을 잃어 버렸다.

가슴이 찢겨 나간 듯 아픈 고통을 참으며 3일간 하염없이 눈물을 쏟아 내서일까? 윤정은 화장터에서 더 이상 울지 않았다. 창백하리만치 하얀 그녀의 피부와 검은색 상복은 묘한 대비를 이루고 있었다.

그 모습을 옆에서 보고 있는 사람들은 상주의 슬픔보다는 그 아름다움에 시선을 빼앗기고 있었다. 주원은 그런 윤정의 현실이 안타까웠다. 국민 여동생이라는 타이틀을 가진 톱스타 윤정은 어딜 가나 모두의 시선을 한 몸에 받았다.

그게 좋은 일이든 나쁜 일이든, 사람들은 윤정에게 지나친 관심을 쏟았다. 윤정의 소속사 대표인 주원은 오늘따라 이런 윤정의 현실이 더 안쓰러웠다. 장례가 끝이 날 때까지는 윤정을 사람들로부터 지켜 주고 싶었다.

하지만 그도 쉽지 않은 일이었다. 윤정은 지금 심각한 사건에 휘말려 있었기 때문이었다. 톱스타의 어머니가 살해를 당했고 지금 언론의 시선은 윤정을 향해 있었다. 어딜 가나 거머리 같은 기자들이 따라붙었다.

인력을 동원해서 사방으로 막고 있었지만 역부족인 건 사실이었다. 게다가 그가 지켜야 할 사람은 윤정뿐이 아니었다. 윤정의 옆에는 윤정의 언니이자 그의 소속사 직원인 설희도 함께하고 있었다. 그는 무슨 수를 써서든 두 사람을 지켜야 했다.

주원의 시선은 두 여자에게 가 있었다. 얼마나 울었는지 기진맥진한 여자들은 이제 넋마저 나간 듯 보였다.

그때 밖에서 경호를 하고 있던 직원이 주원을 향해 달려왔다. 그리고 귓속말로 밖에 기자들이 윤정을 촬영하기 위해 몰려 있다는 말을 전했다.

"개자식들!"

해도 해도 너무했다. 아무리 국민의 알 권리라고 하지만 스타도 사람이었다. 이렇게까지 동물원 원숭이처럼 놔둘 순 없었다. 주원은 조용히 윤정과 설희에게 다가갔다.

"밖에…… 기자들이 온 것 같아."

"……"

엄마를 처참하게 잃고 영혼을 잃어버린 자매에게 이런 말을 하는 자신이 미웠다.

"잠시 자리를 피하는 게……"

"아뇨."

힘을 잃고 조용히 대답만 할 것 같은 윤정이 차갑게 말했다. 끝까지 엄마의 곁을 지키고 싶은 것이다.

"기자들이……"

"대표님!"

윤정은 더 이상의 말을 하고 싶지 않은지 그를 매섭게 쏘아 보았다. 청순하고 가녀린 윤정이 오늘은 다른 사람같이 느껴졌다. 온몸에 분노를 품고 있었다. 조금 더 말했다가는 큰일 날 것 같아 주원도 더 이상의 말은 하지 않았다.

대형기획사인 JW엔터테인먼트의 수장인 그가 이렇게 직접 나서는 이유는, 윤정이 톱스타이기도 하지만 그에겐 오랜 세월 어려움을 같이 이겨 낸 전우 같은 존재이자 친여동생으로 생각하기 때문이었다.

"제가 달래 볼게요."

사건이 일어나기 전, 그동안 윤정의 매니저였던 그녀의 어머니가 관절이 안 좋아지자 언니인 설희에게 윤정의 로드매니저 자리를 넘겨주었다. 그런데 인수인계 과정에서 이런 일이 터지고 말았다.

그나마 정신을 차린 설희가 윤정을 설득하려고 했지만 윤정은 끝까지 자리를 지키겠다고 고집을 부렸다.

화장터 출입구 쪽만 계속 뚫어지게 보았지만 뾰족한 방도가 없었다.

"안 될 것 같아요. 윤정이 피하는 것보다 경호원들이 밖에서 기자들을 막는 게 나을 것 같아요."

설희도 윤정을 설득하기엔 역부족이었다. 한숨을 쉰 주원은 화장터의 출구 쪽으로 향했다. 이미 대규모의 경호 인력을 투입한 상황이었다. 화장터에 그들 말고도 다른 일반인들의 화장이 이루어지기 때문에 말썽을 일으키고 싶지 않은 마음에서였다. 불미스러운 일이 발생된다면 윤정의 이미지에 더 큰 손상이 갈 수도 있었다.

다행히 기자들은 화장터 안으로는 밀고 들어오지 않았다. 그래도 아주 생각이 없진 않은 모양이었다. 그들은 유리문 하나를 놓고 팽팽하게 대치하고 있었다. 화장을 하는 데 생각보다 많은 시간이 걸렸다.

화장터 직원의 말로는 일반인들을 화장하는 시간보다 배는 걸리는 것 같다고 했다.

간혹 그런 경우가 있는데 특히 한 맺힌 죽음의 경우에는 시체가 잘 타지 않는다고 했다. 신기한 일이었지만 지금은 그런 미신 같은 걸 신경 쓸 여유가 없었다. 그냥 한시라도 빨리 이곳을 벗어나고 싶은 마음뿐이었다.

"다 됐다고 합니다."

듣던 중 반가운 말이었다. 주원은 대기실에서 기다리고 있을 윤정에게로 향했다.

윤정은 작은 상자를 들고 있었다. 멈추었던 눈물을 다시 흘리고 있는 윤정의 모습에 주원의 마음이 아팠다.

어릴 때부터 봐서 그런지 여동생 같은 윤정이었고 윤정의 어머니인 선영도 그의 친이모 같은 사람이었다.

"갈까?"

주원의 목이 메어 왔다. 며칠 전만 해도 점심도 같이 먹고 윤정이 말을 점점 안 듣는다고 고민도 털어 놓았던 분인데, 이렇게 허망하게 가시다니 미칠 것만 같았다.

설희가 대신 상자를 들어 주려 했지만 윤정은 언니에게도 상자를 양보하지 않았다. 엄마를 떠나보내기 싫은 마음이 그대로 드러났다.

문제는 지금부터였다. 그녀들을 화장터에서 데리고 나오는 일은 생각보다 쉽지 않았기 때문이었다.

윤정의 슬픈 얼굴을 카메라에 담기 위해 눈에 불을 켜고 있는 기자들 때문이었다.

"일단 뒷문으로 가."

주원은 미리 대기시켜 둔 자신의 차에 윤정을 태우고 밴과 장례식 차량은 따로 이동시킬 생각이었다. 시선을 다른 쪽으로 돌리려는 계획이었지만 기자들의 집요함에 점점 자심감이 떨어지고 있었다.

"어서 빨리."

하지만 그건 어디까지나 계획이었다. 모든 계획이 그렇듯이 뜻대로 되지 않았다. 어느새 눈치를 챈 기자들이 그의 차 앞에서 대기하고 있었다. 굶주린 하이에나 같은 기자들이 주원은 이제 두렵기까지 했다.

"윤정 씨, 어머니를 살해한 범인이 아직 검거되지 않았다고 하는데……."

"죄송합니다."

그가 기자들을 밀면서 자신의 차 앞으로 전진했다. 몇 미터 떨어지지도 않은 위치인데 기자들이 가로막아 전진하기 힘이 들었다.

"살해될 당시 같이 계셨다고 들었는데 범인 얼굴은 못 보셨습니까?"

"……."

"범인이 김윤정 씨의 스토커라고 하는데 맞습니까?"

"……."

그때 갑자기 윤정이 가슴에 안고 있던 유골함이 바닥을 향해 떨어졌다. 다행히 경호원이 유골함을 받아서 깨지는 불상사는 막을 수 있었다. 윤정이 유골함을 경호원에게서 빼앗듯이 받아 들었다. 윤정은 이성을 잃은 것 같았다. 얼굴은 붉어지고 눈에는 눈물이 가득했다.

"기자분들은 가족 없습니까? 꼭 이렇게 해야겠어요? 내가 뭘 잘못했는데……."

울컥한 윤정이 소리쳤다.

"죄송합니다. 비켜 주세요!"

그가 윤정을 데리고 빠르게 차로 이동했다. 윤정은 차 안에서 대성통곡을 했다.

"나…… 이제 아무것도 하고 싶지 않아."

얼마나 목 놓아 울었는지 목이 쉬어 있었다.

"……."

주원은 뭐라고 대꾸할 수가 없었다. 하지만 더 큰 걱정은 윤정이었다. 윤정의 어머니를 죽인 범인은 기자들이 말한 대로 윤정의 스토커였다. 스토커는 윤정을 노리고 있었다. 그게 되지 않자 어머니를 잔인하게 죽인 것이었다.

이제는 윤정의 안전이 중요했다. 그전에도 신경을 썼지만 이제부터는 경호에 전적으로 매달려야 하는 상황이었다.

벽제 화장터 근처에 있는 납골당에 어머니를 모시기로 했다. 어머니를 제일 좋은 곳에 모시고 싶어 하는 윤정의 뜻에 따라 주원은 제일 좋은 자리에 위치한 가족납골당을 마련해 주었다. 안치를 하는 내내 윤정과 설희는 대성통곡을 했고 보는 그의 마음도 아팠다.

그리고 결심했다. 그 개자식으로부터 윤정을 꼭 지켜 주겠다고 말이다.


폭우가 세차게 쏟아지고 있었다. 우산을 써도 옷의 반은 비로 인해 젖어 들었다. 비 오는 날에 어울리지 않게 선글라스를 쓴 승빈을 사람들이 힐끔거리며 보고 있었다. 경호원을 하면서부터 그는 자신의 눈을 가리는 버릇이 생겼다.

그의 눈동자가 누구를 향해 있는지 들키고 싶지 않기 때문이었고, 또 다른 이유는 쓸데없이 주의를 끄는 자신의 외모를 조금이라도 감추기 위해서였다. 농구 선수만큼 큰 신장에 다부진 몸을 가진 승빈은 한눈에 보기에도 경호원이었다.

승빈은 기자들이 몰려 있는 화장터 안이 아니라 밖에서 이 모든 상황을 주시하고 있었다.

"대장님."

또 다른 경호원이 승빈에게 다가와 무언가 은밀히 속삭였다. 이야기를 들은 승빈의 얼굴이 굳어졌다. 기자들의 인원이 너무 많아 경호라인이 뚫릴 수도 있다는 이야기였다. 당장 화장터에서 추모공원으로의 이동이 문제였다.

"알았어."

윤정이 추모공원으로 이동할 모양이었다. 연예인 경호 때는 승빈이 직접 나오지 않았다. 그는 정부 요인을 주로 경호했다. 하지만 오늘 그는 차주원과의 인연 때문에 어쩔 수 없이 이 자리에 나오게 되었고 처음으로 연예인의 경호를 맡게 되었다.

주원에게 빚을 갚기 위해서였다. 친구인 주원은 어릴 때부터 그와 둘도 없는 친구였다. 그런 주원이 처음으로 그에게 부탁을 했기 때문이었다. 그는 대기시켜 둔 주원의 차에 올라 부탁한 장소에 차를 주차시켰다.

"쉽지 않겠어."

기자들이 출입구를 완벽하게 둘러싸고 있었다. 승빈은 기자들이 보이지 않는 후문 쪽에 차를 주차시키고 운전석에 앉아서 윤정을 기다렸다. 최대한 빨리 이동하기 위함이었다. 기다리는 동안 그는 윤정의 파일을 살펴보았다.

김윤정이라는 배우를 모르는 건 아니지만 승빈은 평소에도 의뢰인에 대한 정보를 철저하게 공부해서 그들의 성향을 파악하고 숙지하는 타입이었다. 그래야 경호하기가 수월했기 때문이었다. 그의 파일에 있는 윤정의 사진은 남자들을 현혹시키기에 충분했다.

"살아 있는 천사라……."

승빈은 사진에서 한동안 눈을 떼지 못하고 있었다. 그때였다. 웅성거리는 소리가 들리기 시작하더니 그가 있는 쪽으로 윤정이 걸어오고 있었다. 주원이 안쓰러울 정도로 기를 쓰고 윤정을 보호하며 그의 차가 있는 곳으로 점점 다가왔다.

가까이에서 연예인을 보는 건 처음이었다. 국민 여동생이라는 별명에 맞게 윤정은 인기가 많은 것 같았다. 이렇게 기자들이 구름 떼처럼 몰려온 걸 보면 말이다. 기자들이 많을 수밖에 없는 게, 사건이 사건인지라 연예부 기자뿐만 아니라 사회부 기자들까지 몰려들어서 더 그런 것 같았다.

웅성대는 소리와 함께 윤정이 나오고 있었다. 승빈은 바로 출발하기 위해 시동을 걸고 그들이 오기를 기다렸다. 앞에서 그의 경호업체 직원들이 기자들을 온몸으로 막고 있었다. 우리나라 최고의 경호원들이었다.

하지만 기자들의 인원이 너무 많아서 뚫리는 구멍들이 보이기 시작했다. 검은 상복을 입은 윤정은 어머니의 유골함을 들고 나오고 있었다. 연예인은 확실히 일반인과는 다른 아우라가 있었다.

힘든 시간을 보내고 얼굴이 핼쑥한 상황이었지만 그녀의 아름다움을 숨길 수는 없었다. 승빈의 눈에도 윤정은 아름답게 보였다. 그래서일까? 주원의 말로는 윤정의 주변엔 항상 스토커들이 있었다고 했다.

그뿐만 아니라 지겨울 정도로 넘쳐 나는 남성 팬과 도에 지나친 그들의 팬심 때문에 윤정이 많이 힘들어 한다고도 말했는데 그녀의 모습을 직접 보니 남성 팬들이 왜 그렇게 집착하는지를 알 수 있을 것 같았다. 보는 눈은 다 똑같은 법이니까 말이다.

그동안 그냥 무시했던 결과가 이번 대형 참사를 불러오고야 말았다.

"내가 뭘 잘못했는데……."

밖에서 윤정이 지르는 고함소리가 들렸다. 승빈의 날카로운 눈길이 윤정에게 고정이 되어 버렸다. 세상에 대한 윤정의 절규였다. 어머니의 죽음을 마음 놓고 슬퍼하지도 못하고 사람들에게 시달려야 하는 그녀의 슬픔이 그대로 드러나고 있었다.

"후……."

저도 모르게 한숨이 나왔다. 그리고 시동을 걸어 조금씩 움직였다. 아무래도 조금이라도 거리를 좁혀 주는 게 나을 것 같았기 때문이었다. 차 문이 열리고 뒷좌석에 윤정이 앉았다. 그리고 바로 주원이 운전석에 앉았다.

"윤정 씨……."

"김윤정 씨!"

기자들이 불렀지만 그는 그대로 차를 출발시켰다. 그때부터 윤정은 서글프게 울기 시작했다. 엄마의 유골함을 품에 안은 채로 그녀는 한동안 서럽게 울었다. 그리고 이제 아무것도 하지 않겠다고 주원에게 말하고 있었다. 주원도 뭐라고 대꾸하지 못하고 그대로 그들은 납골당으로 향했다.


주원과 윤정이 납골당으로 들어간 사이에 승빈은 다시 주변을 살피고 있었다. 다행히 기자들을 화장터와는 다르게 납골당 측에서 기를 쓰고 막아 주고 있었다. 그들도 추모공원이 소란스러워지는 걸 원하지 않는 모양이었다.

"피울래?"

"아니."

어느새 납골당 안에서 건물 밖으로 나온 주원이 그에게 담배를 권했지만 승빈은 거절했다. 지금은 엄연히 일하는 시간이었다. 그의 눈길은 윤정에게 향해 있었다.

"조금만 엄마와 같이 있게 놔둬."

주원은 이렇게 말하며 담배 연기를 길게 뿜어냈다.

"난 윤정이가 열한 살일 때부터 같이 일했어."

"……"

"어머니가 매니저로 일하셔서 아주 친했지. 그런데……."

주원도 울컥했는지 말을 잇지 못하고 있었다.

"어릴 때부터 유독 남자들에게 인기가 많았어. 그냥 대부분의 톱스타들이 앓는 몸살 정도라고 생각했는데, 이번 스토커는 좀 달라."

"뭐가?"

"따라다니는 게 전부가 아니라, 죽이려는 게 목적이야."

"……"

"어머니가 윤정이에게 향한 칼을 몸으로 막았어. 그리고 그사이에 촬영스텝들이 와서 범인은 도망갔고 윤정이는 목숨을 구할

19

수 있었지."

어떤 상황이었는지 머릿속에 그려지고 있었다. 직업상 간발의 차이로 의뢰인들을 구할 때가 있었다. 아직 그는 의뢰인을 지키지 못하는 실패를 경험하지 못했지만, 언제든 그 간발의 차이로 의뢰인을 잃을 수도 있었다.

"그 개자식이 도망치면서 윤정이에게 곧 다시 오겠다고 했나 봐."

"미친 새끼……."

절로 욕이 나왔다. 어머니를 죽이고도 모자라 다시 오겠다니. 대단한 사이코였다.

"그래서 말인데……."

주원의 말에 불길한 느낌이 들었다. 친구 주원은 아주 어려운 부탁이 아니면 말을 할 때 뜸을 들이는 스타일이 아니었다.

"나 이번에 중요 요인 경호를 맡게 됐어."

먼저 선수를 친 승빈이었다.

"이번에 내 부탁 좀 들어주라. 불쌍하지도 않아? 요인 경호는 다른 사람에게 부탁하고 이번만 불쌍한 우리 윤정이 좀 살려 주라. 범인이 잡힐 때까지만 부탁할게. 제발……."

그랬다. 주원에겐 씨알도 안 먹히는 소리였다.

"이번엔 나도 좀……."

곤란했다. 중요 요인의 경호는 그가 하고 있는 경호업체의 이력에도 많은 도움이 되었다. 물론 지금도 업계 1위 자리를 놓지 않고 있지만 그래도 요인 경호는 그에게 중요했다.

"내가 언제 너한테 부탁 한번 제대로 한 적 있어?"

또 시작이었다.

"어릴 때부터 쭉 너랑 같이……."

"그래그래, 알았어."

어릴 때 이야기가 나오면 그는 할 말이 없었다. 가난했던 시절, 부잣집 외아들인 주원이 그의 든든한 버팀목이 되어 주었기 때문이었다. 오늘의 그가 있기까지 주원의 역할이 컸다. 그건 부정할 수 없는 일이었다.

"고맙다, 친구야."

주원이 그의 손을 덥석 잡았다. 속을 태우긴 한 모양이었다.

"범인이 잡힐 때까지만이야."

"고마워."

그때였다. 윤정이 나오는 모습이 보였다. 주원은 그를 그대로 두고는 윤정에게로 달려갔다. 그리고 윤정을 다정한 오빠처럼 안아 주었다. 하지만 윤정은 공허한 눈빛으로 하늘만 보고 있었다.

그 모습이 안타까웠다. 자신의 스토커에게 엄마가 살해를 당하고 그 모습을 지켜본 윤정이었다. 목격한 충격도 컸겠지만 엄마의 죽음이 자신 때문이라는 생각을 할 것 같았다. 아마 그 죄책감이 더 클 것 같았다.

"한승빈 씨!"

주원이 그를 부르며 손짓했다. 승빈은 주원의 앞으로 향했다. 그가 가까이 오는데도 윤정은 엉뚱한 곳만 멍하게 응시하고 있었다.

"윤정아, 이제부터 설희 씨랑 같이 매니저를 맡게 된 한승빈 씨야."

"매니저?"

매니저란 말에 승빈은 머리가 멍해졌다. 경호원이 아니고 매니저?

"승빈 씨, 이쪽은 잘 알겠지만 김윤정이고 이쪽은 윤정이의 언니이자 매니저인 설희 씨."

"안녕하십니까?"

두 자매 다 넋이 나간 상태라서 그의 존재에 대해 신경조차 쓰지 않고 있었다. 태어나서 이렇게 무시를 당한 건 처음이었지만 지금 그녀들의 상황을 아는 그로서는 그냥 넘어가는 수밖에 없었다.

"매니저라니? 경호원이 아니고?"

주원의 팔을 잡아 살짝 그에게 끌어당긴 후에 승빈이 작은 소리로 물었다.

"경호원이라고 대 놓고 붙여 놓을 수 없어. 윤정이가 너무 예민해서 경호원이면 널 근처에도 못 오게 할 수 있거든. 그냥 매니저라고 하고 경호업무만 맡으면 돼."

"차주원!"

"한 번만 봐주라."

"야!"

"너만 믿는다. 그리고 업무는 지금부터야. 부탁한다."

이렇게 말만 하고 녀석은 무책임하게 윤정을 그에게 맡겨 놓고는 사라졌다. 그는 윤정과 설희가 타고 다니는 밴에 올랐다. 밴에는 운전기사가 따로 있었다.

"잘 부탁드립니다. 전 김재욱입니다."

나이 어린 기사였다. 우선 스토커는 주변 인물일 수 있기 때문에 승빈은 저도 모르게 재욱을 위아래로 훑었다. 그의 눈빛에 재욱은 겁을 먹었는지 더 이상 말을 걸지 않았다. 얼떨결에 윤정의 경호를 맡게 된 승빈은 깊은 한숨을 뱉을 수밖에 없었다.

두 번 다시 여자를 경호하지 않겠다고 맹세했던 그였다. 그런데 이렇게 다시 여자를 경호하게 되었다. 승빈의 눈썹이 가운데로 몰렸다. 맹세를 함부로 하는 게 아니었다. 이렇게 피치 못한 사정이 생길 수도 있으니 말이다.

　그는 창밖을 보며 한숨을 내뱉었다. 여전히 밖은 비가 오고 있어 타들어 가는 그의 속을 그나마 식혀 주고 있었다.

# 1. 인연의 시작

오늘은 요즘 가장 핫하다는 성수동에 위치한 아파트에 입주한 지 1년이 되는 날이었다. '신흥부촌' 이라고 불리는 성수동은 요즘 핫한 스타들이 많이 자리 잡은 곳이었다. 서울 숲 인근에 자리 잡은 주상 복합 아파트를 사던 날 엄마와 윤정, 설희는 서로를 부둥켜안고 울었었다.

자신의 이름으로 처음 갖는 집이었다. 윤정은 상복을 입은 채로 소파에 몸을 동그랗게 말고 누워 한참을 울었다. 이제 좀 살 만한데 엄마가 곁에 없다니 믿어지지 않았다.

"밥 먹어."

언니가 그녀를 불렀다. 10시가 넘은 시간이었다. 그러고 보니 오늘 한 끼도 먹지 않은 것 같았다. 사실 사건이 터지고 나서 3일 동안 그녀는 제대로 뭔가를 먹은 기억이 없었다. 모든 일이 꿈만 같았다. 아니 그렇게 생각하지 않았다면 지옥 같은 3일을 견딜 수 없었을 것이다.

아직도 칼에 찔려 쓰러진 엄마를 안고 울부짖었던 일이 믿어지지 않았다.

지금도 '엄마!' 하고 부르면 엄마가 '왜?' 라고 말을 하며 나올 것만 같았다.

"김윤정!"

평소에는 조용한 성격의 설희지만 한번 폭발을 하면 감당하기 어려웠다.

"언니나 먹어. 난 생각 없어."

"너도 엄마 따라갈 거야? 왜 그래?"

"……그래."

"김윤정!"

"사실 내가 죽었어야 했다고!"

그 생각을 속으로 수천, 수만 번 했지만 차마 입 밖으로 내지는 않았다. 말을 하면 정말 그녀가 엄마를 죽인 것 같았기 때문이었다. 아직도 광대 가면을 쓴 남자의 모습이 선명하게 기억났다. 광대의 피 묻은 손이 그녀의 목을 조르는데 거의 죽을 뻔했었다.

"윤정아, 네 잘못이 아니야."

"아니, 내가 죽었어야 해."

윤정은 가슴을 치며 울부짖었다. 배우를 하지 말았어야 했다. 아니 태어나지 말았어야 했다. 그녀의 생일은 아빠의 제삿날이었다. 그녀가 태어났다는 소식을 듣고 병원으로 오던 길에 아빠는 교통사고로 돌아 가셨다.

불운을 가지고 태어난 아이였다. 그래서 그녀의 생일은 우울했다. 엄마는 아무렇지 않게 언니보다 더 화려한 생일상을 차려 주셨지만 윤정은 하나도 기쁘지 않았었다. 오히려 엄마와 언니에게 미안한 마음뿐이었다.

그런데 이제 그녀 때문에 엄마까지 돌아 가셨으니 이제는 정말 견딜 수가 없었다.

"언니, 나 어떻게 하지?"

설희가 그녀를 꼭 안아 주었다.

"어떻게 하긴, 더 악착같이 살아야지. 그게 널 구한 엄마에 대한 보답인 거야. 네가 이상한 생각을 하는 걸 엄마도 바라지 않을 거야."

"언니, 난……."

"어서 밥 먹어. 이제 남은 건 우리 둘뿐이야. 난 하나뿐인 동생마저 잃고 싶진 않아."

하지만 결국 윤정은 밥을 먹지 못하고 울다가 지쳐 잠이 들었다. 그래도 윤정은 언니가 곁에 있음에 감사하고 있었다.

아무리 가슴이 무너져도 시간은 아무 탈 없이 흘렀다. 눈을 떠보니 아침이었고 배가 고팠다. 윤정은 정신을 차려야겠다는 생각이 들었다. 어제 언니가 말한 대로 이제 언니와 그녀 둘뿐이었다. 침대에서 나와 며칠 만에 샤워를 하고 편안한 차림으로 주방으로 향한 윤정은 오늘따라 집 안이 휑하단 생각이 들었다.

그만큼 엄마의 빈자리가 크게 느껴지고 있었다. 그런데 주방엔 언니뿐만 아니라 웬 남자가 서 있었다. 천장에 닿을 듯 커다란 키의 남자는 네이비색 면바지에 하늘색 셔츠를 입고 있었다. 그녀 쪽에선 뒷모습만 보였지만 실루엣은 배우나 모델 같은 느낌이었다.

머리 모양이 군인 같긴 했지만 말이다. 확실한 건 누군지 몰라도 언니와는 잘 아는 사람인 것 같았다. 언니가 아주 자연스럽게 그에게 커피 잔을 건네고 있으니 말이다.

"어, 나왔어?"

편안한 차림의 언니였지만 머리엔 상주들이 하는 삼베로 만든 리본 핀을 달고 있었다. 윤정은 욕실 안에 두고 나왔지만 말이다. 정신이 없는 게 아니라 엄마의 죽음을 인정하기 싫었다. 삼베 리본을 달면 정말 엄마가 돌아가신 것 같은 느낌일 것 같았다.

"밥 먹어야지?"

"어? 그래."

윤정은 자신을 바라보고 있는 남자를 의아한 눈으로 보고 있었다. 누구지?

"누구……?"

"안녕하십니까? 전 이번에 김윤정 씨 매니저를 맡게 된 한승빈입니다."

아직 매니저란 말이 입에 붙지 않은 것처럼 승빈은 어색한 표정을 지으며 자신을 소개했다.

"차 대표님이 최고의 매니저를 붙여 주셨어."

언니는 안심이 되는지 아니면 이 남자의 외모에 혹한 건지 아주 들뜬 목소리로 말했다.

"무술도 아주 잘해서 경호까지도 겸해서 하신다고……."

설희가 눈치를 보며 말하다가 경호라는 말을 얼버무렸다. 솔직히 윤정은 티를 내며 어색하게 따라다니는 경호원들이 싫었다. 아니 부담스러웠다. 뭔가 냄새는 나지만 일단 넘어가기로 했다.

"어제 인사했는데 기억 안 나?"

어제는 정말 제정신이 아니라 주변에 신경 쓸 여력이 없었다.

"안녕하세요. 김윤정입니다."

윤정은 가볍게 인사를 하고는 식탁에 앉았다. 지금 별로 신경 쓰고 싶지 않았지만 남자는 저절로 시선이 가게 만드는 사람이었다. 이런 외모라면 여자들이 줄을 서겠다는 생각이 들었다.

"밥 먹어야지?"

"어, 죽 있으면 좋고."

"인스턴트 죽이 있긴 한데 그거라도 먹을래?"

"내가 할게. 언니도 힘들 텐데."

윤정은 자리에서 일어나 싱크대 위에 인스턴트 죽을 꺼냈다. 다른 때 같으면 언니가 해 준다고 했을 텐데 언니는 남자와 함께 커피를 마시기 위해 거실로 향했다. 윤정은 죽을 데우면서도 둘을 힐끔거리며 보았다.

"뭐지?"

언니가 남자의 말에 귀를 기울이고 있었다. 뭐라고 하는지 잘 들리지 않았다. 100평이 넘는 집이라서 거리감도 있었고 언니나 남자나 목소리가 그렇게 크지도 않았기 때문이었다. 윤정은 식탁에 혼자 앉아서 죽을 먹었다.

정말 돌을 씹는 기분이 어떤 건지 느끼고 있는 중이었다. 죽을 먹는 둥 마는 둥 하고 있는 사이에 그녀의 집으로 차 대표가 찾아

왔다. 걱정이 된 모양이었다.

"다들 오늘은 사람같이 보이네."

웃자고 한 말이었지만 그 누구도 웃지 않았다. 머쓱해진 차 대표가 거실 소파에 앉았다.

"커피 드실래요?"

"고맙지."

그녀는 자신의 커피와 차 대표의 커피를 타서 거실로 향했다.

"고생했어."

"차 대표님이 더 고생하셨어요. 갑작스럽게 당한 일이라서 대표님 아니었으면 윤정이하고 저, 많이 힘들었을 거예요."

언니가 차 대표에게 고마움을 표했다. 그건 사실이었다. 차 대표가 없었다면 윤정은 그대로 주저앉아 버렸을 것이다.

"무슨 일 있어요?"

차 대표가 인사차 집까지 올 리는 없었다.

"다른 게 아니라……."

차 대표가 뜸을 들이는 걸 보니 어려운 말을 하려는 것 같았다.

"삼우제(三虞祭) 다음날에 경찰서에 가서 조사를 받아야 해. 그리고 힘이 들겠지만 광고 촬영도 있고 일정이 빠듯해서……."

윤정의 표정이 굳어지자 차 대표가 눈치를 살피며 말했다.

"안 하고 싶어요."

"이해해, 하지만 산 사람은 살아야지."

"윤정아, 대표님이 말이 맞아."

"어린아이처럼 엄마가 죽었다고 보채는 게 아니에요. 엄마는 나 때문에 죽었고, 아직 범인도 잡히지 않았어요."

윤정은 지금 일을 할 때가 아니라고 생각했다. 최소한 범인부터 잡아야 엄마의 한이라도 풀어 줄 수 있을 것 같았기 때문이었다.

"범인이 잡힐 때까지만이라도 쉬고 싶어요. 경찰에서도 찾겠지만 저도 따로……."

"안 됩니다."

조용히 앉아 있던 남자가 갑자기 말을 꺼내서 윤정의 눈길이 남자에게로 향했다.

"범인은 지금 꽁꽁 숨어 있을 겁니다. 지금 경찰이 아무리 찾아봐야 뾰족한 단서 없이 찾기가 힘이 들 겁니다."

중저음의 남자는 단호함까지 갖추고 있었다. 그는 설득력 있게 사람들에게 왜 안 되는가를 설명하고 있었다. 물론 윤정의 마음엔 들지 않았지만 말이다.

"매니저님은 경호원이 아니잖아요? 신경 쓰지 마세요."

윤정은 기분 나쁜 마음을 그대로 드러내며 말했다.

"차 대표가 윤정 씨가 경호원이 곁에 붙어 다니는 걸 싫어한다고 해서 매니저라고 소개했지만, 전 원래 경호원입니다."

"대표님!"

"미안해, 어쩔 수 없었어. 윤정이를 지켜야 하니까. 그리고 다른 사람들에겐 한 매니저라고 소개하기로 했고 경호원 티는 정말 안 낼 거야."

"그냥 딱 봐도 경호원인데……."

"윤정아, 이번엔 대표님 뜻에 따라. 대표님 친구분이고 정말 뛰어난 분을 어렵게 모신 거니까."

모두가 한통속이었다. 다 같이 작심하고 그녀를 속인 것이었다.

"아뇨 반드시 제 손으로 범인을 잡을 거예요."

윤정이 끼어들자 남자의 눈빛이 아주 매섭게 변했다.

"제가 경호를 하는 한 제 말을 들어야 할 겁니다."

"뭐요?"

"오전 내내 설희 씨는 동생을 지켜야 한다고 저에게 신신당부를 했는데. 윤정 씨는 모두가 얼마나 걱정하고 있는지 모르는 걸 보면 아직 상황판단을 못하는 것 같습니다. 어머니의 일을 눈으로 보고도 범인이 얼마나 잔인한 사이코 패스인지 못 느끼는 걸 보면 말입니다."

"뭐, 뭐요?"

그녀를 자극하는 남자였다. 남자의 이글거리는 검은 눈동자와 청순하고 가련해 보이는 윤정의 갈색 눈동자가 불꽃을 튀기며 허공에서 부딪치고 있었다.

"활동을 해야 할 겁니다."

"당장 나가요. 난 당신을 고용하고 싶지 않으니까!"

"윤정아!"

차 대표가 둘 사이에 끼어들었다.

"한승빈은 경호 업계의 최고의 베테랑이야, 주로 대통령이나 재벌 총수의 특급 경호만 맡는데, 내가 손이 발이 되도록 부탁을 해서……."

"됐어요. 필요 없어요."

"필요 없어도 할 겁니다. 김윤정 씨 때문에 하는 게 아니라 친구인 차주원 때문에 하는 겁니다. 이렇게 철이 없어서야……."

승빈도 지지 않고 말했다. 이렇게 의뢰인을 막 대하는 경호원은 정말 필요하지 않았다.

"둘 다 그만해. 그리고 승빈이는 따로 계획이 있으면 말하고."

"담당 경찰과 이야기를 해 보니 사전에 범행 준비를 아주 철저하게 한 놈이고 고학력에 키는 그렇게 크지 않지만 칼을 다루는 게 능숙한 것 같습니다. 확실한 건 자신을 숨길 줄 안다는 것과 정말로 김윤정을 죽여서 자신만의 것으로 만들고 싶어 한다는 겁니다."

승빈의 말에 윤정은 소름이 돋았다. 그녀가 느낀 그대로를 승빈이 말하고 있었기 때문이었다.

"그래서 그놈을 잡으려면 미끼가 필요하고, 그러니 김윤정 씨가 모습을 드러내야 한다는 겁니다. 그래야 놈이 나타나니까."

"안 돼요. 우리 윤정이가 위험해지는 건 싫어요."

미끼라는 말에 설희가 사색이 돼서 거절했지만 윤정의 귀에는 들리지 않았다. 그렇게 해서라도 범인을 잡을 수 있다면 얼마든지 그녀는 미끼가 될 준비가 되어 있었다. 승빈은 계속해서 윤정을 설득했고 윤정은 더 이상 거부의사를 밝히지 않았다.

"승빈아, 그건 좀……."

"차 대표의 마음은 알지만 범인을 잡고 싶다면 그 방법 이상의 것은 없어."

윤정은 승빈의 얼굴을 빤히 보았다. 묘하게 믿음이 가는 구석이 있었다. 그리고 지금은 그 방법이 최선인 것 같았다.

"좋아요."

윤정의 말에 모두의 시선이 윤정에게로 향했다.

"윤정아 다시 생각해."

"아니, 그렇게 자신 있다면 얼마든지 그 정도는 해 줄 수 있어. 그런데 말이에요. 만약에 못 잡는다면……."

"그럴 일은 없습니다."

"좋아요."

둘의 시선이 또 한 번 사납게 부딪치고 있었다. 차 대표도 설희도 더 이상 윤정을 말릴 수 없었다.


찰칵 찰칵 찰칵!

사진작가의 카메라의 플래시가 빤짝이며 연속해서 터지고 있었다.

"좋아, 좋아……."

셔터를 연속해서 누르며 모델에게 힘을 주고 있는 사진작가였다. 아니 모델에게 완전히 반한 것 같았다. 가을 패션 화보를 찍느라 정신없는 현장이었다. 승빈의 첫 매니저 역할은 경찰서였고 이번이 두 번째 공개적인 일정이었다.

그는 설희와 나란히 서서 윤정의 화보 촬영을 보고 있었다. 하늘거리는 베이지색 원피스에 진한 카멜색의 카디건을 입고 머리는 길게 늘어트린 윤정은 청순함 그 자체였다. 스물다섯 살이라고 말하기엔 너무나 동안인 윤정이었다.

승빈은 이런 촬영장은 처음이라서 그런지 주변을 살피면서도 시선은 자꾸 윤정에게로 향했다. 감탄할 만큼 아름다운 얼굴이었다. 선한 천사의 얼굴이 저 모습이 아닐까 라는 생각이 들 정도였다. 그런 윤정의 모습 때문에 남자 팬들이 많은 것도 사실이었다.

국민 여동생이라는 별명 전부터 윤정은 살아 있는 엔젤이라는 별명으로 불리고 있었다.

"엔젤이라……."

무의식적으로 말을 하면서 그의 시선은 스텝들에게 머물렀다. 특별히 의심이 가는 사람은 보이지 않았다. 그는 매의 눈과 촉을 가지고 있었다. 모두의 시선이 윤정에게 집중이 되어 있어서 승빈은 주변을 살피기가 많이 수월했다.

"저기……."

한참을 주변을 살피고 있는데 누군가 그를 불렀다.

"네?"

키가 큰 여자 스텝이었다. 아까부터 그를 힐끔거리며 쳐다본 여자였다.

"이거 드세요."

"감사합니다."

얼굴이 홍당무가 되어 커피를 건넸다.

"김윤정 씨, 매니저시라고요?"

"네, 이번에 처음으로 매니저를 맡게 된 한승빈입니다."

"배우를 하시지……."

안타까움이 가득한 목소리에 승빈은 하마터면 큰소리로 웃을 뻔했다.

"네?"

"아니에요. 하도 잘생기셔서……."

스텝은 그에게 지대한 관심을 보이고 있었다. 하긴 그는 지금 스텝 말고도 아침에 헤어숍에서부터 여자들에게 관심의 대상이었다. 매번 이런 일 때문에 대부분 의뢰인의 밀착 경호를 맡았는데 오늘은 상황이 어쩔 수가 없었다.

윤정과 떨어져 있는 시간이 많았기 때문에 다른 사람들의 접근이 그만큼 쉬웠다. 그리고 그들에게는 경호원이 아닌 매니저였기 때문에 그도 딱 잘라 거절할 수가 없었다. 아침에 설희가 그에게 인상을 좀 폈으면 좋겠다고 말한 후부터 조심하고 있었다.

"어수선하죠?"

"네, 경호 인력을 투입할 상황은 아니지만 제가 혼자 감당하기엔 동선이 좀 넓네요."

설희의 말에 그가 솔직하게 말했다. 여기저기에 구멍이 있었다. 그렇다고 윤정의 옆에 붙어 있을 수도 없었기 때문에 그나마 최대한 가까운 거리에서 윤정을 놓치지 않고 보고 있었다.

윤정은 지친 기색 없이 촬영에 몰입하고 있었다. 예쁘기도 했지만 사진에 잘 찍히는 방법을 아는 것 같았다.

"예쁘죠?"

설희가 윤정을 따뜻한 시선으로 보며 말했다.

"네."

아니라고 말할 수 없었다.

"어릴 때부터 눈에 띄는 아이였어요. 길거리만 지나가도 기획사 명함들이 쏟아졌죠. 엄마도 처음엔 안 시키려고 했는데, 어쩌다가 촬영한 첫 광고료를 받는 순간 돈이 된다는 걸 아신 거죠."

"……."

"그때부터 윤정이가 집안의 가장이 된 거예요. 그렇다고 엄마가 딸을 내세워 돈을 벌려고 하는 그런 사람은 아니었어요. 아빠의 보험금이 바닥이 나고 연금으로 겨우 살아가던 우리 집에 희망이 되어 준 거죠."

설희의 음성이 떨렸다. 동생에 대한 미안함이 그대로 묻어나고 있었다.

"고생만 한 아이예요. 까칠하더라도 이해해 주세요."

윤정과는 다른 설희였다. 생긴 것도 아주 달랐다. 설희는 서구적인 미인형으로 짙은 쌍꺼풀의 커다란 눈과 오뚝한 코가 눈에 띄었고 윤정은 동서양을 오묘하게 섞어 놓은 것 같은 얼굴이었다.

쌍꺼풀이 없는 커다란 눈이 인상적인 윤정은 눈동자의 색도 옅은 갈색이어서 모르는 사람들이 보면 컬러 렌즈를 낀 것 같았고 완벽한 비율의 코와 입술은 잘 만들어진 조각 같았다. 설희도 미인이었지만 윤정의 아우라를 따라갈 수가 없었다. 연예인은 특별한 사람만이 할 수 있는 걸 윤정이 보여 주고 있었다.

"저는 윤정 씨에 대한 개인적인 생각보다는 안전에만 신경을 쓰고 있으니 너무 신경 쓰지 마십시오."

"네, 다행이네요. 그리고 드릴 말씀이……."

"말씀하십시오."

"너무 극존칭을 쓰시면 사람들이 이상하게 생각할 거예요. 편하게 말씀하세요."

"……네."

그도 고치려고 하는데 습관이 되어 버린 말투였다. 그들이 대화를 나누는 사이에 촬영이 끝이 난 것 같았다. 윤정이 대기실로 들어가는 모습이 보였다.

"끝났네요."

설희가 윤정의 뒤를 따라갔고 그도 대기실로 향했다. 매니저가 무슨 일을 하는지 몰라 아직은 윤정의 뒤를 쫓아만 다녔다. 누가 봐도 경호원인데 매니저처럼 보여야 하니 여간 힘이 든 게 아니었다.

"고생했어."

"······."

설희가 문을 열고 들어가는 순간 윤정이 옷을 갈아입고 있는 모습이 보였다. 승빈은 윗옷을 벗고 속옷차림인 윤정과 눈이 마주쳤다. 마치 정지 화면처럼 그의 눈에 윤정이 들어왔다. 항상 범인이나 테러리스트들을 향해 날카롭게 번뜩이던 그의 눈동자가 윤정의 몸을 빠르게 스캔하고 있었다.

오랜 세월 몸에 배인 습관이 이런 곳에서 빛을 발하게 될 줄은 꿈에도 생각지 못했다. 윤정은 마른 몸에 비해 상당히 커다란 가슴을 가지고 있었다. 브래지어가 가슴을 다 담아 내지 못했고 가는 몸 때문인지 더 글래머같이 보였다.

청순한 이미지를 가진 윤정의 속옷은 안이 다 보이는 섹시한 레이스 소재였다. 블랙이 아닌 스카이 블루라는 게 살짝 아쉽긴 했지만 말이다. 거기에 잘록한 허리라인은 한 손에 감길 것만 같았다.

놀라운 반전 몸매였다.

"다 감상하셨어요?"

무덤덤하게 말하는 윤정의 등을 설희가 쳤다.

"왜 그렇게 무례해?"

"내가 뭐?"

"얼른 옷이나 입어. 죄송해요. 아직 철이 없어서."

"……."

그는 미동도 하지 않고 서 있었다. 생각보다 윤정의 경호는 만만치 않은 일이 될 것 같았다. 윤정은 경호원을 싫어하는 게 아니라 그를 싫어하는 것 같았다.

"치마를 벗을 건데 거기 계속 서 있을 건가요?"

윤정이 치마를 팬티라인까지 내리며 그를 보고 있었다.

"시동 걸어 놓겠습니다."

"죄송해요."

언제나 사과를 하는 건 설희였다. 윤정이 설희의 반이라도 따라갔으면 좋겠다는 생각이 든 승빈은 주차장으로 향했다. 그가 이렇게 쉽게 나올 수 있었던 건 특별히 경계할 대상이 보이지 않았기 때문이었고 또한 그들의 대기실이 문만 열면 바로 주차장과 연결이 되어 있었기 때문이었다.

승빈은 차를 문 앞에 대고는 윤정과 설희가 나오길 기다리고 있었다.

"정신 차리자. 한 달만 버티면 돼."

승빈은 범인이 나타날 시점을 한 달 정도로 생각했다. 스토킹이라는 게 중독성이 있어서 오랜 시간 참을 수는 없기 때문이었다. 거기다가 범인은 이미 대범한 짓을 저지른 상태라서 자신감이 하늘까지 치솟아 있는 상태일 것이기 때문에 빠른 시간 내에 나타날 것이라는 게 그의 생각이었다.

옷을 갈아입은 윤정이 주차장으로 들어오고 있었다. 박시한 티셔츠에 청 반바지를 입고 노메이크업인 윤정은 고등학생 같아 보였다. 그런데 그 안은……

순간 승빈은 생각을 멈추고 인상을 썼다. 의뢰인의 안전만을 생각하는 그로서는 당황스러운 일이었다. 경호원의 직업을 갖기 전에도 그는 여자를 야릇하게 생각한 적은 한 번도 없었다. 그를 유혹했던 건 여자들이었다. 그가 먼저 여자를 상대로 야릇한 생각을 하다니 믿기지 않는 일이었다.


차에 오른 윤정은 승빈의 뒤통수를 가만히 보았다. 빨리 쉬고 싶어서 대기실에서 빠르게 옷을 갈아입었다. 대기실에 들어오는 사람은 언제나 여자들이었으니 의식하지 않고 평소에 하던 대로 했다.

하지만 오늘은 달랐다. 늑대 같은 페로몬을 풍기는 남자가 대기실 안으로 들어왔기 때문이었다. 깜짝 놀랐지만 윤정은 티 내지 않았다. 영화나 드라마 촬영 때는 노출하는 걸 극도로 싫어하는 윤정이었다. 엄마를 닮아서 그녀는 풍만한 가슴을 가지고 있었다.

그게 이미지에 맞지 않는다며 사춘기 이후부터 가슴이 드러나지 않는 옷 위주로 입었고 때로는 가슴을 압박 붕대로 감기도 했었다.

엄마가 돌아가신 지 2주가 지났다. 승빈의 말에 따라 그녀는 활동을 재개했지만 놈은 나타나지 않고 있었다.

불안한 마음보다는 놈이 나타나지 않을까 봐 걱정이었다. 요즘은 수면제 없이는 잠을 이룰 수가 없는 윤정이었다.

"밥 먹은 후에 병원에 갈 거야."

설희의 말에 윤정이 놀란 얼굴로 설희를 보았다.

"병원?"

"응, 차 대표님에게 정신과 전문의가 상담을 해 주겠다고 전화를 했나 봐."

"정신과?"

정신과라는 말에 거부감이 확 들었다.

"안 가."

"차 대표님도 처음엔 망설이다가 그 의사가 TV에도 자주 나오는 사람이고 윤정이 네 팬이라고 상담 내용은 철저하게 비밀로 하겠다고 하도 간곡하게 말해서 결정했다고 하더라고."

"언니, 난 싫어."

괜히 정신과에서 진료를 받다가 다른 사람들이 보기라도 한다면 이미지에 많은 타격이 있을 게 뻔했다.

"엄마가 돌아가시고 너나 나나 잠도 제대로 못 자잖아……. 나도 상담받을 거니까 너도 같이 받자.”

“언니······.”

“윤정아, 난 그게 좋을 것 같아.”

언니도 잠을 자지 못한다는 말을 들으니 윤정은 결국 병원에 가기로 했다. 점심은 더운 여름에 맞는 냉면을 먹었다. 평소에 자주 가던 집이라서 사장님은 엄마와 아주 친한 분이셨다. 그녀들을 보고는 어찌나 우시는지 윤정의 마음이 더 아팠다.

결국 냉면을 다 먹지도 못하고 그녀는 냉면집을 나왔다. 7월의 더위는 그녀를 삼킬 것 같았다.

“덥다.”

그런데 그때 승빈이 커다란 파라솔로 그늘을 만들어 주었다.

“내일이면 8월이네. 시간이 참 잘 가는 것 같아.”

너무 놀라서 윤정은 아무 말이나 하고 있었다. 오히려 승빈은 아무렇지 않은 표정이었다. 아니 당연한 일을 하고 있는 것처럼 보였다. 어색한 표정으로 차에 오른 윤정은 설희가 말한 병원으로 향했다.

병원에 도착하자 간호사들이 윤정과 설희를 작은 상담실 안으로 안내했다. 물론 간호사는 그녀들보다 승빈을 더 쳐다보긴 했지만 말이다.

“여기서 기다리세요. 설문지도 작성해 주시고요.”

"네."

"환자분은 두 분이신 걸로 알고 있는데······."

"전 매니저예요. 같이 있을게요."

"아, 그러세요? 너무 잘생기셔서 배우이신 줄 알았어요."

"간호사분도 미인이십니다."

"호호호, 감사해요."

간호사가 입이 귀에 걸려 나간 후 승빈의 변화에 설희가 폭풍 칭찬을 했다.

"그렇게 하시는 거예요. 그렇게 하니까 정말 매니저 같았어요."

"그렇습니까?"

"네."

언니가 승빈과 이야기를 하는 동안 윤정은 상담지 안에 내용을 보고는 인상을 썼다. 첫 문장이 죽고 싶다는 생각이 자주 드느냐 는 질문이었고 살이 갑자기 빠지거나 쪘는지, 잠을 못 자는지 그 런 것들을 묻는 설문지였다.

스무 개 정도의 문항이었는데 요즘 그녀에게 거의 다 해당하는 문항들이었다.

"심각한데?"

"뭐가?"

승빈과 이야기 삼매경에 빠져 있던 설희가 윤정의 말을 듣고는 걱정이 되었는지 물었다.

"난 여기 문항들 다 '예.'에다가 표시했어. 언니는?"

"나도 그래."

언니도 지금 제정신이 아닌 건 마찬가지였다.

설희와 윤정이 차례로 정신과 상담을 받는 사이 그는 상담실 입구에 앉아 있었다. 먼저 윤정이 상담을 받았고 두 번째로 설희가 상담을 받았다. 설희가 상담을 받으러 들어간 사이 둘은 바로 옆에 앉아서 설희를 기다리고 있었다.

윤정은 그의 향수 냄새까지 그대로 느껴지는 가까운 자리에 앉아 있으니 불편했다. 그도 그리 편안해 보이지는 않았다.

"연예인 경호는 처음이에요?"

어색한 침묵은 윤정이 깼다.

"네, 그렇습니다."

"불편해요. 너무 극존칭을 쓰는 거 불편하다고요. 나이 차이도 많을 것 같은데……."

그의 얼굴이 노안은 아니었지만 어려 보이지 않았다. 윤정이 보기에도 그는 남자의 향기가 물씬 나는 아주 섹시한 남자였다.

"차차 고쳐 나가도록 하죠."

"네, 제발요."

윤정은 이상하게 그가 거슬렸다. 그의 모든 게 신경이 쓰였고 그게 싫었다. 어색한 침묵이 싫어서 말을 걸었는데 역시나 둘은 맞지 않았다.

"제가 마음에 들지 않더라도 범인이 잡힐 때까지는 참으세요."

"네, 할 수 없죠."

그때였다. 누군가 윤정의 어깨에 손을 올렸고 승빈이 빛의 속도로 남자의 손을 비틀어 바닥에 내리꽂았다. 정말 영화의 한 장면 같았다.

"윤정 씨……."

"선생님?"

"아는 사람입니까?"

너무 놀라는 바람에 놓아 주라는 말도 하지 못한 윤정이었다. 하지만 선생님이라는 소리에 이미 승빈이 남자를 놓아 주었다.

"선생님이 여긴 어떻게?"

"선생님?"

승빈이 인상을 쓰며 남자와 윤정을 번갈아 보고 있었다.

"제가 다니는 이비인후과 원장 선생님이세요."

윤정이 팔로 그를 막으며 말했다.

"아, 죽을 뻔했네."

원장의 엄살은 생각보다 심했다. 아마 윤정이 신경 써 주는 게 좋은 모양이었다. 알면서도 승빈이 실수한 거니까 그를 고용하고 있는 윤정의 책임이었다.

"죄송합니다. 갑자기 윤정 씨의 어깨를 잡으시는 바람에……."

"괜찮아요. 지금 상황 이해합니다. 경호원인가요?"

"아뇨, 매니저예요."

윤정이 얼른 대답했다. 괜히 경호원을 데리고 다닌다고 소문을 내고 싶진 않았다.

"여긴 어쩐 일이세요?"

"오늘 여기 소개한 게 접니다. 많이 놀랐을 것 같아서……."

평소에도 팬심이라고 말하기에 과한 관심을 주는 분이었다. 그렇다고 스토커는 아니었다.

"감사해요. 그렇게까지 신경 써 주실 줄은 몰랐어요."

"천만에요, 윤정 씨는 내 입장에선 아주 중요한 환자니까요."

"감사해요."

"언니분은 어딨죠?"

"상담 중이에요. 요즘 언니나 저나 수면제가 없으면 잠을 잘 수가 없거든요."

박 원장의 등장에 깜짝 놀라긴 했지만 그래도 고마운 마음이 들었다.

"언니 나오면 커피라도 한잔하실래요?"

윤정이 조금 전에 다친 게 미안해서 먼저 제안했다.

"아니요, 사실 오늘 여기 볼일도 좀 있고 해서 왔어요. 선배가 이 병원에 있거든요."

"네."

"그럼 자주 상담받으러 와요. 그러면 마음이 편해질 거예요. 여기 선배 아주 잘하거든요."

박 원장은 이렇게 말을 하고는 반대편 복도로 향했다. 정말 좋은 사람인 것 같았다. 병원의 환자에게 이렇게 신경을 써 주는 의사는 없을 것 같았다. 윤정은 고마움에 박 원장이 사라질 때까지 그쪽을 보고 있었다.


양복바지가 헐렁거릴 정도로 마른 체격의 남자가 신경정신과 앞을 서성이고 있었다. 그가 서 있는 곳은 일반 진료실이 아닌 의사들이 쉴 수 있는 휴게 공간이었다. 그도 몇 년 전엔 이병원의 이비인후과에 근무했었다.

조용한 성격의 그는 많은 사람들과는 사귀지 못했다. 유일하게 친하게 지내던 친구를 만나기 위해 이곳에 온 박 원장이었다.

"오래 기다렸어?"

"아니."

"상담이 좀 길어져서."

정신과 전문의인 조의선과 그는 둘도 없이 친한 친구였다. 그래서 오늘 윤정을 그에게 소개해 준 것이었다.

"그동안 불면증은 좀 어땠어?"

휴게실 안으로 들어가며 의선이 물었다. 박 원장은 의선에게 불면증 진료를 받고 있는 중이었다.

"아직이야."

"그렇다고 그렇게 수면제에 의존하는 건 좋지 않아. 지난번보다 체중이 더 빠진 것 같아."

의선이 걱정스러운 얼굴로 말했다.

"나도 알아."

"알면 수면제보다는 운동을 시작하던지 해."

안 보던 사이에 잔소리만 는 것 같았다.

"그나저나 윤정이는 어때?"

자신의 진료가 아닌 윤정이 궁금해서 온 박 원장이었다. 박 원장이 윤정의 이야기를 묻자 의선이 웃음을 터트렸다.

"둘의 관계는 뭐냐?"

"뭐가?"

"둘이 심각한 관계야?"

"아니야, 그런 거."

박 원장은 눈을 가늘게 뜨고 보는 의선에게 손사래를 치며 말했다.

"김윤정 때문에 병원 문까지 닫고 온 거야?"

"……."

윤정 때문에 병원 문을 닫고 온 건 사실이었기 때문에 뭐라고 반박하지 못한 박 원장이었다.

"나이가 서른아홉인데 아직도 연예인이야? 그리고 김윤정은 너무 어리지 않아?"

"누가 뭐래?"

"아니 그렇다고. 좀 늦게 오던가. 그럼 저녁이라도 같이 먹지."

"아니야, 병원 들어가 봐야 해."

박 원장이 일어나자 의선은 박 원장의 등을 토닥였다.

"우리 와이프 후배 중에 괜찮은……."

"관심 없다."

그는 이렇게 말하고는 병실을 빠져 나왔다. 혹시나 윤정이 아직 있나 해서 대기실을 보았지만 윤정은 보이지 않았다.

"실망인데……."

박 원장은 윤정이 앉아 있던 자리에 잠시 앉았다. 윤정의 온기가 그대로 묻어나는 것 같았다. 이렇게 윤정을 짝사랑한 지 3년째였다.

아직 고백은 하지 못했지만 빠른 시일 내에 그녀에게 마음을 고
백할 거라는 생각을 하고 있었다.

박 원장의 입가에 희미한 미소가 걸렸다.

## 2. 다가오는 그림자

밴에서 내리는 게 두려웠다. 사람들의 뜨거운 관심은 식을 줄을 몰랐고 그건 기자에 국한된 건 아니었다. 어딜 가도 다 엄마에 관한 이야기뿐이었고 인터넷에는 그녀에 관한 악의적인 댓글들이 달렸다.

하루도 마음 편할 날이 없었다. 집이나 차 안이 아니고서는 어디에서도 자유롭지 못한 그녀였다.

경찰서의 문턱을 제집 드나들 듯이 하고 있는 윤정이었다. 경찰들은 범인을 잡는 일보다는 그녀를 더 보고 싶어 하는 것 같았다. 그녀가 경찰서에 가면 기자들도 많이 있었지만 근무 중인 경찰들까지 그녀를 보기 위해 강력계 문 앞에 몰려들었다.

다행히 이번엔 승빈이 그녀를 편하게 들어가게 막아 주었지만 평소 혼자 경찰서 안으로 향하는 길은 항상 사람들로 인해 힘이 들었었다.

"앉으세요."

담당 형사인 이 형사가 그녀에게 앉기를 권했다.

"더 물어보실 말이 있나요?"

이 형사의 눈이 윤정의 옆에 서 있는 승빈에게로 향해 있었다.

"거기 옆에 계신 분도 앉으세요."

변호사와 윤정, 그리고 승빈이 자리에 앉았다. 지난번에 승빈과 이 형사가 부딪쳤는데 말만으로 완전히 묵사발을 만들어서 경찰들도 그의 눈치를 보고 있었다. 당시에 이 형사가 윤정에게 조사도 받기 전에 사진을 같이 찍자고 말한 후였다.

변호사보다 더 논리적으로 이 형사의 잘못을 조목조목 말한 승빈은 이 형사의 말까지 녹음해 놓은 게 있다면서 경찰청에 투서를 넣겠다고 깔끔하게 마무리까지 했었다.

그곳에 있던 모든 사람들이 놀랐고 윤정 또한 놀라긴 마찬가지였다. 그리고 말을 어찌나 잘하는지 이 형사가 결국 두 손 두 발다 들어 버렸다. 이 형사가 승빈에게 꼼짝 못하는 진짜 이유는 승빈이 이 형사가 상심이 큰 윤정에게 사진을 찍자고 한 장면을 핸드폰으로 찍어 두었기 때문이었다.

그리고 승빈을 말리려고 왔던 형사들도 결국은 승빈의 말솜씨에 꼼짝도 못했었다. 역시 일급 경호원은 다른 것 같았다. 주먹뿐만 아니라 말싸움도 잘하니 말이다.

굳은 표정으로 앉아 있는 승빈을 힐끔거리며 이 형사가 말했다.

"증거를 찾긴 했는데 시간이 좀 걸릴 것 같습니다."

"왜요?"

"유일하게 남은 증거가 어머니의 손톱에 남아 있는 피부에 대한 DNA 분석인데 그게 현재 동종 범죄자의 것과 대조를 한 결과 맞는 게 없습니다. 조금 더 시간이 걸릴 것 같습니다. 그리고 이거……."

이 형사가 뭔가를 그녀 앞으로 밀었다.

"이건……."

그녀가 즐겨 입는 스카이 블루색의 팬티였다. 그녀가 가지고 있는 대부분의 속옷은 유럽 명품 속옷이었다. 국내엔 입점이 되어 있지도 않은 제품이었다. 유럽 여행을 갔을 때 사서 입고는 너무 좋아서 그 뒤로는 이 속옷만 입고 있었다.

그리고 그녀가 입는 스카이 블루색은 현지에서만 판매가 되는 색이었다.

"현장에서 발견된 겁니다. 세탁한 흔적이 있는 물건입니다."

"이건…… 제 거 같은데요."

온몸에 소름이 돋았다. 엄마를 죽일 당시에 범인은 그녀의 속옷을 가지고 있었단 소리였다. 어떻게 이 팬티가 범인의 손에 있었던 걸까?

"집엔 어느 누구도 들어올 수 없습니다. 일하는 도우미 아주머니만 일주일에 3번 오시는데, 저희와 5년을 넘게 함께한 분이 이걸 다른 사람에게 줄 리가 없잖아요."

"누구든지 의심을 해 봐야겠죠."

여전히 마음에 안 드는 소리만 하는 이 형사였다. 경찰서에서 나온 그들은 변호사와 인사를 할 틈도 없이 기자들을 헤치고 나오기 바빴다.

"후…… . 연예인은 아무나 못하겠어."

승빈이 혼자서 중얼거리는 소리를 들은 윤정이 피식 웃었다.

"한승빈 씨도 경호원 때려치우고 연예인 한번 해 볼래요? 외모도 그만하면 준수하고…… ."

농담이 아니라 연예인을 해도 괜찮을 외모였다. 잘생기기만 해서는 연예인이 될 수 없었다. 연예인은 기본적으로 사람을 끄는 매력이 있어야 했다. 승빈은 그 매력을 넘치게 가지고 있으니 연예인에 적합했다.

"그 얘긴 주원이, 아니 차 대표에게 귀가 닳도록 들어서…… ."

"겸손하진 않군요?"

"그런 거 모릅니다."

그가 운전을 시작했다. 언니는 오전에 다른 볼일이 있어서 운전기사인 재욱과 함께 윤정의 차를 타고 기획사로 먼저 갔다. 그래서 본의 아니게 둘만 움직이게 되었다.

"재미있어요?"

궁금했다. 그녀를 싫어하는 티를 이렇게 팍팍 내는데도 일을 하는 이유가 아주 궁금했다.

"뭐가요?"

"경호하는 거요."

"군인이었는데 제대하고 특별히 할 일이 없었습니다. 그래서 시작하게 됐죠."

그는 아무렇지도 않게 말했다.

"군인도 잘 어울렸을 것 같아요."

정말 군복이 더 잘 어울릴 것 같았다. 승빈은 각이 잡혀 있는 사람이었다. 여자들의 야릇한 상상 속의 남자가 그였다. 말은 하지 않았지만 군대에서도 특수부대에 있던 사람이지 않을까 싶었다. 그에겐 뭔지 모를 비밀스러움이 있었다.

왜 이렇게 상상의 나래를 펴고 있는지. 윤정은 자꾸 신경이 쓰이게 하는 승빈이 마음에 들지 않았다. 기획사에 도착할 때까지 그들은 말이 없었다. 숨이 막힐 정도의 침묵에 윤정은 눈을 감았다. 그리고 깜박 잠이 들었다. 새벽부터 일어나서 준비를 했더니 피곤이 한꺼번에 몰려왔다.


똑같이 반복되는 꿈이었다. 꿈속에선 언제나 엄마가 죽던 날이 반복되고 있었다. 드라마 촬영을 마친 늦은 시간이었다. 엄마가 차를 빼러 갔는데 아무리 기다려도 오지 않았다. 한참을 기다리다가 불안한 마음에 윤정은 엄마가 차를 가지러 간 자리로 향했다.

그녀의 검은색 밴 앞에 엄마와 광대의 탈을 쓴 남자가 실랑이를 벌이고 있었다. 엄마가 남자의 팔을 잡고 놓지 않고 있었다.

"엄마?"

그들은 그녀의 목소리를 듣지 못하는 것 같았다. 촬영장이 양평의 야산이라서 사람들도 그리 많지 않았다. 스텝들은 아직 정리 중이었다.

"엄마!"

갑자기 남자가 칼로 엄마를 찌르기 시작했다. 그런데 윤정은 발이 떨어지지 않았다. 가서 말려야 하는데 발이 움직이지 않았다.

"엄마!"

억 소리도 나오지 않았다. 엄마의 얼굴이 고통으로 일그러지고 있었다. 엄마는 바닥에 붉은 피를 흘리며 쓰러졌다. 쓰러진 엄마를 확인한 칼을 든 남자가 그녀에게 달려왔다. 그리고 그녀의 목을 조르기 시작했다.

"으으윽……."

거의 숨이 넘어갈 무렵이었다. 스텝들이 달려오고 있었다.

"또 올 거야."

그녀를 만나기 위해 또 올 거라는 남자의 말에 윤정은 겁이 나서 그대로 얼어붙었다. 남자는 뒤돌아 유유히 사라지고 있었다. 윤정은 모든 용기를 끌어 모아 남자를 향해 달려가려고 했다. 죽여 버릴 것이다. 엄마를 죽인 원수였다.

"죽여 버릴 거야!"

"김윤정 씨!"

"……."

누군가 그녀를 부르고 있었다.

"김윤정 씨!"

검은 날개를 가진 천사가 그녀를 부르고 있었다. 거대한 천사는 광대의 탈을 쓴 남자로부터 그녀를 지켜 줄 것 같았다. 윤정은 그에게 광대를 잡아 달라고 애원했다.

"제발…… 광대를 잡아 주세요."

"김윤정 씨, 정신 차려요."

"천사님······. 제발······."

그리고 눈을 떴는데 눈앞에는 검은 날개를 가진 천사가 아니라 승빈이 그녀를 깨우고 있었다. 그의 잘생긴 얼굴이 그녀의 얼굴 가까이에 있었다. 검은 날개를 가진 천사와 승빈이 겹쳐 보이기 시작했다. 꿈에서 덜 깬 것 같았다.

"괜찮아요?"

"······."

왜 이 남자가 꿈속에서 그녀를 지켜 줄 것 같았던 검은 천사와 오버랩이 되는지 윤정은 알 수가 없었다.

"일어날 수 있겠어요?"

"네······. 어머!"

승빈이 그녀를 안아 들었다. 그의 강한 팔이 그녀를 아주 가볍게 안아 들었다. 왜 이 남자는 신경이 쓰이면서도 안심이 되는 것일까?

"기자들이 너무 많아요. 그냥 기대고 있어요."

"······."

그는 윤정을 가볍게 안아 들고는 몰려 있는 기자들 사이를 뚫고 JW엔터테인먼트 안으로 들어갔다. 남자의 품에 안긴 게 한두 번도 아닌데 심장이 두근거렸다.

이건 아무래도 그가 그녀가 좋아하는 청량한 향수를 뿌린 탓이지 그에게 다른 마음이 생겨서 그런 건 아니라고 윤정은 생각했다.

그의 탄탄한 근육이 온몸으로 느껴지고 있었다. 기자들이 질문하는 소리와 플래시 소리가 들리지 않아도 그는 여전히 윤정을 안고 있었다. 한쪽 눈을 살며시 뜬 윤정은 그가 로비를 지나 엘리베이터 앞에서도 그녀를 안고 있다는 걸 알게 되었다.

"내려 주세요."

"……"

그녀의 말에 아쉬운 마음이 생길 정도로 그는 곧바로 그녀를 내려놓았다.

"고마워요."

윤정도 멋쩍은 마음에 감사 인사를 했다.

"아주 그냥 영화를 찍는구나."

뒤에서 차 대표가 그들을 향해 걸어오고 있었다. 그들의 모습을 본 모양이었다.

"안 그래도 한 매니저가 누구냐고 기자들이 물어대는 통에 머리가 지끈거리는데, 윤정이를 안고 들어오고. 아주 튀려고 작정을 하신 거야, 그치?"

"……"

차 대표의 물음에도 승빈은 표정 하나 변하지 않고 서 있기만

했다. 그때 엘리베이터가 도착했고 사무실에 도착하는 내내 차 대표의 잔소리는 계속되었다.

"내가 조용히 경호하라고 매니저라고 사람들에게 소개했는데. 이건 소속사 배우보다 더 튀고 있으니……."

"그만해."

"이게 그만할 일이야?"

사무실엔 설희가 앉아 있었다. 차 대표와 승빈이 싸우는 줄 알고 어쩔 줄 모르는 표정을 짓고 있었다.

"언니, 싸우는 거 아니야."

윤정은 이렇게 말하며 소파에 앉았다. 설희는 그녀와는 다르게 아직 순진한 면이 많았다. 아무래도 사회생활을 어릴 때부터 한 윤정과는 여러 면에서 달랐다.

"오전 일은 잘 됐어?"

남자들을 무시하고는 설희하고만 말을 하는 윤정이었다.

"응, 방송 나가는 건 사십구 제 후에 나가는 걸로 했고 촬영은 다음 달에 하기로 했어."

"수고했어."

"그것뿐만 아니라 화보 촬영하고 드라마 차기작도 연달아 들어오고 있어서 빨리 골라야 할 것 같아."

윤정은 아역 배우 출신으로는 드물게 톱스타였다. 어릴 때보다 더 예쁘게 컸으니 당연히 그럴 수밖에 없었다. 더구나 청순가련한 이미지는 남자들로 하여금 보호 본능을 자극시키고 있어서 한동안은 톱스타의 자리를 굳건하게 유지할 것 같았다.

"오후에는 병원에 가 봐야 할 것 같아."

"왜?"

"비염이 더 심해진 것 같아서."

"알았어. 박 이비인후과에 예약 잡아 놓을게."

"응."

윤정은 비염이 유달리 심했다. 다른 사람은 여름엔 좀 덜하다는데 윤정은 거의 일 년 내내 비염 때문에 고생이었다.

"윤정이는 당분간은 차기작 고르는 데 신경 쓰고, 화보 촬영은 될 수 있으면 잡지 마세요."

"네, 알겠습니다."

"그리고 한 매니저는 돌발 행동을 하지 않았으면 좋겠고."

"……."

"왜 대답이 없어?"

"알았어."

"경찰서에서 조사는 잘 받았어? 지난번처럼 경찰을 말발로 죽이는 황당한 일은 없었고?"

"네, 경찰들이 알아서 기더라고요."

"안 봐도 훤하다."

점심을 먹고 그들은 박 이비인후과로 향했다.


박 이비인후과는 언제나 사람들로 만원이었다. 의사가 어찌나 친절한지 또 온다는 환자들이 많았다. 물론 실력도 아주 좋았다. 그래서 보통은 2시간 이상 진료를 기다려야 하는데 유일하게 프리패스인 환자가 있었다.

그건 김윤정이었다. 전화 예약은 받지 않는 병원에서 김윤정은 예약을 받아 주었다. 물론 여름이라서 환절기처럼 많이 기다려야 하는 건 아니지만 그래도 간호사들이 보기엔 원장의 지나친 친절이었다.

"대스타네."

김 간호사가 중얼거리자 염 간호사가 웃으며 말했다.

"질투해요?"

"내가 왜?"

"김 쌤은 우리 원장님 좋아하니까."

"아니야."

"아니긴요. 다 쓰여 있는데."

김 간호사는 박 원장을 남몰래 짝사랑했다. 그래서인지 김윤정이 더 얄밉게 느껴지고 있었다.

"김윤정이 예뻐? 난 별로던데."

"예쁘죠. 솔직하게 말합시다. 남자들이 너무 좋아하니까 애인 있는 여자들의 탄핵 대상이긴 하죠."

"……."

확실하게 염 간호사의 말에 반박을 할 수 없어서 김 간호사는 입을 다물었다. 가녀린 몸매에 백옥 같은 피부를 가진 윤정은 남자들에게 보호 본능을 일으키는 여자였다. 거기에 청초한 눈망울은 금방이라도 눈물이 떨어질 것 같았다.

"마음 접어요."

"뭘?"

"박 원장님이요. 아주 그냥 입이 귀에 걸릴 것 같잖아요. 진료실 밖에까지 마중도 나오시고."

"그래, 난 저게 꼴 보기 싫어."

"언니가 왜요?"

"그러게."

욱하는 마음에 진심이 튀어나와 버렸다. 박 원장은 직접 진료실 밖으로 나와서 김윤정을 모시고 안으로 들어갔다. 귀빈도 저런 귀빈이 없었다. 자기 애인한테도 저렇게는 안 할 것 같았다.

"진짜 꼴불견이야."

"왜요, 보기 좋은데요. 나도 다음 생은 저런 얼굴로 태어나고 싶다."

"저도요."

"어머."

환자가 접수를 하려다가 그녀들의 말을 들은 모양이었다. 김 간호사는 얼른 정신을 차리고 환자의 접수를 받았다.

"그런데 김 쌤."

"왜?"

"저기 저 남자 진짜 멋지지 않아요?"

하긴 김 간호사도 윤정이 들어 올 때부터 같이 들어온 남자에게 눈길이 향하긴 했었다. 윤정은 늘 언니인 설희와 왔는데 오늘은 남자가 하나 더 왔다.

"연예인이겠죠?"

"글쎄……."

"진짜 잘생기지 않았어요? 배운가? 아닌데 저 정도의 외모면 분명히 알 텐데……."

범상치 않은 외모긴 했다. 조각미남인 데다가 분위기마저 멋진 남자였다. 잘생긴 사람은 찾으려면 얼마든지 찾을 수 있었지만 남자가 풍기는 분위기는 쉽게 찾을 수 있는 게 아니었다.

남자는 존재 자체만으로도 섹시함을 뿜어내고 있는 사람이었다.

"모델인가?"

"맞다. 본 것 같아요."

염 간호사가 남자를 보며 큰소리로 말하자 남자가 그들 쪽으로 고개를 돌렸다.

"우리 얘기 들었나 봐요. 그런데 진짜 잘생겼다."

김 간호사도 심장이 두근거리는 것 같았다.

"죽어도 좋으니 저런 남자하고 하루만 지내 봤으면 소원이 없겠다."

"나도."

또 저도 모르게 진심이 툭 튀어 나왔다. 저 남자를 본 여자라면 충분히 할 수 있는 생각이었다. 김 간호사는 그래도 그림의 떡 같은 남자보다는 그나마 현실성이 있는 박 원장이 더 좋았다.


"코 안이 많이 부었어요."

박 원장은 윤정의 코 안을 모니터로 보며 말했다.

"오른쪽이 왼쪽보다 더 심하네요. 목도 좀 부어 있고. 지난번에 드렸던 뿌리는 약은 가지고 있으신가요?"

"네."

"오늘은 안연고를 처방해 드릴 테니 자기 전에 면봉으로 오른

쪽 코 안에 바르고 주무세요."

"네."

윤정은 힘이 없어 보였다. 가뜩이나 마른 윤정인데 박 원장은 걱정이 되었다.

"괜찮아요?"

"아뇨."

괜찮냐고 묻기만 했는데도 윤정의 눈에 눈물이 차올라 있었다.

"어머님 일은 어떻게 위로를 해야 할지……."

"걱정해 주셔서 감사합니다."

"너무 스트레스받지 말아요. 어머닌 좋은 곳에 가셨을 거예요."

"네……."

박 원장의 손이 윤정의 어깨까지 갔다가 다시 돌아왔다. 박 원장에게 윤정은 존재 자체만으로도 떨렸다. 무미건조했던 그의 인생에 단비 같은 존재였다.

그런 존재가 이렇게 큰 슬픔을 겪고 있으니 당연히 가슴이 찢어지게 아팠다.

윤정의 눈에서 눈물이 떨어지면 그도 같이 울 것만 같았다.

"다 됐죠? 원장님 저는 이만 가 볼게요."

윤정은 자꾸 가려고만 했다. 조금 더 그와 함께 있어 준다면……. 악마에게 영혼이라도 팔고 싶은 심정이었다.

"내일모레 한 번 더 나오세요."

"네, 그럴게요."

아쉬웠지만 또다시 만날 수 있다는 게 좋았다. 윤정이 가고 그는 의자에 앉아 눈을 감았다.

"10분만 쉴게."

"네, 원장님."

간호사가 진료실을 나가는 소리가 나자 그는 머리에 손을 올렸다.

"병신 새끼! 그냥 가지 못하게 붙잡았어야지."

그의 안에 있는 또 다른 박준수가 자꾸만 성질을 내고 있었다.

"머저리처럼 하하 호호 하며 그렇게 웃고 있는 게 좋아?"

"그만!"

그는 자신의 입을 손으로 막았다. 요즘 들어 자꾸만 그의 안에 있는 또 다른 그가 밖으로 나오려고 하고 있었다.

"제발……."

이를 악물고 참고 있는 박 원장이었다. 병원에서 박준수를 나오게 해서는 안 된다는 생각뿐이었다. 박 원장의 안에는 괴물이 살고 있었다. 마치 지킬과 하이드처럼 그는 또 다른 자아 때문에 휘청이고 있었다.

똑똑!

"원장님, 다음 환자분 들여보낼까요?"

"어? 들여보내."

"원장님 어디 편찮으세요? 식은땀이……."

"아니야."

"네."

박 원장은 손수건으로 이마를 재빠르게 닦아 낸 후에 다음 환자를 받았다.


병원을 나와서 밴에 오른 윤정을 승빈이 백미러로 보고 있었다. 그와 눈이 마주치자 저절로 인상이 써지는 윤정이었다.

"왜요?"

평소의 그녀답지 않게 유독 승빈에겐 까칠하게 말이 나갔다. 까칠한 성격이긴 해도 아무에게나 무례하게 굴진 않았는데 이상했다.

"박 원장이라는 사람을 자주 마주쳐서요."

"윤정이 팬이에요. 티를 안 내려고 안간힘을 쓰시는데 윤정이 팬클럽 회원이시거든요. 그래서 윤정이의 일에 관심이 많으세요."

설희가 윤정을 대신해서 말했다.

"박 원장님은 좋은 사람이에요."

"지금은 아무나 믿으면 안 됩니다."

"그렇다고 다 의심할 순 없죠."

"하루에도 맑았다가 흐렸다가 그러니까 이해하세요."

윤정이 말만 하면 승빈에게 사과하는 언니에게도 화가 났다. 왜 저 남자에게 꼼짝을 못하는 지 정말 알 수 없는 일이었다.

"언니!"

"윤정이 너도 너무 까칠하게 굴지 마."

설희의 말에 윤정의 입을 내밀고 창가를 보았다. 언니도 쓸데없이 잘생긴 저 남자에게 넘어간 게 분명했다. 그러니 그녀의 편을 들어주지 않고 저 남자의 편을 들어주는 것이다.

윤정은 승빈의 뒤통수를 한 차례 노려보고는 다시 창밖을 보았다.

윤정은 세상의 모든 남자들이 다 친절한 줄 알았다. 그녀를 차갑게 대하는 남자를 본 적이 없었다.

승빈이 불친절하다는 게 아니라 철저하게 예의만 지키는 선을 유지하고 있는 그였다. 더 싫은 건 이런 것 하나하나까지 의식하는 자신이었다.

더 이상의 일정이 없어서 그들은 집으로 향하는 줄 알았다. 한 달간은 특별한 스케줄이 없었다. 그런데 승빈은 집 방향으로 가는 게 아니었다.

"집 방향이 아닌데……"

"오늘 들를 곳이 있습니다."

"어딜 가는데요?"

일정에서 벗어난 곳을 가는 건 불안했다.

"이번 사건에 도움이 될 만한 곳입니다."

"그러니까 거기가 어디냐고요?"

윤정이 다시 까칠하게 물었다. 신경이 예민해지는 것 같았다.

"다 왔습니다. 내리세요."

그녀는 주변을 보았다. 그들이 도착한 곳은 대형 오피스텔의 지하 주차장이었다.

"여기 왜 오신 거예요?"

설희도 의아했는지 물었다.

"친구가 하는 심리 치료실이 있는데 뭘 좀 알아보려고요."

"정신과는 다녀왔잖아요!"

윤정이 짜증이 나서 쏘아 붙였다.

"그냥 경호업무만 보시면 안 되겠어요? 왜 자꾸 사람을 까칠하게 만들어요?"

"윤정아!"

또 언니가 윤정의 어깨를 잡으며 말렸다.

"치료가 목적이 아니라 지난번 사건 때문에 알아볼 게 있어서 온 겁니다. 시간이 많이 걸리지는 않을 겁니다."

승빈은 이렇게 말을 하고는 윤정과 설희를 데리고 오피스텔 안으로 도착했다. 그들이 도착한 곳은 오피스텔 안에 있는 심리치료, 연구실이었다.

"안녕하세요?"

친구라고 해서 젊은 사람일 줄 알았는데 나이가 지긋한 노신사가 인사를 하며 그들을 맞이했다.

"오랜만입니다. 교수님."

"잘 지냈나?"

"네."

승빈과 교수라는 사람은 굉장히 친해 보였다. 오피스텔은 생각보다 컸고 온통 책으로 가득했다. 집이나 일하는 공간이라기보다는 커다란 서재 같은 느낌이었다.

"여긴 왜 온 거예요?"

윤정이 참지 못하고 물었다.

"최면을 걸어서 그때 일을 좀 더 들여다보기 위해서 온 겁니다."

"싫어요."

윤정은 단번에 거절했다. 그날의 일을 떠올리고 싶지 않았다.

"매일 밤 꿈꾸고 시달리는데, 최면까지 걸어가면서 떠올리는 건 싫어요. 언니 나 안 할래."

윤정은 설희를 보며 안 하겠다고 고개를 흔들었다.

"경찰에 진술한 내용 말고 더 기억을 끌어 모아야 합니다. 어쩌면 가까이 있는 사람의 소행일 수도 있으니까요."

"한 매니저님! 제 주변엔 그런 분이 없고 절 수년간 스토킹하는 사람은 저도 모르는 인물이라고요."

"범인을 잡기 싫으시군요."

"……."

"경찰에는 이미 수십 번 같은 말을 했고 아직도 진전이 없지 않습니까? 보고도 스스로 기억해 내지 못하는 부분도 있을 수 있으니까, 실오라기 같은 불씨라도 살려 보자는 거죠."

승빈의 눈빛을 보니 물러설 것 같지 않았다.

"알았어요. 하지만 아무것도 나오지 않으면 그땐 가만히 있지 않을 거예요."

"마음대로."

점잖은 사람이라고 언니가 말을 했지만 그녀에게만은 그렇지 않은 것 같았다. 그녀가 그러는 것처럼 둘은 서로 맞지 않는 것 같았다.

윤정은 교수가 시키는 대로 의자에 앉았다.

"마음을 편하게 가지세요."

"편할 수가 없네요."

교수 옆에 승빈이 서 있었기 때문에 더 그런 것 같았다.

"나가 있으면 안 돼요?"

"안 됩니다."

"후……."

고집쟁이! 윤정은 속으로 그렇게 생각하며 갖은 욕까지 덧붙였다.

"눈을 감아 주세요."

"……."

"이제 점점 더 편안해집니다……. 몸이 점점 가벼워짐을 느낍니다……."

교수의 말을 듣다 보니 눈앞에 검은 문이 보였다. 그 문을 열고 들어가라고 하는데 가고 싶지 않았다. 하지만 윤정은 용기를 내서 문을 열었다.

"뭐가 보이나요?"

"엄마를 찾아…… 주차장으로 가고 있어요."

"엄마가 보이나요?"

"네……."

베이지색 면바지에 화이트 린넨 티셔츠를 입은 엄마의 뒷모습이 보이고 있었다.

"혼자 계시나요?"

"아뇨……."

"또 누가 보이나요?"

"안 돼……!"

"남자가 보이나요?"

윤정은 고통으로 신음하며 고개를 끄덕였다.

"남자의 모습은 어떻죠?"

"광대탈을 썼어요……. 밝은 갈색의 파마를 한 가발을 쓰고 빨간 코를 붙이고 있어요……. 바지가 헐렁할 정도로 말랐어요……."

여기까지는 경찰에서 말한 것이었다.

"보통 키에 마른 남자예요. 엄마……. 안 돼! 남자가 엄마의 배를 칼로 찔렀어요. 엄마가 광대를 못 가게 끌어안았어요."

"어딜 못 가게 하죠?"

"나……."

윤정은 목이 메어 더 이상 말을 하지 못했다.

"크게 호흡하세요."

"후……."

"뭐가 보이나요?"

"엄마가 쓰러지고 광대가 나에게 달려와서 내 목을 눌러요……. 숨이, 막혀……. 헉!"

"집중하세요. 당신을 죽일 수 없어요. 당신은 어떻게 하고 있나요?"

"광대의 팔을 잡았어요. 광대의 팔을 꽉 잡고 손톱이 파고들 때까지 눌렀어요. 너무 아파……."

"광대의 팔에 상처를 냈나요?"

"네, 광대가 멈췄어요……."

"왜죠?"

"스텝들이 와요. 내가 광대의 팔을 잡았는데 흉터가 있어요……."

"무슨 흉터가 있나요?"

"칼자국……? 많아요. 도망가요. 잡아야 하는데……. 엄마!"

윤정이 너무 울어서 더 이상은 진행하기가 어려웠다. 윤정은 최면에서 깨어나 한동안 서럽게 울었다. 그리고 범인의 팔에 흉터가 있다는 사실을 똑똑하게 기억하게 되었다.

"마치 화상처럼 여러 줄의 칼자국이 있었어요. 어릴 때 조폭 영화를 찍었는데 거기에서 조폭들이 과시하기 위해서 자신의 팔에 칼자국을 낸다는 걸 알게 됐죠. 그것과 비슷한 자국을 본 것 같아요."

"그럼 조폭인 거야?"

"아니, 꼭 그렇다고 볼 수 없죠. 조폭이 아니더라도 얼마든지 할 수 있어요. 그것도 자해의 일종이니까요."

승빈의 말에 윤정의 표정이 굳었다.

"미쳤다는 증거를 또 하나 찾았네요."

"그래도 다행인 게 범인을 특정하기 그만큼 쉬워졌단 거죠."

"팔에 수많은 칼자국이 있는 미친놈이네요."

윤정은 입에서 더 심한 말을 뱉으려다 참았다. 지금은 범인을 잡는 게 더 중요했다.

"고생했어. 윤정아."

설희가 윤정을 따뜻하게 안아 주었다. 하지만 윤정의 몸은 계속해서 떨리고 있었다. 보기 싫은 장면을 다시 떠올렸고 최면상태에서 깨어나서도 역시 기억을 하고 있으니 충격에서 헤어 나오지 못하고 있는 것 같았다.

"내가 할 수 있으면 했을 텐데……."

"말이라도 고마워."

그녀는 여전히 몸을 덜덜 떨었다.

"안 괜찮아 보이는데? 병원에라도……."

"아니야, 자고 싶어. 쉬면 좋아질 것 같아."

언니는 그녀를 밴에 태우고는 옷으로 오한이 온 그녀의 몸을 덮어 주었다.

"윤정아, 좀 자."

"알았어. 언니, 손 좀 잡아 줘."

불안한 마음이 언니의 손을 잡고 나니 조금 나아지는 것 같았다. 그런 그녀의 모습을 승빈이 안쓰럽게 보고 있었다. 왜 저런 자상한 눈빛을 보이는 건지.

하던 대로 하라고 말하고 싶었지만 지금은 정신적인 에너지를 과하게 소모한 상황이어서 윤정은 그대로 눈을 감고 잠을 청했다.

윤정의 운전기사로 일한 지 2년이 되는 재욱이었다. 처음엔 돈이 필요해서 몇 달만 고생하자고 시작한 일이었지만 지금은 윤정, 설희와도 잘 지내고 윤정이 돈도 잘 챙겨 주어서 계속 일을 하고 있었다.

오늘은 오후에 일이 있다고 잠깐 외부에 나온 상황이었다. 새로 들어온 보디가드 겸 매니저인 승빈이 대신 밴을 운전해 주었기 때문에 마음 편하게 나올 수 있었다.

강남의 커피숍은 어딜 가도 세련되게 느껴졌다. 지방에서 처음 올라왔을 땐 이런 곳에 오는 게 굉장히 불편했는데 서울 물 먹은 지 2년 만에 그는 아주 편하게 커피숍 정도는 드나들고 있었다.

물론 완벽하게 촌티를 벗은 건 아니었기 때문에 주변을 의식하긴 했지만 그래도 처음에 비하면 아주 많이 나아진 재욱이었다.

커피를 가지고 자리에 앉은 재욱은 주위를 둘러보았다. 서울에 와서 그는 가장 놀란 게 세련되게 꾸민 여자들이 많다는 것이었다.

윤정은 일반인이 아니기 때문에 제외하고라도, 설희나 다른 스텝들도 다 화려해 보였다. 서울은 길 가는 아주머니도 나이를 가늠할 수 없을 만큼 자기 관리들을 잘하는 것 같았다. 이 커피숍은 예쁜 여자들로 가득했다.

재욱은 나사 풀린 눈을 하고는 여기저기 구경하느라 누가 옆에 오는지도 모르고 있었다.

"오래 기다렸어?"

"아니요."

고향 선배가 갑자기 만나자고 해서 그는 조퇴까지 하고 선배를 만나기 위해 나왔다. 평소 너무 신세를 지는 선배라서 거절하기도 어려웠다.

"왜 이렇게 살이 빠지셨어요?"

"그래?"

그의 물음에 선배는 휴대폰을 거울 삼아 자신의 얼굴을 체크하고는 바로 덮어 버렸다. 본인도 자신의 얼굴이 핼쑥하다는 걸 아는 모양이었다.

"무슨 안 좋은 일이라도······."

"그것보다 내가 부탁한 거 알아 왔어?"

그의 질문은 무시하고 바로 용건에 들어간 선배였다.

"네. 여기······."

선배는 서류봉투를 받아 들고는 자리에서 일어나려고 했다.

"형."

"어?"

"정말 형은 아니죠?"

오늘 경찰서에서 조사를 받은 이야기를 듣다가 그는 소스라치게 놀랐다. 그가 선배에게 준 속옷이 뒤늦게 증거물로 나왔다는 것이었다. 분명이 선배는 속옷을 잃어 버렸다고 했었다. 그리고 다시 구해 줄 수 없냐는 말도 했었다. 물론 거절하기는 했지만 말이다.

"아니야."

"······알았어요."

"밥이라도 먹고 싶은데 오늘 저녁엔 약속이 있어서······."

얼굴이 너무나 창백했다. 며칠간 피죽도 못 먹은 사람 같았다.

"의사가 그렇게 아파 보이면 환자들이 싫어해요. 그러니까 밥잘 챙겨서 먹어요."

"고마워."

"그리고 지난번엔 고마웠어요. 어머니 병원비……."

"아니야, 나 먼저 갈게."

"네."

시골 촌에서 의사가 나왔으니 마을의 경사였다. 그런 선배가 2년 전에 서울에 직장을 얻어 줄 테니 오라고 했었다. 시골 생활에 지친 그에겐 꿈같은 이야기였다. 거기다가 선배는 지금의 직장과 함께 방까지 얻어 주었다.

물론 보증금은 나중에 돌려주기로 했지만 몇 달간 형이 방세까지 내 주었다. 그는 정말 운이 좋은 사람이었다. 그런데 그렇게 좋은 형의 단 한 가지 흠이 바로 연예인에게 미쳐 있다는 것이었다.

내일모레면 마흔인데 선배는 팬클럽 활동까지 할 정도로 아주 열혈 팬이었다.

"아주 적극적이야."

그 연예인이 김윤정이었다. 그래서 가끔 선배에게 윤정이 쓰던 물건을 가져다주었다. 그건 선배의 처음으로 부탁한 일이었다. 지금은 너무 사적인 걸 물어서 조금은 불안했지만 그래도 의사인 선배가 무슨 안 좋은 일을 저지를 것 같지는 않았다.

지난번엔 생일 선물로 정말 화끈한 선물을 했었다. 그건 윤정의 속옷이었다. 물론 팬티 한 장이었지만 차 안의 옷가방에서 슬쩍해서 선배에게 주었다. 선배는 속옷을 받자마자 얼굴이 붉어져서 그를 웃게 만들었었다.

그런데 오늘은 선배가 처음으로 그가 가지고 있는 윤정의 집 출입 카드를 며칠만 빌리자고 했다. 그는 왜냐고 묻지 않았고 형도 이유를 말하지 않았다.

윙—

그의 핸드폰이 울렸다.

"네, 선배."

[지금 입금했다. 돈은 넉넉하게 넣었으니까 어머니 병원비에 보태고. 카드는 그냥 분실했다고 하고 다시 발급받아.]

"알았어요. 그런데 선배……."

[응?]

"무슨 일…… 있는 건 아니죠?"

[그래.]

전화를 끊고 나서도 불안했다. 이런 느낌은 처음이었다. 물론 어머니의 병원비를 보태 준 건 고마웠지만 병원비를 입금한 지 얼마 되지도 않아서 또 돈을 받으니 고맙다기보다는 찜찜한 마음이 더 컸다.

"아닐 거야……."

준수 선배는 성공한 이비인후과 의사였다. 선배는 단순히 김윤정을 좋아하는 거지 이번 사건과는 무관했다. 선배가 자신의 모든 걸 포기하고 그런 무서운 짓을 저지를 리가 없었다.

## 3. 원치 않는 끌림

며칠 동안 제주도에서 화보 촬영이 있었다. 8월이지만 가을 화보 촬영을 했다. 너무 더워서 숨이 턱 하고 막히는데 트렌치코트를 입고 그 안에는 두꺼운 니트와 면바지까지 입었다. 땀이 비 오듯이 흘러내렸고 메이크업 때문에 촬영 속도가 빨랐다.

"굳이 이 더위에 야외촬영을 해야 해?"

평소에 불만을 말하지 않던 윤정도 저절로 불만이 터져 나오고 있었다.

"그러니까."

설희 언니가 메이크업을 바쁘게 수정해 주고 있을 때 갑자기 승빈이 세숫대야를 그녀의 발아래 가져다 놓았다.

"뭐예요?"

"담가요. 선풍기도 못 틀잖아요."

야외기 때문에 선풍기도 없었고 넓은 들판이라서 타는 듯한 햇볕을 알량한 파라솔 하나로 이겨 내야 했다.

"역시 대스타의 매니저는 남달라."

촬영 감독이 엄지를 척 하고 들어 주었다.

"이거 어디서 났어요?"

"세숫대야와 아이스박스는 펜션에서 가지고 왔고 얼음은 오다가 편의점에서 샀어요."

"아……. 시원해."

얼음물에 발을 담그자 에어컨보다 더한 시원함이 느껴졌다.

"고마워요……."

"감독한테도 음료수 들고 갔더라. 역시 금방 배우는 것 같아."

설희가 또다시 승빈을 칭찬하고 있었다.

"언니나 좀 빨리 배워."

"노력 중이다."

설희가 입을 삐쭉거리며 말했지만 윤정의 눈은 승빈에게 향해 있었다. 그가 이동할 때마다 여자 스텝들의 시선이 그에게로만 행해 있었다.

"대단하지 않니?"

"뭐가?"

"승빈 씨 말이야. 어딜 가나 인기 짱이야."

"언니 저 사람한테 관심 있어?"

"아니, 난 저런 부담스런 스타일은 싫다."

언니는 다정다감한 남자를 좋아했다. 외모는 그 다음이라고 했다. 그녀에게 말은 안 하고 있지만 아버지의 부재가 언니에게 많은 영향을 준 것 같았다. 아버지의 사랑이 그리운 건 당연했다. 너무 어린 나이에 아버지가 돌아 가셨으니 말이다.

"한 매니저도 보기보다 다정다감한 것 같긴 해."

"웬일이야? 네가 칭찬도 다 하고."

"얼음물은 고마우니까."

윤정이 솔직하게 말했다. 그 후로도 촬영하는 내내 승빈이 그녀를 챙기고 있었다. 아이스커피도 무심한 듯 옆에 가져다 놓고 손선풍기도 그녀의 의자에 슬며시 가져다 놓는 걸 보았다. 말이 많은 스타일은 아닌 것 같았다.

하지만 윤정은 승빈은 자신의 스타일이 아니라고 속으로 생각했다.


첫날 촬영이 끝이 나고 모두가 숙소로 돌아갔다. 숙소로 가는 길에 재욱이 신나는 음악을 틀었다.

"오늘 고생하셨습니다."

"재욱 씨도 기다리느라고 고생했어요."

윤정이 재욱을 챙겼다.

"촬영하시는 동안 차 대표님이 도착하셨다는 전화가 왔습니다. 숙소에서 기다리고 계신다고."

"바쁘신 분이 여기는 왜 굳이 오신데?"

윤정이 투덜댔다.

"왜 그래?"

"지나치게 잘해 주니까 부담스러워서."

"원래 잘해 주셨잖아."

"그러니까 지금까지 해 오던 만큼만 해 주면 좋겠어. 더 이상은 부담스러워."

"그건 주원이만의 위로법이니까, 그냥 받으세요."

아무 말 없던 승빈이 한마디 하자 윤정은 더 이상의 말을 하지 않았다. 그녀도 정말 부담스러워서 한 말은 아니었다. 고마움의 표현이 윤정 또한 서툴렀기 때문이었다. 타박을 주는 것 같은 승빈이 정말 마음에 안 들었다. 입을 삐쭉 내민 윤정은 다시 창밖을 보았다.

숙소는 으리으리한 펜션이었다. 2층짜리 건물 앞에 수영장이 있었고 각 수영장은 바다를 바로 볼 수 있는 구조였다. 럭셔리하면서도 섹시한 느낌을 물씬 풍기는 펜션이었다. 그녀와 설희가 한 동을 쓰고 바로 옆 동은 차 대표와 승빈, 그리고 재욱이 쓰기로 했다.

"내리세요."

승빈이 먼저 차에서 내려 짐을 챙기는 사이에 윤정이 차에서 내렸다. 긴장했던 게 풀리면서 발이 땅에 닿자마자 풀썩 주저앉은 윤정은 스스로도 깜짝 놀라고 있었다.

"괜찮아?"

"어머!"

언니에게 괜찮다는 말을 하기도 전에 승빈이 그녀를 안아 들었다. 그의 품에 두 번째 안기는 순간이었다.

"……."

그의 몸에서 좋은 향이 났다. 무슨 향수를 쓰기에 이렇게 좋은 향이 날까? 갑자기 몸이 뜨거워짐을 느낀 윤정은 당혹스러웠다. 심장이 미친 듯이 뛰기 시작했다. 승빈이 그녀의 심장소리를 들을까 두려웠다.

쿵쿵쿵.

심장소리가 그녀의 귀까지 들렸다. 윤정은 죽을힘을 다해서 티를 안 내려고 노력하는 중이었다. 그의 탄탄한 가슴과 강인한 팔뚝의 힘이 얇은 여름옷 사이로 여과 없이 느껴지고는 있었지만 윤정은 티를 내지 않으려 노력했다.

"어서 와."

그때 구원 투수의 목소리가 아주 반갑게 들렸다. 식욕을 돋우는 고기 굽는 냄새와 함께 말이다. 사실 호텔을 잡지 않은 게 의아했었는데 그 이유가 있었다.

숙소에 도착하니 꽃무늬 셔츠에 반바지를 입고 고기를 열심히 굽고 있는 차 대표가 그들을 맞이했다.

"왜 그래?"

승빈이 윤정을 안은 채로 오자 웃다 말고는 걱정스럽게 물었다.

"더위 먹었나 봐요."

윤정은 최대한 아무렇지 않은 목소리로 말했다. 이럴 땐 연기를 배우길 잘했다는 생각이 들었다.

"몸이 허해서 그래. 얼른 와서 고기 먹고 내일도 힘내자고."

쉬라는 소리는 끝까지 안 했다.

"얄미운 거 알아요?"

"내가?"

"그래요."

차 대표가 모르겠다는 듯 어깨를 으쓱였다. 집 안에 들어서자 승빈이 그녀를 바닥에 내려놓았다. 그리고 갑자기 그녀의 턱을 손가락으로 살짝 들더니 얼굴을 살폈다. 아까 전부터 쿵쾅대던 심장이 그의 갑작스런 행동에 튀어 나올 기세였다.

"뭐, 뭐 하는 거예요?"

"검사."

"무, 무슨 검사요?"

"침대로 가야 할지, 아니면 저녁을 먹을 수 있을지……."

검사라니 기가 막혔다. 이런 검사를 두 번 받으면 심장마비로 죽을 것만 같았다.

"난 고기 먹으러 갈 거니까 방해하지 말아요."

그가 쿡 소리를 내며 웃었다.

"왜 웃어요?"

"……."

그는 두 손을 들어 진정하라는 제스처를 취하며 차가 있는 곳으로 향했다. 뒤늦게 들어온 언니가 그녀의 안색을 살폈다.

"더위 먹을 것 같더라."

"나도 그런 것 같아."

"얼른 시원한 물로 샤워하고 고기를 먹든 뭘 먹든지 먹고 푹 자. 내일은 12시부터 촬영이니까."

"알았어."

욕실로 들어간 윤정은 한참 동안 거울을 보고 있었다. 오늘 무더위에 얼굴이 빨갛게 익어 있었다. 화보 촬영이라는 게 계절을

앞서서 촬영하다 보니 매년 여름이면 흔하게 일어나는 일이었다. 오늘은 특별히 더 고생스럽긴 했지만 말이다.

클렌징을 하고 간단히 샤워를 한 후, 윤정은 짧은 청 반바지와 흰색 티셔츠를 입고 머리를 포니테일로 묶은 뒤 모두가 모여 있는 수영장으로 향했다.

"빨리 와. 재욱이가 다 먹어 치우기 전에."

"오늘은 용서가 안 될 것 같아요. 배고파."

고기 냄새도 좋고 배경도 좋고 다 좋았는데 앉으려고 하니 마침 자리가 승빈의 옆자리였다. 옷차림이 아직 그대로인 걸로 봐서 숙소엔 들어가지 않았던 것 같았다.

"맛있겠다."

윤정은 고기에만 집중하기로 마음을 먹고 승빈의 옆에 앉았다. 그녀가 앉자 승빈은 아주 자연스럽게 고기 접시를 재욱의 앞에서 윤정의 앞으로 가져다 놓았다.

젓가락을 들었다가 그냥 입으로 들어가는 재욱을 보자 웃음이 터져 나오려 했지만 꾹 참은 윤정은 고기에만 집중했다.

"그래도 다행이야. 여름옷 촬영이면 오늘까지 굶어야 하는데 가을 옷이라서 얼굴만 멀쩡하면 되잖아. 그리고 우리 윤정이는 얼굴도 잘 안 붓고 말이야."

승빈은 어미새처럼 윤정의 접시에 고기를 열심히 가져다 나르고 있었다. 승빈의 그런 행동 때문에 윤정은 차 대표의 말은 들리지 않았다. 사람을 헷갈리게 하는 사람이었다. 어떤 날은 굉장히 싫어하는 것처럼 보였다가 어떤 날은 이렇게 지나친 친절을 베풀기도 하고. 이랬다가 저랬다가 하는 스타일인 것 같았다. 그런데 정작 본인은 아무렇지도 않은 얼굴이었다. 윤정은 어느 장단에 맞추어야 할지 이제는 헷갈리고 있었다.

"윤정아!"

"네?"

"고기가 그렇게 맛있어? 몇 번을 불러도 대답을 안 하게?"

"우리 윤정이 원래 잘 먹잖아요. 그냥 먹게 두세요. 요즘 들어 가장 잘 먹는 거 같은데."

고기를 가지러 차 대표 옆으로 간 설희가 말했다. 고기를 먹다가 보니 재욱은 피곤하다고 들어갔고 승빈과 그녀, 설희와 차 대표가 마치 커플처럼 마주 앉아 있었다.

"내일 촬영 끝나고 하루 더 머물다가 모레 출발하자."

"와! 우리 대표님 화끈하십니다."

"윤정이 너도 쉬는 날이 거의 없었잖아. 덕분에 이제 회사도 잘 돌아가고 있고 내가 이 정도는 해 줄 수 있지."

"배려해 주셔서 고맙습니다."

설희가 차 대표를 보며 말했다.

"아, 아닙니다. 아니에요."

차 대표가 귀까지 빨개지면서 손사래를 쳤다. 10년을 같이해 온 사이라서 차 대표의 귀가 빨개지는 의미를 누구보다 잘 아는 윤정은, 음료수를 마시며 그와 언니를 번갈아 보았다.

"언니는 안 돼요."

"……."

"우리 설희 언니는 세상 물정 몰라서 안 된다고요."

"윤정아!"

설희가 당황해하면서 윤정의 이름을 불렀다.

"너는 잘 알고?"

"나는 대표님 덕분에 산전수전 공중전까지 다 겪은 사람이고 우리 언니는 순수 그 자체인데, 언니는 안 된다고요."

"윤정 씨도 순수해 보이는데?"

"……."

옆에 앉아서 그녀의 신경을 자극하고 있던 승빈이 갑자기 불쑥 한마디를 던졌다.

"내가? 내가 어딜 봐서 순진해 보여요? 사람 볼 줄 모르시네."

놀란 걸 조금이나마 감추기 위해서 오버해서 화를 낸 윤정이었다. 그에게 어리숙해 보이는 건 싫었다. 조금 더 당차 보이고 싶었다. 아마 지기 싫은 성격 때문일 것이다. 윤정이 이렇게 말을 하다가 손에 들고 있던 컵을 놓쳐 버렸다. 아이스커피가 담긴 컵이 그녀를 향해 떨어지기 전에 승빈이 잔을 잡았다.

"괜찮아?"

설희가 놀라서 물었지만 뭐라고 말이 나오지 않았다. 그가 커피잔을 옆으로 치우고는 윤정의 다리에 묻은 커피를 티슈로 닦아 주고 있었기 때문이었다. 그의 손길이 닿는 곳마다 열기가 일어나고 있었다.

"이야— 우리 승빈이가 달리 보디가드가 아니야. 빠르네, 빨라."

"뭐가 빠르다는 거예요?"

창피한 마음에 윤정이 그의 손에 들린 티슈를 빼앗아 다리를 닦았다.

"이럴 땐 그냥 고맙다고 말하는 겁니다."

"……."

승빈은 이렇게 말을 하고는 먼저 숙소로 들어가 버렸다.

"이해해. 성깔이 대단한 놈인데 그래도 윤정이한텐 잘하는 거야. 경호 대상이라서 그런지 아주 신경 쓰고 있지. 녀석은 여자에게 알러지가 있거든."

"왜요?"

"예전에 경호하던 여자 때문에 승빈이가 아주 곤란했던 적이 있거든."

"경호하던 여자?"

"응, 엄밀하게 말하면 경호하던 사람의 부인이지."

"부인? 유부녀요?"

"그래, 원래는 남편만 맡기로 했는데 부인이 자신도 경호가 필요하다고 해서 억지로 떠맡은 거거든."

"여자가 유혹했군요?"

"승빈이에게 자기가 접근해 놓고 들키니까 승빈이가 자신을 겁탈하려고 했다고 해서 아주 난리도 아니었거든."

"그래서요?"

윤정보다 설희가 놀라서 차 대표에게 물었다.

"다행히 승빈이 설치에 놓은 카메라에 딱 걸린 거지. 그 뒤로는 여자들의 경호는 맡지 않아. 이번에 정말 내가 손이 발이 되게 빌어서 맡은 거니까."

"고생하셨어요."

설희가 차 대표에게 감사의 뜻을 전했다.

"난 들어가서 쉬고 싶어."

"그래, 우리도 여기 정리만 하고 들어갈게. 먼저 들어가서 쉬어."

윤정은 숙소로 들어가 침대에 바로 누웠다. 하지만 쉽게 잠이 오지 않았다. 승빈에게 왜 그런 일이 있었는지 알 수 있을 것 같았다.

"그렇게 친절하게 구니 여자들이 착각할 수밖에."

누구든지 무심하게 구는 척하다가 한 번 잘해 주면 그게 더 좋게 느껴지는 법이었다. 윤정은 이렇게 혼자 있는 시간에 승빈이 불쑥 떠오르는 게 마음에 들지 않았다.

"김윤정, 지금은 엉뚱한 생각을 할 때가 아니라고."

한 달이 가까이 되어 가는데 범인의 행방이 아직 묘연했다. 시간이 갈수록 자꾸만 불안해지는 건 어쩔 수 없는 일이었다. 이리저리 뒤척이다 보니 두 시간이 훨씬 지나 있었다. 매일 열대야가 기승이라서 윤정은 에어컨을 빵빵하게 틀어 놓고 자는데 이곳은 에어컨이 그다지 시원하지 않았다.

"더워서 잠이 안 오나?"

그녀는 침대에서 일어나 찬물로 샤워하기 위해 욕실로 가다가 문득 떠오른 생각에 방향을 바꾸어 수영장으로 향했다. 저녁때와 마찬가지로 그녀는 반바지에 흰 티셔츠 차림이었다.

"여기도 덥구나."

바닷가이고 늦은 밤이라서 시원할 줄 알았는데 열대야는 제주도의 밤도 뜨겁게 데우고 있었다.

"수영하고 싶다."

수영장 가장자리에 앉은 윤정은 발을 수영장 물에 담갔다. 이렇게 있으니 생각보다 시원했다. 이럴 때 시원한 맥주 한 잔이 더해진다면 금상첨화일 텐데 아쉬웠다. 수영장의 한가운데 달이 떠 있었다.

이렇게 달을 보고 있으니 마음이 편해졌다. 윤정은 뭔가에 홀린 듯이 갑자기 수영장 물로 뛰어들었다.

풍덩!

오랜만에 수영장에 들어와 보니 너무나 시원하고 좋았다. 혼자만의 시간이었고 마음껏 자유를 누리고 싶었다. 그리고 쓸데없는 잡생각은 버리고 싶었다.

윤정은 어릴 때부터 연기에 도움이 되는 모든 걸 배웠다. 춤, 노래, 그리고 스포츠까지. 윤정은 안 한 게 없었다. 그중에 수영도 있었다. 학생이 대학을 가기 위해 공부를 열심히 하듯이 윤정은 학업을 포기하고 오로지 연기에만 매달렸다.

그 결과 그녀는 모든 감독들이 선호하는 캐스팅 1순위의 톱스타가 되어 있었다.

첨벙첨벙!

고요한 펜션에 물소리가 울리고 있었다. 수영장은 그리 크지 않았지만 혼자서, 혹은 연인끼리 즐기기엔 아주 좋은 사이즈였다. 마치 인어처럼 달빛을 받으며 윤정은 유유히 수영을 즐기고 있었다.

배영을 하며 밤하늘의 달과 별을 보았다. 이렇게 혼자만의 여유를 즐긴 적은 오랜만인 것 같았다. 그녀 주변엔 항상 사람들이 있었다. 그게 좋을 때도 있지만 때론 이렇게 혼자만의 시간을 갖고 싶을 때도 있었다.

오늘이 그런 날이었다.

"좋다."

한참을 수영장에 있다 보니 슬슬 추워지기 시작했다. 윤정은 수영장에서 올라오다가 소스라치게 놀라 다시 물로 풍덩 빠졌다.

"푸하!"

물에서 나와 보니 승빈이 그녀 앞에 서 있었다.

"뭐예요? 놀랐잖아요!"

"……."

그는 말없이 그녀의 몸에 커다란 수건을 두르더니 문지르기 시작했다. 그의 손이 닿는 부위마다 전기가 감전된 것같이 찌릿했다.

"놔요."

"감기 걸려요."

그는 아무렇지 않게 계속해서 윤정의 몸을 닦아 주고 있었다. 다른 남자들이라면 그녀의 몸에 손조차 댈 수 없었겠지만 승빈은 아주 자연스럽게 그녀의 몸을 터치하고 있었다.

"선수죠?"

"아닙니다.

그는 아주 덤덤하게 말했다. 그녀는 이렇게 심장이 튀어나올 것 같은데 너무나 태연한 그가 얄미웠다.

"원래 이렇게 경호를 맡은 사람들에게 잘해요?"

"아뇨."

"그럼 뭐예요?"

그가 몸을 일으켜 세웠다. 그리고 그녀 앞에 서서 그녀를 내려다보았다. 평소에도 크다고 생각했지만 지금 반바지만 걸치고 있는 승빈은 거대해 보였다. 그의 탄탄한 근육질 가슴이 그녀의 눈앞에 있었다.

마른침이 절로 삼켜지는 몸이었다. 그의 몸에 있는 수많은 상처가 윤정의 눈에 들어왔다. 윤정은 저도 모르게 그의 가슴에 난 커다란 상처에 손을 댔다.

"왜요?"

그가 그녀의 손을 재빠르게 잡아 그의 가슴에서 치웠다. 하지만 윤정의 고집도 대단했다. 그녀는 이번에 다른 상처에 손을 가져다 댔고 그는 치우지 않았다. 그들은 서로를 사납게 응시하고 있었다. 둘 사이에 스파크가 튀는 순간이었다.

"이건 언제 다친 거죠?"

숨 막히는 정적이 싫어서 윤정이 먼저 말을 꺼냈다.

"인천 상륙 작전 때?"

그가 어울리지 않게 농담을 하고 있었다.

"그럼 이건 노르망디에서 다친 거겠네요?"

"……."

"이건 6.25때 다친 건가?"

그녀의 손이 미끄러지듯 내려가자 그가 손을 잡았다.

"이러면 3차 대전이 터질 수도 있습니다."

그는 참고 있었다. 윤정은 여자의 촉으로 잘 알 수 있었다. 그의 시선이 지금 물에 젖은 티셔츠가 마치 살처럼 달라붙어 있는 그녀의 가슴에 가 있었다.

"뭘 참는 거죠? 솔직해져 봐요."

말을 내뱉어 놓고도 윤정은 깜짝 놀랐다.

"나의 솔직함은 그리 달갑지 않을 겁니다."

"혹시 알아요? 내가 좋아할지……."

달빛 가운데 그들의 시선이 뜨겁게 부딪쳤다. 윤정은 그의 솔직함을 보고 싶었다. 남자로서 윤정에게 끌리고 있는지가 궁금했다. 아니 오늘은 위로를 받고 싶었다. 그게 승빈이라면 더 큰 위로가 될 것만 같았다.

매일같이 끌리면서도 밀어내기만 했던 남자였다. 승빈이 그녀
의 손을 잡고는 펜션의 어두운 곳으로 데리고 갔다. 잠시 후에 무
슨 일이 벌어질지 윤정은 기대가 되었다. 남자와 이렇게 야외에서
은밀하게 만나는 건 태어나서 처음이었다.

물론 촬영을 하면서 수없이 많은 키스신을 했지만 그건 어디까
지나 연기일 뿐이었다.

탁!

그녀의 등이 벽에 부딪쳤다.

"지금이라도 가고 싶으면 말해."

"……."

그의 섹시한 향이 그녀를 자극하고 있는데 어떻게 그만둘 수 있
겠는가? 윤정이 고개를 가로저었다.

"후회할 거야."

그는 마치 자신에게 하는 말처럼 이를 악물고 이렇게 말했다.

"읍!"

그리고 짐승이 사냥감의 목을 물어뜯듯이 빠르게 그녀의 입술
을 삼켜 버렸다. 몇 시간 전까지 싫다고 생각했던 사람이었다. 신
경이 쓰이고 낯선 감정을 자꾸만 불러일으키는 그가 불편했었다.

하지만 그의 입술이 그녀의 입술을 삼키는 순간 윤정은 알 수
있었다. 그건 끌림이었다는 것을 말이다. 암컷이 수컷을 느끼듯이

그에게 성적인 매력을 느끼고 있었던 것이었다.

　연기가 아닌 키스가 처음인 윤정은 자신의 입술이 떨리고 있음을 느끼고 있었다. 그가 턱을 강하게 잡아 입을 열고 들어왔다. 승빈은 확실하게 거친 남자였다. 상남자의 기질이 넘치는 남자였다. 그의 키스가 그렇게 말하고 있었다.

　승빈의 혀가 마치 제집인 양 그녀의 입안을 돌아다니고 있었다. 낯선 느낌이었지만 솔직하게 기분이 좋았다. 아랫배가 찌릿한 게 추워서인지 키스 때문인지 알 수 없었다. 그의 손이 가슴 한쪽을 감쌌지만 키스가 주는 충격적인 느낌 때문에 윤정은 그의 손의 움직임을 신경 쓰지 않았다.

　그만큼 그는 키스를 잘했다.

　"으으음."

　절로 신음소리가 튀어나왔다. 그들의 혀가 얽히고 타액이 오가는 게 신기했다. 승빈이 그녀의 혀를 강하게 빨아들일 땐 이성을 잃을 것만 같았다.

　"하아…… 미칠 것 같아."

　그가 그녀의 입술에 자신의 입술을 대고는 미칠 것 같다고 말하고 있었다. 그의 거친 숨결이 그녀의 입술을 간질이고 있었다. 처음으로 가져 보는 격한 느낌에 윤정은 현기증이 날 것 같았다.

　"어때?"

"아하…… 좋아요."

"멈추고 싶지 않아."

"멈추지 마요."

그녀의 말이 끝이 나기 전에 그가 젖은 티셔츠를 단숨에 윤정의 머리 위로 벗겨 버렸다. 그리고 브래지어 위의 가슴을 만졌다.

"처음 대기실에서 봤을 때 이러고 싶었어."

그가 속삭이며 그녀의 가슴에 입을 맞추었다. 그의 갈라진 목소리가 얼마나 그가 그녀를 원하는지를 고스란히 말해 주고 있었다. 그녀의 핑크빛 유두는 이미 그의 입안에 들어가 있었다.

츄읍츄읍—

찌릿한 고통이 가슴 끝에서 그대로 느껴지고 있었고 윤정의 손은 그의 머리카락 사이를 파고들고 있었다. 혀가 유두를 핥을 때는 윤정의 몸이 활처럼 휘었다. 미칠 것 같은 강한 느낌이었다. 이대로 그와 하나가 되고 싶은 마음이었다.

하지만 지금 이곳은 야외였고 그녀의 처음을 밖에서 보내고 싶진 않았다. 그때였다. 그가 갑자기 몸을 일으키더니 그녀를 안아 올렸다.

"네 안에 들어가고 싶어."

"……."

그의 페니스가 그녀의 반바지 아래에서 욕망을 드러내며 꿈틀

거리고 있었다. 그는 한참을 그렇게 그녀의 청바지에 자신의 페니스를 비비고 있었다. 그리고는 그녀를 다시 땅에 내려놓고는 입술을 꺼칠게 빨아들였다.

그리고 반바지 안으로 손을 밀어 넣었다. 수영장 물 때문이지 아니면 그녀가 흘린 애액 때문인지 질펀한 소리가 부끄러운 줄 모르고 계속해서 나고 있었다.

"너무 따뜻해."

그가 윤정의 목에 입술을 묻었다. 그리고 다시 한 번 그녀의 입술에 입을 맞추었다. 뜨거움에 몸이 타 버릴 것 같았다. 처음으로 이런 욕망의 열기를 느낀 윤정은 감당하기 힘이 들어 거칠게 호흡을 내뱉고 있었다.

다음엔 그가 어떻게 행동할지 궁금하기도 하고 기대도 되었다.

"오늘은 여기까지."

"왜요?"

그가 멈추었다. 그녀는 뜨겁게 타오르고 있는데 멈추다니 허무하다 못해 화가 났다.

"후회할 수도 있으니까. 다음에도 이렇게 날 원한다면 그때는 내가 보내지 않을 겁니다."

그는 다시 존댓말을 하며 경호원 모드로 돌아가 버렸다. 윤정은 화가 났지만 끝까지 가는 걸 멈춘 승빈의 마음도 이해가 갔다. 승빈에게 윤정은 부담스런 존재인 것이다.

"내가 처음인 게 부담스러워요?"

"……"

그는 말없이 그녀의 어깨에 수건을 둘러 주었다.

"경험이 많은 여자가 좋은 거예요? 내가 당신 바짓가랑이라도 잡고 늘어질까 봐?"

승빈은 말없이 그녀를 자신의 품에 가두었다.

"처음인 게 더 좋습니다."

그가 윤정의 이마에 입술을 맞추었다. 그리고 그녀가 펜션 안으로 들어가는 걸 끝까지 지켜보고 있었다. 윤정은 방으로 들어가서 잠을 청했다. 언니는 수면제를 먹은 탓에 세상모르고 잠이 들어 있었다.

수면제 통이 테이블에 놓여 있었다. 윤정도 내일을 위해 수면제를 먹었다. 수면제를 먹지 않으면 도저히 잠을 이룰 수 없는 밤이었기 때문이었다.


이른 아침 누가 깨운 것도 아닌데 승빈은 자리에서 일어나 서둘러 샤워를 했다. 그리고 윤정의 속옷 색상과 같은 스카이 블루색의 셔츠와 청바지를 입었다. 경호장비 없이 경호를 하는 것은 처음이었다. 방탄조끼도 없었고 총도 착용하지 않았다.

범인이 총을 사용하는 사람이 아니란 전제이기도 했지만 매니저처럼 보이기 위해선 어쩔 수가 없었다. 승빈은 1층으로 내려와서 아직 자고 있을 윤정의 펜션을 한번 바라본 뒤 커피와 토스트를 만들었다. 그리고 어제 윤정과 키스를 나누었던 장소 앞에서 커피와 토스트를 먹었다.

"후……."

지금 생각해도 경솔한 짓이었다. 아무리 윤정이 섹시하게 느껴졌더라도 참았어야 했다. 경호원이 된 후에 처음으로 한 경솔한 행동이었다. 끝까지 가지 않은 건 잘한 일이지만 시작도 하지 않았다면 더 좋았을 일이었다.

어젯밤 윤정은 그의 영혼을 사로잡을 정도로 에로틱했었다. 가녀린 몸에 그렇게 볼륨감 있는 가슴이 있을 거리고는 상상도 하지 못했었고 대기실에서 윤정의 몸을 본 후에는 솔직하게 그녀를 볼 때마다 그때를 떠올리곤 했었다.

"미친놈."

커피를 마시면서 그는 길게 한숨을 쉬었다. 그리고 2층의 창문을 올려다보았다. 윤정은 아직 잠들어 있을 것 같았다. 아무리 생각해도 어제 그 행동은 하지 말았어야 했다.

하지만 어제 화보 촬영을 하는 모습을 보면서 그는 윤정에게 매혹당하고 말았다. 여자 윤정이 아니라 프로페셔널한 윤정의 모습은 또 다른 매력으로 다가왔다. 예쁘기만 한 게 아니라 윤정은 자신이 무얼 하는지 잘 알고 있었다.

표정 하나하나를 일일이 다 체크하면서 감독과 상의하고 감독의 마음을 잘 해석해서 그대로 표현하는 능력도 가지고 있었다.

몇 번의 화보 촬영하는 모습을 보면서 철부지 스타가 아님을 알게 된 승빈은 그녀에게 더 큰 매력을 느끼고 있었다.

그러다가 어제 더 이상은 참지 못하고 그녀에게 키스하고 말았다. 처음엔 그녀가 완강히 거부할 거라 생각했다. 하지만 윤정은 더 많은 것을 원했고 아주 적극적이었다.

윤정은 뜨거운 피가 흐르는 여자였다.

"일어나셨어요?"

설희가 밖으로 나왔다.

"아침은 성게미역국하고 전복죽 사러 가려고 했는데⋯⋯."

"또 먹죠. 뭐."

그때 차 대표와 재욱이 나오고 있었다.

"일어났어?"

"미역국 사오려고?"

"응, 넌 우리 윤정이 좀 지켜 주고 있어."

"재욱 씨도 가는 겁니까?"

"전 다른 볼일이 있어서요. 금방 올 겁니다."

"재욱인 담배 사러 가는 거야."

사람들이 다 나가자 승빈은 윤정이 자고 있는 2층으로 올라갔다. 테이블 위에 약통을 확인해 보니 수면제였다. 불안한 마음이 가득한 것 같았다. 승빈은 저도 모르게 윤정이 누워 있는 침대 옆에 가서 앉았다.

왜 이렇게 스토킹을 많이 당하는지 알 것 같았다. 남자들의 로망을 모두 가진 여자였다. 남자들은 베이비 페이스에 글래머인 여자들을 좋아했다.

승빈은 저도 모르게 윤정의 얼굴을 살며시 손으로 만졌다. 부드러운 새틴을 만지는 것 같았다. 그러다가 얼른 손을 뗐다. 여자를 상대로 이런 적은 한 번도 없었다. 위험한 일이었다. 그는 얼른 아래층으로 내려왔다.

평소의 그답지 않은 행동은 여기서 멈춰야 했다. 승빈은 이렇게 다짐하며 수영장 앞에 앉아서 설희와 차 대표가 오기를 기다리고 있었다. 그리고 얼마 후에 그들은 늦은 아침을 먹고 촬영 준비를 했고 제주도에선 더 이상의 돌발 행동은 일어나지 않았다.

집에 도착할 때까지 윤정은 승빈을 제대로 바라보지도 못했다. 수영장에서의 야릇한 일이 있은 후부터 그랬다. 승빈에게 그때 왜 그랬냐고 묻기도 그랬고 그의 곁에 있으면 또 그를 유혹할 것 같아서 어느 정도 거리를 두고 있는 윤정이었다.

다음은 끝까지 하겠다는 그의 말이 자꾸만 떠올랐다. 그리고 그녀도 그를 말리지 않을 거라는 걸 알고 있었다.

"미쳤어."

윤정은 자신의 뺨을 양손으로 찰싹거리게 때리며 정신을 차리려고 했다.

"왜 그래?"

"아니야."

비행기 옆 좌석에 있던 언니가 의아하다는 듯이 그녀를 보며 물었다.

"무슨 일 있었지?"

"무슨 일?"

"이상하단 말이야. 넋이 나간 표정도 그렇고 발그레한 얼굴도 그렇고……."

그녀와는 다르게 설희는 남자를 사귄 경험이 몇 번 있었다. 그래서 아마 그와 그녀의 오묘한 분위기를 눈치챌 수도 있을 것 같았다.

"너 감기지?"

"어?"

"감기 걸린 것 같아. 열도 좀 있는 것 같고."

"……그런 것 같아."

순진하기는 설희도 마찬가지인 것 같았다. 그녀들은 남자를 몰라도 너무 몰랐다. 그래서 그냥 단순한 욕망과 사랑을 아직 구별하지 못하고 있었다. 승빈과 그날의 일은 단순한 욕망인 것이다.

"공항에 도착하면 병원부터 들르자."

"아니야. 그냥 집에 가서 쉬고 싶어."

"알았어."

서울에 도착한 그들은 곧바로 집으로 향했다.

"한 매니저님은 오늘 쉬세요. 오늘은 저희도 그냥 집에 있을 것 같아요."

"네, 알겠습니다."

재욱은 그들을 주차장에 내려 주고 갔다.

"짐은 저희가 가져갈게요."

"네."

그렇게 말을 하면서도 승빈은 그녀들과 함께 집으로 가고 있었다.

"집이 어디세요?"

윤정이 조금은 신경질적으로 물었다. 계속해서 그에게 신경을 쓰고 싶지 않았기 때문이었다.

"여기 삽니다."

"네? 여기요?"

"네, 이곳에서 산 지 2년쯤 됐습니다."

"한 매니저님 거예요?"

"네."

설희가 궁금했는지 물었고 그는 자신의 소유라고 말했다. 이곳의 시가는 입이 딱 벌어질 액수였다.

"부자시네요."

"……."

이곳이 진짜 그의 집이라면 그는 부자가 분명했고 세를 들어 산다고 해도 부자는 맞았다. 이곳의 전세나 월세는 상상을 초월하는 액수로 유명하기 때문이었다. 그는 집까지 그녀들을 데려다준 후에 자신의 집으로 향했다.

"한 매니저님 대단한 부잔가 봐. 부모님이 부자인 거겠지? 경호원 수입이 많은가?"

설희는 신기한지 계속해서 승빈의 이야기만 했다. 그런데 옷을 정리하다가 윤정은 드레스 룸이 이상하다는 생각이 들었다.

"언니, 여기 정리했어?"

"아니. 요즘 그럴 시간이 어딨어? 왜, 지저분해?"

"그게 아니라……."

뭔가가 이상했다. 제대로 되어 있긴 했지만 누군가 손을 댄 느낌이었다.

"이상해."

"뭐가?"

"누가 꼭 들어온 것 같아."

"무슨 소리야. 다 그대론데……."

"아니야, 옷의 위치가 달라졌어. 서랍 속의 옷들도 다시 갠 것 같고, 도둑이 든 것 같아……."

그녀의 말에 설희가 방방마다 살피기 시작했다.

"윤정아……."

언니가 그녀의 방에서 급하게 그녀를 불렀다.

"왜?"

그녀는 빠르게 자신의 방으로 갔다. 그리고 침대 가운데 놓인 쪽지를 보았다. 그건 그녀의 대본이 찢겨진 것이었다.

"'오늘은 못 보고 가네…….'"

쪽지엔 그런 문구가 쓰여 있었다. 소름이 돋았다. 왜 이러는 것일까? 여긴 또 언제 어떻게 들어온 것일까?

"윤정아……."

설희가 승빈에게 전화를 걸었고 5분도 되지 않아서 승빈이 집으로 찾아왔다. 그리고는 윤정의 여행 가방에 짐을 챙기기 시작했다.

"뭐 하시는 거예요?"

그의 손을 잡으며 윤정이 물었다.

"여긴 뚫렸습니다."

"네?"

"여기서 있으면 위험하다는 말입니다."

"그럼……."

"일단은 저희 집으로 가시죠."

"그래도 그건 아닌 것 같아요. 열쇠를 바꾸고 집에 있을게요."

겁은 났지만 그의 집으로 가는 건 아닌 것 같았다. 하루 종일 집에 있는 것도 아닌데 그런 신세를 질 수는 없었다.

"그럼 당분간 제가 여기서 지내겠습니다."

"……."

거절할 방법이 없었다. 설희나 윤정이나 지금 이 상황이 두려웠기 때문이었다. 그렇게 해서 승빈은 당분간 그녀들과 함께 생활하기로 했다.

윤정은 가슴이 답답해짐을 느끼고 있었다. 스토커는 왜 이렇게 그녀를 괴롭히는 것일까? 그녀가 무슨 잘못을 했다고…….

윤정은 자신의 침대에 걸터앉아서 한참을 울고 또 울었다. 그때였다. 승빈이 그녀의 방에 들어와 울고 있는 윤정의 어깨를 한번 매만져 위로를 해 주고는 밖으로 나갔다.

윤정은 그의 손길이 닿은 어깨를 감싸며 불안한 마음을 달랬다. 함께하는 시간이 길어질수록 그의 존재가 그녀에겐 의지가 되고 있었다.

## 4. 부끄러운 줄도 모르고

시간이 흘러 어느덧 8월의 마지막 날이었다. 승빈은 그녀의 집에 머물고 있었고 제주도의 일은 꿈같이 느껴질 정도였다. 엄마를 죽인 범인은 여전히 오리무중이었고 그날 이후 아무런 일도 일어나지 않았다. 그런데 그게 더 무섭다는 생각이 들었다. 마치 태풍의 눈에 있는 느낌이었다.

차기 드라마 출연작을 선택하기 위해 요즘은 시나리오를 읽는데 많은 시간을 보냈다. 그래서 주로 서재 겸 작업실로 쓰고 있는 끝방에서 머무는 시간이 많았다.

엄마가 뭐든 배워 두면 좋다고 해서 생긴 방이었다. 방 안엔 대형 이젤도 있었고 도자기를 할 때 쓰는 물레도 있었다. 그리고 서

예를 할 수 있는 대형 테이블도 있었다. 한마디로 취미생활을 집에서도 할 수 있게 꾸며진 공간이었다.

방의 한쪽은 책장으로 되어 있어서 서재로 이용하기도 하고, 시나리오를 고를 땐 조용한 끝방에서 하루 종일 시간을 보내곤 했다.

요즘 여러 사건을 겪어서 그런지 형사물에 자꾸만 손이 갔다. 여형사로 나오는 드라마가 있는데 아무래도 마음이 그쪽으로 향하고 있었다. 항상 여성스러운 비련의 여주인공을 맡았는데 이번엔 좀 더 강한 역을 맡아서 연기의 스펙트럼을 넓히고 싶었다.

"다 좋은데 너무 코믹 아닌가?"

여형사가 너무 천진난만해서 지금의 그녀의 상황에서 하기엔 살짝 부담이 되기도 했다. 대중들이 엄마가 죽었는데 속없이 희희낙락거린다고 하면 어쩌나 하는 걱정이 들었다.

"엄마……."

괜찮다가도 불쑥불쑥 엄마에 대한 생각이 떠오를 때면 미칠 것 같았다. 윤정의 눈에는 벌써 눈물이 고이기 시작했다. 책을 읽기 위해 앉아 있는 소파에 몸을 깊숙이 묻고는 윤정은 한참을 울었다.

"닦아요."

승빈이 그녀에게 티슈를 건넸다. 갑작스런 승빈의 등장에 놀라긴 했지만 그의 손에 들린 티슈를 받아 들었다.

"왜…… 잘해 주는 거죠?"

"……."

"일이라서 그래요?"

승빈은 끊임없이 주위를 맴돌며 그녀를 챙겨 주었다. 그냥 무시하고는 있었지만 그의 의도를 알고 싶었다.

"뭐, 아니라곤 할 수 없죠."

다른 말을 듣고 싶었는데 그는 솔직해도 너무 솔직한 게 문제였다.

"알았어요. 혼자 있고 싶으니까 나가 주세요."

"……."

하지만 그는 나가지 않고 그 자리에 서 있었다.

"왜 안 나가요?"

"지금은 나가면 안 될 것 같아서."

"괜찮으니까 나가 주세요. 난 감시 대상이 아니니까."

"지켜야 할 대상이죠. 그리고 위로해 줄 대상이고."

"한승빈 씨!"

윤정이 목소리를 높였다. 그가 이럴 때마다 왜 그러는지 궁금했다. 사람 간을 보는 것도 아니고 이랬다저랬다 하며 사람을 헷갈리게 하고 있었다.

"그날 일 때문에 그러나 본데, 난 잊었어요."

화가 났다. 그녀의 입에서 그날의 진한 키스를 먼저 말하고 싶지 않았다. 이건 다 그녀 앞에 버티고 서 있는 승빈 때문이었다.

"나가시라고요. 안 그러면 언니를 부를 거예요."

윤정이 경고를 했다. 언니까지 있는데 그녀를 어떻게 하지는 못할 것 같았다.

"별 도움이 될 것 같지는 않습니다."

"뭐라고요? 언…… 읍!"

그가 앉아 있는 윤정의 얼굴을 양손으로 거칠게 잡더니 키스하기 시작했다. 윤정은 그의 뜨거운 입술에 정신 줄을 놓고는 팔로 그의 목을 감아 잡아당겼다. 절실한 위로가 필요한 그녀였다. 그런 그녀의 외로운 마음에 자꾸만 승빈이 비집고 들어오고 있었다.

그는 존재 자체만으로도 마음이 놓이는 경호원이었다. 그가 곁에 있으면 위로가 되었고 든든했다. 이런 마음 때문에 그의 키스를 받아들이는 건 아니었다. 승빈은 기가 막힌 키스를 하는 키스의 달인이었다.

그녀의 넋을 잃게 만드는 고도의 테크닉을 가지고 있는 승빈이었다. 엄마의 죽음 때문에 충격을 받아서 그런지 윤정은 예전의 윤정이 아니었다. 조금 더 과감하게 자신을 남자에게 표현하고 있었다.

아무래도 승빈 때문에 자신의 속에 있던 욕망이 깨어난 것 같았다. 그녀 안에 이렇게 음흉하고 대담한 욕망이 자리 잡고 있는 줄은 꿈에도 몰랐었다.

"으으음……."

그녀의 입에서 신음이 터져 나왔다. 지금의 현실에서 도피하고 싶은 마음이라고 생각했다. 절대로 승빈에게 마음이 가서가 아니었다. 그도 그녀를 좋아하는 건 아니니까 말이다. 승빈은 일 때문이라고 했다.

그러면 지금 하는 키스의 의미는 무엇일까? 윤정은 지금 어른의 기로 들어선 기분이었다. 절대로 자신의 감정을 쉽게 드러내지 않으면서 육체적인 욕망은 마음대로 표현하는 다수의 어른이 아닌, 조금은 특별한 어른들의 놀이를 하는 기분이었다.

이건 연애가 아니었다. 마음을 죽이지 않는다면 이 게임에서 절대로 이길 수 없었다. 본능에는 충실하되 마음을 주어선 안 되는 게임 같았다. 마음을 준다면 그걸로 게임 오버가 되는 아주 불합리한 게임을 시작한 것 같았다.

그의 거친 숨소리가 윤정을 자극하고 있었다. 그는 제주도에서처럼 그녀의 몸을 만지지 않았다. 윤정의 얼굴을 잡고는 키스만 하고 있는 중이었다. 오히려 제주도에서보다 뭔가를 참는 느낌이었다.

"헉헉헉······."

밖에서 소리가 들리자 그가 몸을 뗐다. 그는 호흡을 가다듬었다.

"도움이 됐습니까?"

"조금······."

윤정은 정신을 차리기 위해 노력을 하고 있었지만 쉽지 않은 일이었다.

"언제부터 들어와 있었어요?"

"처음부터."

그녀가 시나리오를 읽은 지 3시간째였다. 너무 집중한 나머지 그가 들어온지도 모르고 있었나 보다.

"다 봤겠네요?"

"······."

"다 봤군요. 아직 마음을 잡기 힘들어서 그래요. 차차 좋아질 거니까, 신경 쓰지 말아요."

"제 일은 제가 알아서 하겠습니다."

"원래 그렇게 꽉 막힌 사람이에요?"

그는 마치 벽처럼 그녀 앞에 서 있었다.

"그렇진 않지만······ 저를 자극하는 건 좋지 않은 것 같습니다. 제가 이렇게 못 참는 사람인지 요즘 들어서 알게 됐으니까요."

시간이 지날수록 승빈이 아주 능청스런 남자라는 걸 알게 되었다. 섹시한 능구렁이 같았다.

"윤정아."

언니가 서재로 들어와서 둘을 번갈아 쳐다보았다.

"이제 한 매니저 그만 좀 괴롭혀. 까칠하게 구는 거 그만하라고."

"내가 언제 괴롭혔다고 그래?"

언니는 알지도 못하면서 무조건 승빈 편이었다.

"어디 가?"

"어, 차 대표님이 갈 데가 있다고 해서. 저녁 먹고 들어올 거야."

"조심해, 차 대표가 언니 보는 눈빛에 사심이 가득하니까."

"아니야."

"아니긴……."

"주원인 아주 괜찮은 녀석입니다."

"아니, 한 매니저님까지 왜 그러세요?"

언니의 얼굴이 귀까지 빨개지고 있었다. 언니도 차 대표가 싫지는 않은 모양이었다. 그냥 딱 봐도 둘은 아주 잘 어울리는 커플이었다.

"넌 시나리오나 잘 고르고 있어."

"골랐어."

"뭔데?"

"여형사 한번 해 보려고."

"강력팀인가 하는 드라마 하려고?"

언니는 의외라는 반응이었다.

"응, 나도 이미지 변신을 좀 해야지."

"차 대표님에게 말해 볼게."

언니가 나가고 그녀는 승빈과 단둘이 남게 되었다.

"저녁은 뭘로 먹을까요?"

"저녁 준비는 내가 할 테니까 시나리오에 집중하세요."

그는 이렇게 말을 하고는 서재를 나갔다. 그와 단둘이 저녁식사를 한다는 게 조금 껄끄러웠지만 기대도 되는 윤정이었다.


또각. 또각. 또각.

오랜만에 신은 구두가 경쾌한 소리를 내며 설희의 들뜬 마음을 말해 주고 있었다. 혹시나 예쁘게 보이지 않을까 싶어 설희는 주차장으로 가는 내내 자신의 모습이 비치는 모든 것을 힐끔거리며 매무새를 확인했다.

차 대표를 만나는 설희의 마음이 부풀었다. 어릴 때부터 좋아하던 남자였다. 작은 엔터테인먼트의 사장으로 윤정을 위해 애쓰던 모습이 설희의 눈엔 너무 좋아 보였다.

아빠가 일찍 돌아가신 탓에 따뜻한 부성애를 느껴 보지 못한 설희에게 차주원은 아빠 같은 따뜻함을 가진 좋은 남자였다. 그래서 지금까지 그를 가슴에 담고 있었고 엄마가 윤정의 매니저를 하라고 했을 때도 잘나가던 메이크업 아티스트를 그만두고 매니저가 되었다.

윤정을 사랑하는 마음도 있었지만 설희는 차주원이라는 남자를 가까이에서 보고 싶었다. 기회가 된다면 개인적으로 친해지고 싶었다. 그가 동생을 좋아한다고 생각해서 거리를 두고 바라본 시간은 그녀에겐 아주 고통스러운 시간이었다.

동생을 살뜰하게 보살피는 모습은 개인적인 감정 없이는 불가능한 것이었다. 그리고 윤정을 좋아하지 않은 남자는 없었다. 윤정 앞에서 설희는 언제나 작아져야 했다. 하지만 그걸 싫어하거나 질투하지는 않았다. 톱스타는 언제나 빛이 나는 법이니까 말이다.

그래도 차주원 만큼은 그녀를 바라봐 주기를 마음속으로 간절히 바랐다. 세상 모든 남자들의 사랑을 동생이 다 차지해도 좋았다. 단 한 사람만은 그녀에게 향하기를 설희는 마음속으로 기도하고 또 기도했다.

빵!

딴생각을 하느라 차 대표가 와 있는 줄도 모르고 있었다.

"안녕하세요?"

설희는 해맑은 웃음으로 차 대표에게 인사를 하고는 차에 탔다.
검은색 벤츠는 그가 이번에 새로 뽑은 신형이었다.

"차가 아주 멋져요."

"뭐, 윤정이도 같은 찬데."

이번에 차 대표에게 똑같은 차를 선물받은 윤정이었다. 엄마는
딱 한 번 탄 차였다. 하지만 운전자가 주원이니 차도 달라 보였다.

"우리 오늘 어딜 가나요?"

"응, 윤정이 화보집 낼 건데 장소를 좀 알아보려고."

너무나 해맑게 말하는 그를 보며 설희는 내심 상처를 받았다.
그러면 그렇지. 설희와 데이트를 하기 위해 부를 리가 없었다. 김
칫국을 사발로 마신 것 같았다.

"그걸 왜 직접……."

"내가 만들 거니까."

"……."

윤정이의 화보를 직접 만들려고 하는 줄 꿈에도 몰랐다.

"어머니께는 미리 말씀드린 부분이었는데, 일이 이렇게 되다
보니 좀 늦어진 거야. 작품 들어가기 전에 좀 서두르려고."

"네……."

"난 사진작가가 되는 게 꿈이었지만 돈을 버느라 시간이 좀 늦

어진 거지. 지금은 도전해 보고 싶어."

주원의 목소리는 들떠 있었다. 기분이 너무 좋은 것이었다. 그 것도 모르고 설희는 요즘 들어 주원이 그녀에게 부쩍 잘해 주는 것에 기분이 많이 업이 되어 있었다. 윤정의 말대로 그가 혹시나 그녀에게 관심을 가지지 않았나 싶어서였다.

제주도에서 분명히 주원은 그녀에게 호감을 드러냈었다. 그게 여자로 보았던 게 아니라 윤정이 때문에 잘해 준 걸 착각한 모양 이었다. 바보……. 그녀는 바보였다.

"어디로 가는데요?"

"여기서 좀 멀어. 오늘 못 들어갈 수도 있어."

"얼마나 먼데요?"

"강릉."

지금이 6시가 넘었는데 강릉에 갔다가 온다는 건 무리였다.

"어차피 촬영 장소는 밝을 때 봐야 하니까."

"……"

그의 말이 맞기 때문에 설희는 반박을 할 수가 없었다.

"설희 씨는 남자친구를 왜 안 사귀는 거야?"

"저요? 정신없이 살아서 시간이 없었어요. 그렇다고 아예 안 사 귄 건 아니고요, 연애 안 한 지는 좀 된 거죠."

그래도 자존심이 있어서 모태솔로라는 말은 하고 싶지 않았다.

"대표님은요?"

"나? 풍요 속에 빈곤이랄까?"

알 수 없는 말을 하는 주원이었다. 주원이 이런저런 말을 걸어와서 설희는 시간 가는 줄 모르고 강릉까지 갈 수 있었다.

"우리 저기서 밥 먹고 갈까?"

가다가 길거리에 있는 작은 식당에 들어간 그들은 된장찌개에 밥을 먹었다.

"애인인가 봐?"

식당의 주인 할머니가 그들의 곁에 앉으며 물었다.

"네."

아니라고 할 줄 알았는데 주원이 너스레를 떨었다.

"예쁘게 생겼네."

"저는요?"

주원이 삐친 표정을 지으면서 넉살 좋게 할머니에게 물었다.

"인물은 아가씨가 더 좋네. 남자들이 줄을 서겠어."

"그래서 제가 걱정입니다."

주원의 너스레에 설희는 고개를 절로 흔들었다. 거짓말을 어쩌면 저렇게 표정 하나 변하지 않고 잘하는지 놀라울 따름이었다. 그리고 그가 정말 그녀의 남자친구였으면 얼마나 좋을까 라고 생각했다. 지금같이 작은 식당에서 밥을 먹고 동해에 가서 해돋이도 보고 작지만 모든 일을 함께하는 그런 친구 같은 연인이면 얼마나 좋을까.

그가 그녀의 밥 위에 고등어를 발라 올려 주었다.

"먹어."

"네?"

"우리 애인이 많이 먹어야 나도 힘이 나지."

주인 할머니는 연신 부럽다며 아주 잘 어울리는 커플이라고 말씀하셨다. 윤정은 뭐라고 답을 하진 않았다. 다만 차 대표의 이런 면 때문에 많이 헷갈리고 자신을 가지고 노는 건가 마음이 아팠다. 하지만 설희는 이런 자신의 마음을 티 내지 않기로 했다.

그래야 그들의 관계가 불편해지지 않기 때문이었다.


승빈은 김치찌개의 간을 보다가 피식 미소를 지었다. 누군가를 위해 밥을 한 적이 있었나? 라는 생각이 들자 저절로 나온 미소였다. 기분이 좋아서 나왔다기보다는 스스로 생각을 해도 이런 자신이 웃겨서 나온 것이었다.

윤정에게 저도 모르게 신경을 쓰는 이유는 자신의 처지와 비슷해서였다. 불행하게도 그들에겐 어머니의 죽음을 목격했다는 공통점이 있었다. 처음엔 그런 생각을 하지 않았었다. 그의 어머니는 그가 일곱 살에 돌아가셨기 때문에 서른다섯 살인 지금은 가끔

씩 생각나는 하늘에 계시는 분이었다.

어느 날부턴가 어린 시절 충격으로 인해 몇 개월이나 말문을 닫고 살았던 꼬마 한승빈과 까칠한 톱스타가 겹쳐 보이기 시작했다. 그래서일까? 전에는 한 번도 한 적이 없는 일들을 하고 있는 승빈이었다.

그는 찌개가 끓는 동안 식탁에 반찬을 놓았다. 집에 있는 재료들이 많아서 빠르게 준비할 수 있었다. 평소 삼시세끼를 챙겨 먹으려고 노력했기 때문에 승빈은 음식 솜씨도 좋았다.

윙—

아버지의 전화였다. 세상에서 가장 불편한 상대가 그의 아버지였다. 상대하고 싶지 않지만 상대하지 않을 수도 없는 그런 상대였다. 그는 인상을 쓰며 전화를 받았다.

"네."

[일요일에 집에 들러라.]

어머니가 돌아가시고 마치 기다렸다는 듯이 재혼을 하신 아버지였다. 한간에는 톱스타 한성민이 본부인을 죽이고 톱 여배우 지영미와 재혼을 했다는 루머도 있었다. 그만큼 어머니의 죽음은 아직도 미제사건이었다.

복면을 쓴 강도가 어머니를 칼로 무참하게 찌르고 달아났고 그 장면을 승빈은 오롯이 보고야 말았다.

[아 참, 이번에 성 의원이 경호를 부탁하던데…….]

"지금 일을 하고 있습니다."

[그 일은 때려치우고 성 의원 맡아.]

아버진 그가 성공한 사업가라는 사실을 다른 사람들에게 알리고 싶은 모양이었다. 자신의 지인들을 그에게 소개했다. 물론 아주 저렴하게 최상의 경호를 요구하면서 말이다.

"제 일은 제가 알아서 합니다."

[배은망덕한 놈.]

"일요일에 뵙겠습니다."

전화를 끊은 그는 한숨을 쉬었다. 일요일은 할아버지의 제사였다. 부른다고 무조건 가지는 않았지만 할아버지 제사 때는 꼭 그에게 연락하는 아버지였다. 재혼해서 딸만 둘인 아버지였다. 나중에 본인의 제사를 그가 안 모실까 봐 걱정이 되어서 그러는지 이상하게 할아버지의 제사에 신경을 썼다.

그가 집에 가면 모두가 불편한데도 말이다.

"너무 맛있는 냄새가 나서요."

윤정이 서재에서 나와 그의 뒤에 서 있었다. 그의 통화를 들은 모양이었다.

"앉아요."

"네, 음식 솜씨가 좋네요? 난 잘 못하는데……."

윤정의 까칠함이 음식 앞에선 사라질 만큼 윤정은 잘 먹었다.

"아무나 잘하면 되는 겁니다. 그리고 저도 맛은 보장 못합니다."

"음…… 거짓말. 정말 맛있어요."

윤정은 맛있게 밥을 먹고 있었다. 마른 체형치고는 밥을 아주 복스럽게 먹는 윤정이었다.

"살이 안 찌는 게 신기하네요."

"원래 체질이 그래요. 대사량이 높아서 그런 것 같아요. 저만 그런 게 아니라 엄마도……."

엄마란 말을 하고는 울컥한 모양이었다. 한동안 마음을 가라앉히려고 숟가락을 들지 못하고 있는 윤정이었다.

"시간이 필요한 것 같습니다. 저도 그랬으니까요."

"……."

"한동안은 TV를 봐도 그렇고 엄마 또래의 사람들을 봐도 그렇고……. 시도 때도 없이 눈물이 나죠."

"어머니께서…… 돌아 가셨나요?"

윤정이 눈물을 참으며 말했다.

"일곱 살 때 집에 강도가 들었어요. 강도는 집에 귀중품을 훔쳤고 소리를 지르던 어머니를 칼로 찌르고 달아났죠. 제가 보는 앞에서……."

"……."

"그 후로 몇 달간 충격으로 말을 못했어요. 아버지는 그 와중에 재혼을 하셨고."

윤정의 눈에서 예쁜 구슬이 또르르 떨어졌다.

"울라고 한 말은 아닌데……."

"어, 죄송해요."

"아닙니다. 어서 밥 먹어요."

식사를 하는 동안 윤정은 계속해서 눈물을 훔쳤다. 괜히 말했다는 생각이 들었다. 윤정은 순수한 매력이 있는 여자였다. 스물다섯 살이란 나이에 맞지 않게 윤정은 연예인 생활을 오래해서 그런지 사회성에선 좀 부족한 면이 있었다.

물론 그런 이중적인 면이 매력적으로 다가왔다. 까칠한 윤정과 순수한 윤정은 항상 공존했다. 동전의 양면처럼 말이다. 톱스타 윤정과 지금 그의 앞에 앉아서 털털하게 밥을 먹는 윤정, 둘 다 그를 정신 못 차리게 만들고 있었다.

밥을 먹고 그가 설거지를 하는 동안 윤정이 커피를 탔다.

"제가 다른 건 못해도 커피는 맛있게 타요. 워낙 좋아하니까."

분위기를 바꾸려는 그녀의 노력이었다.

"감사합니다."

윤정이 건넨 커피를 가지고 그들은 거실의 소파로 향했다.

"보기보다 다정한 면이 있어요."

"보기에도 다정해 보이지 않습니까?"

"아뇨, 보기엔 섹시해요. 여자들이 잘 보는 로맨스 소설의 주인공 같은 느낌이랄까?"

"그 소설의 주인공은 어떻죠? 안 읽어 봐서요."

그는 피식 웃음이 나왔다. 로맨스 소설의 주인공이라니 처음 듣는 말이었다.

"큰 키에 구릿빛 피부, 조각 같은 얼굴에 완벽한 근육질의 몸매를 가진 남자죠. 재벌이거나 아주 능력이 있고 돈도 많은 남자들이 주로 주인공으로 나와요. 아 참, 아주 섹시해야 해요."

"제가 그런가요?"

"뭐, 아니라곤 할 수 없을 것 같아요."

"근육질에 구릿빛 피부긴 하죠. 하하하."

오랜만에 크게 웃은 승빈이었다. 윤정의 이런 솔직한 면이 그를 웃게 만들었다. 어쩌면 가식 없는 행동 때문에 다른 사람들의 눈에는 그녀가 까칠해 보일 수도 있겠다는 생각이 들었다. 윤정도 그의 말에 미소를 지었다.

아름답다는 표현으론 부족한 여자였다. 꾸미지 않은 모습이 더 자극적인 여자였다. 여자에 목이 마른 것도 아닌데 윤정을 보고 있으면 갈증이 나는 승빈이었다.

"항상 좋은 향이 나는 것 같아요. 향수는 뭘 쓰죠?"

갑작스럽게 묻는 말에 그는 고개를 저었다.

"직업상 향수는 안 씁니다."

"흔적을 남기면 안 되는, 뭐 그런 건가요?"

"적이 절 기억해서 좋을 건 없으니까요. 그냥 저희는 그림자 같은 존재가 되는 게 맞습니다."

"지금도 눈에 너무 띄는데……."

이렇게 그녀와 커피를 마시고 있는 동안에도 승빈은 저도 모르게 윤정의 가슴으로 시선이 갔다. 조금 전 서재에서 키스할 때도 그는 가슴을 만지지 않으려 안간 힘을 썼었다. 커피를 다 마셨는데도 그들은 거실 소파에 앉아 있었다.

일어나야 하는데 그녀와 이렇게 나란히 앉아 있으니 일어나고 싶은 마음이 사라졌다. 이렇게 앉아서 도란도란 이야기를 나누다…… 순간 또다시 그녀를 덮치고 싶다는 마음이 들었다. 그의 안에 있는 야수가 자꾸만 밖으로 나오려고 했다.

솔직히 승빈은 신사 중에 신사였다. 여자들이 원하지 않으면 어떠한 것도 하지 않았다. 하지만 윤정이 곁에 있으면 그는 발정 난 수사자처럼 그녀를 덮치고 싶은 마음이 들었다. 정신을 차려야 했다.

"다 마셨으면 일어나죠. 시나리오 검토할 게 더 있지 않나요?"

"⋯⋯."

윤정은 어깨를 들썩이더니 그에게 빈 잔을 건넸다. 승빈은 컵을 들고 싱크대로 향했다. 윤정과 가까이 있는 건 위험한 일이었다. 다시는 여자를 맡지 않겠다고 했던 이유는 구설수에 휘말리지 않기 위함이었다.

만약에 윤정과의 관계가 깊어진다면 지난번과는 비교도 되지 않을 만큼 시끄러울 게 뻔했다. 승빈이 싱크대의 물을 틈과 동시에 윤정이 뒤에서 그를 끌어안았다.

너무 놀란 나머지 들고 있던 컵을 놓칠 뻔한 승빈은 특유의 민첩함으로 컵을 싱크대 안에 넣었다. 하지만 지금 그의 심장은 터질 것처럼 뛰기 시작했다. 윤정은 방금 그의 타오르는 가슴에 휘발유를 부어 버렸다.

"가만히 있어요."

그녀의 가슴과 얼굴이 등 뒤에서 느껴지고 있었다.

쿵쿵쿵.

그의 미친 듯이 뛰는 심장소리를 윤정은 고스란히 듣고 있었다. 설상가상으로 그의 숨소리마저 거칠어지고 있었다.

"엄마를 잃은 7살 어린아이는 아버지의 위로도 받지 못했겠네요?"

"⋯⋯."

"난…… 아버지의 제삿날이 내 생일이에요. 막 태어난 절 보러 오기 위해 병원으로 오다가 교통사고로 돌아 가셨어요."

"……."

"웃기다. 무슨 처량 맞은 사연 배틀도 아니고……. 미안해요."

그녀가 갑자기 그를 안았던 팔을 풀었다. 그를 위로하려고 했던 것이다. 승빈은 돌아선 윤정을 자신의 품 안에 안았다.

둘의 위치가 조금 전과 반대가 되어 있었다.

"난, 그냥 위로를 해 주고 싶었어요."

윤정의 목소리가 떨렸다.

"난 다른 위로가 필요합니다."

"……."

승빈의 몸이 그 어떤 때보다 윤정을 원했다. 승빈이 윤정을 돌려 세웠다. 그리고 그녀의 눈을 바라보았다. 동의를 구하는 눈빛이었다.

"참지 않아도 돼요."

그녀의 말에 빗장이 풀려 버린 승빈이었다.

"오늘은…… 끝까지 갈 겁니다."

"……."

윤정은 답하지 않았지만 알았다는 눈빛이었다. 승빈은 윤정을 안아 들고는 윤정의 침실로 향했다. 그의 발걸음이 빨라졌다. 호흡은 거칠었고 그의 손은 땀으로 가득했다.

그녀를 침대 옆에 세우고는 허리를 강하게 끌어당겼다.

"부드럽진 못할 겁니다."

그는 바로 그녀의 입술에 입을 맞추었다. 키스만으로도 그의 페니스는 미친 듯이 윤정을 원하고 있었다. 벌어진 입술 사이로 그는 자신의 혀를 밀어 넣었다. 전부 가지고 싶을 정도로 그녀의 입안은 천국이었다.

자신의 혀로 그녀의 입안을 쓸며 그는 윤정의 하나하나를 자신의 것으로 만들고 있었다. 오늘은 너무 급하게 그녀를 원했다. 처음인 그녀라는 걸 잊을 정도로 윤정도 그의 키스에 강하게 호응을 하고 있었다.

윤정의 손이 그의 탄탄한 가슴을 배회하고 있었다. 그녀의 손이 닿는 곳마다 타는 듯한 전율이 느껴졌다. 만지는 것만으로도 이런데 그녀의 안에 들어간다면 어떤 느낌일지 벌써부터 기대가 되고 있었다.

그녀의 손이 위험스럽게 점점 더 아래고 내려가고 있었다. 더 이상은 참기 힘든 승빈은 윤정의 티셔츠를 단번에 머리 위로 벗겨버렸다. 브래지어도 빠르게 풀어 바닥에 던졌다. 너무 급한 나머지 바지도 벗기지 않은 채로 그는 윤정을 침대 위로 쓰러트렸다.

새하얀 침대시트와 그녀의 맑은 피부가 거의 구분이 가지 않았다. 승빈은 으르렁 소리를 내며 그녀에게 달려들었다. 그녀의 가슴에 입술을 묻고 유두를 빨기 시작했다.

"츄읍, 츄읍……. 매일 밤 꿈에 나타나 날 괴롭히더군."

"아흐……. 누가요?"

"김윤정……."

"제가요?"

그녀가 놀라서 물었다.

"이렇게 아름다운 가슴을 만지지 못하게 했어. 너무 가혹한 시련이었지."

그는 이렇게 말하며 혀로 그녀의 유두를 둥글렸다.

"아……. 이상해요."

"뭐가?"

"찌릿해요."

"그리고?"

승빈은 그녀의 가슴을 빨면서 손을 그녀의 팬티 안으로 밀어 넣었다. 예상대로 그녀는 젖어 있었다. 손가락 하나를 세워 그녀의 질 안으로 밀어 넣었다.

"아……."

그가 손가락을 움직이자 윤정이 몸을 비틀기 시작했다. 가녀린 여자의 몸이었다. 강하게 잡으면 부러질 것 같았다. 그래서 자신의 욕망을 자제해 가며 최대한 부드럽게 그녀의 몸을 만졌다.

점점 그의 관자놀이에 핏대가 서기 시작했다. 그녀의 몸에 들어가고 싶은 마음이 너무나 강한 승빈이었다. 어떤 여자에게도 이렇게 강한 성욕을 느끼지 못했었다. 그녀의 입술을 다시 한 번 삼키며 그는 윤정의 바지를 벗기기 시작했다.

윤정은 완벽한 나신이 되었다. 그녀의 여성을 손으로 만지며 그는 깊은 키스를 했다. 손에 닿는 끈적이는 느낌 때문에 그는 죽을 것 같았다.

"아흐……."

손가락을 강하게 밀어 넣자 윤정이 몸을 뒤틀며 신음을 내뱉었다. 그는 더 이상 참기 힘들다는 걸 느끼고는 몸을 일으켜 옷을 빠르게 벗어 던졌다. 운동으로 단련된 완벽한 몸이었지만 그는 함부로 옷을 벗지 않았다. 그의 몸엔 훈장처럼 많은 상처들이 남아 있었다. 자신의 경호 대상을 지키기 위해 그는 온몸을 던져야 했기 때문에, 총상에서부터 칼에 찔린 상처까지 몸에는 수많은 흉터들이 있어서 그는 함부로 옷을 벗지 않았다.

수영할 때도 그는 될 수 있으면 바디슈트를 입었다. 사람들은 그가 왜 몸을 가리는지 의아하겠지만, 흉터를 일부러 자랑 삼아 보이고 싶지 않은 마음이 컸기 때문에 조심을 한 것이었다. 하지만 윤정에게는 이미 그의 상처를 보였었다.

그래서일까 그는 옷을 벗고도 신경이 쓰이지 않았다.

"승빈 씨는 너무 섹시해요."

윤정이 그의 상처를 만지면서 뜻밖의 말을 했다.

"하지만 더 이상의 상처는 싫어요."

"……."

그녀가 그를 걱정해 주고 있었다. 아마도 그의 과거를 말했기 때문에 그녀도 그에게 연민을 느끼는 것 같았다. 하지만 섹스는 다른 문제였다. 그는 지금 아주 큰 고민에 빠져 있었다. 여자에게 이렇게 빠져도 되나 하는 고민이었다.

"참지 마요."

"……."

그녀의 말에 그는 또다시 빗장이 풀려 버렸다. 잠시 가만히 있는 그의 모습에 윤정은 그가 참고 있다고 생각한 모양이었다. 그는 윤정의 입술에 다시 한 번 깊은 키스를 했다. 입술을 떼고 싶지 않았다.

그녀의 입술은 중독성이 있었고 그를 거친 남자로 만들고 있었다. 그녀의 풍만한 가슴을 한 손 가득 쥔 그는 더 이상을 참지 못하고 그녀의 다리를 양쪽으로 벌리고 자리를 잡았다. 그리고는 자신의 거대한 페니스를 한 손으로 잡고는 그녀의 여성에 문지르기 시작했다.

"아플 거야."

"……."

그의 페니스를 놀란 눈으로 보던 윤정이 눈을 감았다. 받아들이 겠다는 표시였다. 그는 천천히 그녀의 여성에 자신의 페니스를 밀 어 넣었다.

"악!"

"힘을 빼야 안 아파."

그녀의 몸에 힘이 잔뜩 들어갔다. 이러면 페니스가 들어가기 어 려웠다. 승빈은 다시 윤정의 입술을 자신의 입술로 막았다. 그리 고는 힘 있는 동작으로 단번에 그녀 안으로 자신의 페니스를 넣었 다.

그녀의 여성은 너무나 타이트했다. 점점 더 조여 오는 느낌에 그는 미칠 것만 같았다.

"으윽!"

이번엔 그의 입에서 신음이 나왔다. 충격적인 쾌감이 그의 몸을 덮쳐 왔다.

"아파……."

윤정이 고통을 호소했다.

"조금 있으면 괜찮아질 거야."

그가 허리를 조금씩 움직이기 시작했다. 그녀와 그는 한 몸이 되어 있었다. 그가 움직일 때마다 윤정이 몸을 비틀더니 어느 순간이 되자 오히려 다리를 더 벌려 그를 깊이 받아들이고 있었다.

선천적으로 섹스를 위해 태어난 몸이었다. 그녀의 늪에 빠지면 다시는 헤어 나올 수 없을 것 같았다. 아니 승빈은 이미 그녀의 늪에 빠져 버린 상황이었다.

그의 페니스가 정신없이 윤정의 질 안으로 파고들고 있었다. 그의 허리의 움직임이 점점 더 빨라지고 있었다.

"아아악!"

"으윽!"

그녀의 비명과 그의 마지막 신음이 한데 어우러져 방 안을 울리고 그의 분신들은 윤정의 배 위로 쏟아져 나왔다.

"윽!"

그는 마지막 분신을 쏟아 내고는 신음과 함께 그녀의 옆으로 풀썩 누워 버렸다.

"헉헉헉……."

거친 숨을 몰아쉬며 승빈은 최고의 섹스였다는 생각을 했다. 윤정이 움직이려 하자 그가 윤정의 팔을 잡았다.

"잠깐."

그는 욕실로 가서는 물수건을 만들어 와서 윤정의 몸을 닦아 주었다.

"언제나 이렇게 친절한가요?"

"아니 처음이야."

"……그럼 왜 이러는 거예요?"

"윤정이도 처음이니까. 이렇게 해 주고 싶었어."

그는 윤정을 안고는 욕실로 향했다.

"여자와 관계가 끝이 나면 항상 이렇게 해 줘요?"

"아니, 이런 것도 처음이야."

"왜 이러는 거예요?"

"……."

그가 어깨를 으쓱였다. 자신도 모르니 뭐라고 할 말이 없었다. 샤워기에 물을 틀고 승빈은 윤정의 몸을 깨끗하게 씻어 주었다.

"아름다운 피부야."

그의 손길이 닿는 게 미안할 정도로 그녀의 피부는 부드러웠다.

"아기 피부 같아."

그의 말에 윤정이 피식 웃었다.

"여자를 아주 잘 꼬시는 것 같아요."

"제가 말입니까?"

갑자기 경호원의 말투로 돌변하자 윤정이 더 크게 웃었다. 욕실에 퍼지는 윤정의 웃음소리가 듣기 좋았다. 비누로 그녀의 몸을 닦기 시작한 승빈은 그녀의 가슴을 만지게 되자 다시금 발동이 걸리고 말았다.

"으윽!"

"왜요?"

영문을 알 리가 없는 윤정이 놀란 눈으로 그를 올려다보았다.

"다쳤어요?"

"아니."

"그럼요?"

"녀석이……."

그의 말에 윤정의 눈이 그의 거대한 페니스로 향했다.

"말도 안 돼."

"나도 그렇게 생각해."

하지만 그의 페니스는 더더욱 그녀를 원하는 상태가 되고 말았
다.

"안 되겠어."

"뭐가요?"

그가 빠르게 윤정을 안아 들었다.

"어머, 뭐 하는 거예요?"

"녀석을 잠재우려고."

"설마요."

그녀의 놀란 얼굴을 뒤로하고 그는 윤정을 수건으로 감싸고는

침실로 향했다.

"언니, 올지도 몰라요."

윤정의 놀란 얼굴이 귀엽게 느껴지고 있었다. 이런 생소한 감정들이 그를 더 자극하는 것 같았다.

"봐도 할 수 없고."

"뭐라고요?"

"오늘 언니 안 와."

거의 울 것 같은 윤정의 표정 때문에 그는 더 이상 거짓말을 할 수 없었다.

"왜요?"

"아까 주원이한테 문자 왔어. 촬영장 섭외하는 게 너무 늦어서 내일 돌아갈 거리고."

"정말 관심 있나?"

"없어 보이진 않았어. 그리고 주원인 좋은 녀석이야."

그는 사람 보는 눈이 정확했다. 주원이는 아버지로부터 버림받은 그가 고모 집에서 힘겹게 자라던 때에 도움을 준 고마운 사람이었다. 그리고 아주 의리 있는 친구였다.

"부잣집 아들이지만 자기 스스로 사업도 키워 나갈 만큼 수완도 좋고, 윤정 씨가 곁에서 본 그대로가 주원이의 모습이야. 녀석은 진국 중에 진국이지."

"저도 인정하지만……."

"둘의 문제야, 우리가 뭐라고 할 수 없는 문제지. 어른들이니까 알아서 할 거야. 우리처럼."

아직 승빈은 톱스타인 한성민이 그의 아버지임을 말하지 않았다. 윤정도 성민과 작품을 같이한 적이 있어서 잘 알 것 같았다. 지금은 또 배우협회 회장이니 더욱더 모를 리가 없었다.

침대에 윤정을 눕혔다. 지금은 아무것도 생각하고 싶지 않았다. 그저 그녀의 몸을 다시 한 번 탐하고 싶을 뿐이었다. 그들의 밤은 그렇게 뜨겁게 흐르고 있었다.

## 5. 터져 버린 화산

여기저기 온몸이 쑤셨다. 깊은 잠을 자고 일어난 아침치고는 온몸이 다 제각각인 느낌이었다. 특히 아랫부분이 욱신거렸다. 처음으로 섹스를 한 그녀를 배려하지도 않고 그는 세 번이나 진한 섹스를 했다.

"짐승."

그와의 뜨거웠던 밤이 생각이 나자 윤정은 베개에 얼굴을 묻고는 비명을 질렀다.

"미쳤어."

어젯밤 승빈은 너무 섹시했고, 어머니의 이야기를 듣고 나니 동질감이 생겨 그와 밤을 보낸 것이었다. 나중에 벌어질 일들은 그

다음 문제였다. 어제는 그가 없이는 안 되는 밤이었다.

그래도 처음치고는 너무 격렬했었다.

"원래 이런 거야?"

하긴, 해 보지 않았으니 알 턱이 없었다. 섹스가 이렇게 육체적으로 피곤한 건지 처음 알았다. 예전에 클라이밍을 배우고 난 다음 날보다도 더 아픈 것 같았다.

윤정은 온몸에 힘이 다 빠져 나갔는데 승빈은 벌써 일어났는지 보이지 않았다. 승빈은 사람이 아니었다. 무한 체력의 그가 부러웠다.

천근만근인 몸을 일으킨 윤정은 샤워를 대충 한 후에 가운만 걸친 채로 거실로 향했다. 아주 맛있는 냄새가 집 안에 가득했다.

"으음……."

홀린 듯이 냄새를 따라 주방으로 왔다. 그리고 음식을 바쁘게 만들고 있는 승빈의 뒤로 가서 그를 안았다.

"맛있는 냄새."

그의 냄새가 맛있게 느껴지는 건지 그가 하는 음식의 냄새가 좋은 건지 알 수가 없었다.

"못 걸어 나올 줄 알았는데……."

"그럴 뻔했죠."

그녀의 말에 그가 쿡쿡 웃었다. 윤정은 그가 가끔씩 보이는 이 편안함이 좋았다.

"잔칫날은 아니죠?"

"잘 먹어야 힘이 나니까."

그는 윤정과 함께 아침을 먹었다. 승빈의 편안한 모습이 윤정도 보기 좋았다. 어느 날 그녀의 삶에 불쑥 들어온 남자에게 윤정은 자꾸만 시선이 갔다.

"그만 보시죠."

"……."

"자꾸 그렇게 보면 침실로 또 가야 할 테니까."

"더 봐야겠는데요."

어디서 이런 말이 나오는지. 승빈의 앞에만 서면 윤정의 입에서 야릇한 말이 저도 모르게 툭 하고 튀어 나왔다. 그가 갑자기 숟가락을 놓았다.

"워, 워, 농담입니다."

"난 농담이 아닌데……."

"어머!"

그가 윤정을 안아 올렸다.

"오늘 언니가 온다고요."

"늦은 시간이 되어야 올 겁니다."

"어떻게 알아요?"

"그냥 예감이라고 해 두죠."

"왜 존댓말 반말을 섞어서 쓰시나요? 헷갈리게."

"일과 사생활은 다르니까요."

"지금은요?"

"사생활."

그는 그녀를 다시 침대에 눕혔다. 셔츠 차림이던 그가 단숨에 알몸이 되었다. 그가 먼저 옷을 벗은 건 처음이었다. 그의 완벽한 몸은 윤정이 빠질 만했다. 아니 모든 여자들이 빠져들 만했다.

"너무 지나치게 섹시해요."

"내가 하고 싶은 말이야."

그가 윤정의 가운을 단숨에 벗겨 버렸다.

"이런 모습으론 절대로 이 방 밖으로 나오지 마."

"왜요?"

"벗기고 싶어지니까."

그의 솔직한 말에 윤정은 마른침을 삼켰다. 섹스에 관해선 확실히 적극적인 남자였다. 그의 가슴을 손으로 쓸다가 입을 맞춘 윤정이었다.

"이런 멋진 상처들을 다른 사람이 본다면 정말 싫을 것 같아요."

"볼 일 없어."

"읍!"

그가 단호하게 말하더니 그녀의 입술을 삼켜 버렸다. 심장이 조이는 말을 아무렇지 않게 하는 남자였다. 그리고 그의 키스는 환상을 넘어선 것이었다. 수많은 키스신을 통해서 윤정은 이런 키스는 아무나 하는 게 아니란 걸 알았다.

아주 노련한 프로였다.

"으음…… 프로네요."

"프로?"

"키스를 얼마나 많이 해야 이렇게 잘하죠?"

"칭찬인가?"

"비슷한 거라고 해 두죠."

그의 혀가 강하게 그녀의 입안으로 들어왔다. 이번엔 윤정이 그의 혀를 빨아들였다. 그에게 어젯밤에 전수받은 모든 기교를 동원해서 키스했다.

"으으음……."

드디어 그의 입에서 신음이 터져 나왔다. 하지만 윤정은 그가 뱉어 낸 신음소리를 듣지 못했다. 너무나 키스에 빠져 있었기 때문이었다. 섹스란 사람을 홀리는 힘이 강한 것 같았다. 어제만 해도 잡아먹을 것처럼 굴었는데, 그의 것이 된 다음부터는 그를 오래전부터 알고 지낸 것 같았다.

"처음이라서 힘들었지?"

"알면서 또 하는 거예요?"

아주 얄미운 남자였다. 하지만 섹시하니까 그냥 한번 봐주기로 했다.

"아파?"

"아프다면 그만둘 건가요?"

"아니, 조금 더 부드럽게 해야지."

"못 말려요."

그는 그만둘 마음이 없는 것 같았다. 윤정의 손이 승빈의 얼굴을 감쌌다.

"내가 짐승을 만났나 봐요."

"부인할 수는 없을 것 같아."

그가 미소 지었다. 절대로 다른 여자들에게 보이고 싶지 않은 아주 섹시한 미소였다. 신은 확실하게 불공평했다. 이렇게 멋진 외모에 섹시함까지 주셨으니 말이다.

그녀는 아름다운 외모는 받았지만 아직도 소녀 같은 청순함만 가지고 있었다.

"아아앙……."

그가 다른 생각을 못하도록 그녀의 유두를 빨기 시작했다.

"내가 섹시해요?"

"말로 표현할 수 없을 만큼."

"거짓말."

"진심이야. 난 여자를 이렇게 간절하게 원한 적도 없고 짐승처럼 달려든 적도 없어."

"아…… 읏……."

다른 생각을 하지 못하게 그가 그녀의 유두를 세게 빨며 가슴을 거칠게 움켜쥐었다.

"미치겠어요."

"나도 미칠 것 같아."

그의 손이 그녀의 여성을 감싸 쥐었다. 입술로는 유두를, 손가락으로는 그녀의 질을 자극하는 통에 윤정은 정신을 차릴 수가 없었다. 윤정은 자신이 육체적인 욕망이 강하다는 걸 처음으로 느꼈다.

그가 없었다면 아직도 느끼지 못했을 욕망이었다. 그들은 아침을 뜨겁게 시작하고 있었다.


깔끔한 거실은 티끌 하나 없었다. 하얀 대리석 바닥에 흰색 커튼 그리고 흰색 소파는 깔끔한 모습이었지만 흡사 정신병원 같은 느낌도 들었다. 모델 하우스처럼 정돈이 된 집은 사람이 사는 것 같지 않은 텅 빈 공허함이 있었다.

딸깍. 딸깍. 딸깍.

집 안 전체에 들리는 소리라고는 시계소리같이 딸깍대는 소리가 전부였다. 소리의 근원은 이 집에서 색상이 존재하는 곳 중에 하나인 서재였다. 서재는 벽이 전부 책으로 둘러싸여 있고 정중앙에 컴퓨터가 있는 책상이 전부였다.

딸깍. 딸깍. 딸깍.

마우스를 누르는 소리가 요란하게 울렸다. 어떻게 들어 보면 조금 신경질적인 소리 같았다. 책상 위가 집 안의 분위기와는 다르게 어질러져 있었다. 소주병이 마우스 옆에 아무렇게나 널브러져 있었다.

"나의 천사가 남자와……."

뒷말은 더 이상 이어지지 않았다. 이게 다 박 원장 때문이었다. 병신 같은 박 원장이 자꾸 주변을 맴돌기만 하니 될 일도 안 되는 것이었다. 그는 답답한 박 원장을 대신해서 세상에 나온 사람이었다.

그렇게 세상에 나와 보니 박 원장이 좋아하는 여자가 아주 마음에 들었다. 그 여자 때문에 세상 밖으로 나오게 되었고 박 원장에게 주기는 아까운 여자였다. 그래서 준수는 그만의 방법으로 윤정을 차지하기 위해 노력하고 있었다.

이번에 박 원장인 척하고 재욱에게 윤정의 집 열쇠를 얻어 냈다. 그리고 윤정이 제주도를 간 사이에 그는 윤정의 집으로 갔다. 아름다운 윤정은 집도 아름다웠다. 그가 들어올 집이었다. 윤정을 아주 철저하게 자신의 여자로 만들 생각이었다.

그래서 집 안에 윤정의 동태를 살피기 위해 카메라를 설치했다. 그녀의 침실에 말이다. 눈에 띄지 않는 최첨단 장비를 설치해서인지 화질이 아주 좋았다. 그런데 제주도에서 돌아온 윤정이 뭔가를 알아챘다.

당연히 그녀를 보러 오겠다는 말을 썼다. 그가 다녀갔다는 걸 윤정이 알았으면 좋겠다는 생각이 들었었다. 왜냐면 그녀도 그를 기다릴 테니까 말이다. 그는 윤정의 아름다운 모습을 평생 보며 살고 싶었다.

그래서 그만의 계획이 있었다. 그에겐 윤정의 지금 모습 그대로를 간직할 방법이 있었다.

"아아악!"

그가 머리를 쥐어뜯기 시작했다. 모니터의 화면에 벌거벗은 채로 남자와 헐떡이고 있는 윤정이 보였기 때문이었다. 못 볼꼴을 보고야 말았다. 남자가 윤정을 안아 든 장면을 그는 계속해서 클릭하고 있었다.

"내가 안 해 줘서 화가 난 거야?"

그에게 섹스를 해 달라고 말했으면 얼마든지 해 주었을 것이다. 윤정의 아름다운 몸을 다른 놈이 만진다는 건 상상도 할 수 없었다. 놈은 병원에 왔던 그놈이었다.

"매니저라고 했던가?"

병신 같은 박 원장을 바닥에 내동댕이친 놈이었다. 그는 모니터에 비친 자신의 모습을 보았다. 꺼벙하게 생긴 박 원장의 모습을 하고 있었다.

"마음에 안 들어."

그는 자신의 머리를 쥐어뜯었다.

"이렇게 멋을 모르니 윤정이가 거들떠도 안 보지."

그는 자리에서 일어나 드레스 룸으로 들어갔다.

"블랙, 화이트, 그레이뿐이군."

그는 그중에서 그나마 쓸 만한 옷을 입었다. 그리고 거울을 보았다.

"멍청아, 이제 내가 알아서 할 테니까 넌 제발 나오지 마."

준수는 박 원장을 자신의 내면에 가두었다. 그리고는 박 원장인 척하기로 마음먹었다. 그래야 당분간은 아무렇지 않게 지낼 수 있기 때문이었다. 출근 준비를 한 그는 머리에 왁스를 발라 뒤로 넘겼다. 평소에 이 대 팔을 고집하던 박 원장과는 확실하게 다른 모습이었다.

"이제 출발해 볼까?"

우선 윤정을 가지기 전에 그녀와 뒹군 놈부터 죽여 버릴 생각이었다.

"감히 우리 엔젤을 넘봐?"

그는 두 주먹을 불끈 쥐었다. 아무도 그가 박준수 원장의 속에서 나온 준수인 걸 알지 못할 것이다. 출근하는 그의 발걸음이 가벼웠다.


벌써 토요일이었다. 내일 할아버지 제사 때문에 저녁 시간은 비운다고 말해 놓았지만 승빈의 마음은 무거웠다. 별로 가고 싶지 않은 자리였고 자신이 자리를 비우는 게 불안했다. 유능한 직원에게 대신 일을 맡겼지만 윤정은 직접 보호하고 싶은 마음이었다.

지금은 윤정의 잡지사 인터뷰 자리였다. 요즘 들어 복잡한 일이 많은 윤정은 최고의 인터뷰 상대였다. 기자는 아닌 척 집요하게 윤정의 어머니 일을 물었지만 윤정은 베테랑답게 잘 피해 갔다.

인터뷰하는 윤정은 어린 연기자가 아니었다. 그녀는 톱스타이자 베테랑이었다. 그녀를 보는 설희의 얼굴도 편안해 보였다. 지금 이 자리에서 인상을 구기고 있는 건 승빈뿐이었다.

"무슨 고민 있으세요?"

설희가 걱정이 되는지 물었다.

"내일 제가 자리를 비우는 게 마음에 걸려서요."

"아, 할아버지 제사라고……."

"제사도 제사지만 아버지 얼굴 본 지도 오래되고 해서……."

"다녀오세요. 다른 경호원분 오신다고 들었어요."

"서 경호원도 아주 잘하는 친구입니다."

"그럼 걱정 말고 다녀오세요. 윤정이도 아까 한 매니저님이 걱정이 되는 모양인지 묻더라고요."

"뭐라고요?"

"얼굴 표정이 안 좋은데 왜 그러냐고요. 둘이 사이가 많이 좋아졌나 봐요. 윤정이는 원래 다른 사람 일 잘 안 물어보거든요. 그건 차 대표님한테도 그래요."

"……."

뭐라고 대꾸는 하지 않았지만 솔직히 윤정이 그에게 신경을 쓰고 있다니 기분은 좋았다. 첫 만남부터 강렬한 인상을 준 윤정이었다. 그런데 요즘 윤정이 자꾸만 그의 가슴을 파고들고 있었다.

윤정은 지금 연예방송의 인터뷰를 하고 있었다. 이렇게 많은 사람들 앞에서 윤정은 기죽지 않고 편안하게 말을 하고 있었다. 엄마에 관한 이야기를 할 때는 눈물을 흘렸지만 그가 감탄할 정도로 그녀는 프로답게 인터뷰를 하고 있었다.

남자가 봐도 멋지다는 생각이 들었다. 그의 심장을 뛰게 하는 여자였다. 승빈은 예쁜 여자보다 멋진 여자가 좋았다. 자신의 일에 푹 빠져 있는 사람들을 보면 심장이 뛰었다. 그건 아마도 우리나라 최고의 사람들을 곁에서 지키며 그들이 얼마나 치열하게 사는지를 봤기 때문일 것이다.

그런데 지금 윤정의 모습에서도 그런 멋진 모습이 보이고 있었다. 그의 심장이 떨릴 만큼 말이다. 한참을 인터뷰하는 윤정에게 시선을 빼앗긴 승빈의 눈길이 재욱에게로 향했다. 왠지 불안해 보이는 재욱이었다.

뭐라고 단정 지을 수 없지만 분명 재욱은 윤정에게 잘못한 일이 있는 것 같았다. 그건 오랜 세월 경호 일을 한 승빈의 촉이었다.

인터뷰가 끝이 나고 기자들과 함께 저녁을 먹은 후에 집으로 돌아왔다. 돌아오는 길에 그는 운전 중인 재욱에게 며칠 전부터 묻고 싶었던 말을 물었다.

"표정이 왜 그래?"

"저, 저요? 제가 왜요?"

"불안해 보여서."

"불안한 게 아니고 피곤해서요."

"요즘 윤정 씨 스케줄도 없는데 뭐가 피곤하지?"

이건 어디까지나 촉이었다. 이번 윤정의 집에 누군가 침입을 한 게 재욱과 관련이 있을 것 같았다. 재욱이야 그들과 함께 제주도에 갔기 때문에 그가 직접 한 일은 아닐 테지만, 뭔가 석연치 않은 구석이 있었다.

"말해."

"뭘 말해요?"

평소의 얌전한 재욱과는 다르게 격한 반응이었다. 재욱의 목소리에 윤정과 설희도 놀란 모양이었다.

"죄송해요."

"아니야."

승빈은 재욱이 뭔가를 숨기고 있다고 확신했다.

"사실…… 그전에 카드를 잃어 버렸어요."

"왜 말 안 했지?"

"제주도에서 와 보니 그런 일이 있어서 찜찜해서요. 괜한 의심은 받기 싫었거든요."

말을 하는 동안 재욱의 입술이 떨리고 있었다. 단순히 카드를 잃어버린 게 아니었다.

"알았어."

"네."

그는 더 이상 묻지 않았다. 그리고 문자로 재욱을 감시하라고 다른 경호원에 연락을 해 놓았다. 등잔 밑이 어두운 것이었다. 윤정이 그렇게 잘해 주는데도 재욱은 윤정을 배신한 것이었다.

재욱도 자꾸 승빈의 눈치를 보고 있었다. 일단은 재욱의 뒤에 누가 있는지가 중요했다. 지금은 재욱을 다그칠 때가 아니었다.

"뭘 그래? 그냥 인상이 안 좋아서 물은 거야. 아파트 키는 다음에 내 거 쓰면 되고."

"네."

그의 말에 재욱의 표정이 조금은 풀린 것 같았다. 집에 도착하자마자 설희는 부리나케 자신의 방으로 들어갔다. 전화가 온 모양이었다.

"언니가 수상한데……."

"왜?"

"지난번에 촬영 때문에 차 대표님과 촬영지 섭외하러 다녀온 후부터 전화를 많이 하는 것 같아서요."

아무렇지 않게 말을 하는 윤정이 승빈의 눈엔 예쁘게 보였다.

"왜요?"

"예뻐서."

"그런 말도 할 줄 알아요?"

"예쁘니까 예쁘다고 한 거야."

"……고마워요."

윤정이 웃자 깨물어 주고 싶다는 생각이 들었다. 이런 생각을 하다니 참 신기한 일이었다. 승빈은 참지 못하고 윤정의 손을 잡고는 서재로 향했다.

윤정의 방보다는 서재가 설희에게 들키더라도 더 설득력이 있기 때문이었다.

"뭐 하는 거예요? 언니가 있다고요. 읍!"

방 안의 문과 그 사이에 윤정을 가두고는 그는 진한 키스를 했다. 윤정도 싫지 않은지 그의 입술을 적극적으로 받아들였다. 자극적인 입술이었다. 윤정의 입안에 혀를 밀어 넣고는 마음껏 그녀를 차지했다.

서로의 혀가 얽히고 있었고 그의 손은 어느새 윤정의 옷 속으로 들어가 풍만한 가슴을 어루만지고 있었다.

"오늘…… 하루 종일 이러고 싶었어."

"으음……."

그가 그녀의 귀에 대고 작은 소리로 속삭였다. 그리고 손을 아래로 내려 그녀의 여성을 감싸 쥐었다. 촉촉하게 젖어 든 여성 때문에 미칠 것만 같은 느낌이었다.

"넣고 싶어."

"넣어 줘요."

예상하지 못한 답이 나오자 그의 페니스가 미친 듯이 반응하기 시작했다.

"미치겠군."

"제발……."

그녀의 말에 손가락을 이미 촉촉하게 젖어 있는 질 안으로 밀어 넣었다.

"으으음……."

그녀의 신음소리가 커지자 그가 입으로 그녀의 입술을 막았다. 아무리 대담하게 서재에서 이러고 있다고는 하지만 설희에게 들켜서는 안 될 일이었다. 그녀의 질에서 질척이는 소리가 계속해서 났다.

승빈은 윤정의 반응이 너무 좋았다. 그녀는 솔직하게 그를 원했고 그건 그도 마찬가지였다.

"윤정아……."

설희가 윤정을 부르고 있었다. 승빈은 빛의 속도로 윤정을 품에서 떼어 냈다. 놀란 윤정이 얼른 옷을 매만졌다.

벌컥!

문이 열리고 설희가 들어왔다. 윤정은 빛의 속도로 소파에 앉아서 시나리오를 읽고 있었고 그는 아무 책이나 꺼내 책장에 기대서서 책 읽는 척을 하고 있었다.

"어, 미안. 아까 기자분이 윤정이랑 통화하고 싶다고 하셔서."

"어? 나?"

"응."

설희가 자신의 핸드폰을 윤정에게 건넸다.

"제 전화로 하시죠? 아, 전화통화가 안 됐나요? 맞다, 제 번호는 모르시죠?"

윤정이 당황해하는 게 보였다. 승빈은 자신 때문에 윤정이 난감해진 것 같아서 미안한 마음이 들었다. 윤정이 기자와 통화를 하는 도중에 그는 서재를 빠져 나왔다. 같이 있다가는 더 큰 사고를 칠 것 같았다.

자제력이 있다고 생각했는데 그는 윤정을 보고 자제심이 무너지고 말았다. 승빈은 거실로 나와서 윤정이 나올 때까지 설희와 함께 있었다.

"방은 안 불편하세요?"

"네, 저희 집과 구조가 비슷해서 불편한 점은 못 느낍니다."

"다행이에요. 저기 그런데……."

혹시나 설희가 그와 윤정의 관계를 알게 됐을까 봐 순간 바짝 긴장을 한 그였다.

"뭐죠?"

"혹시 차주원 대표님의 부모님에 대해 아시나 해서요."

뜻밖의 전개였다. 왜 설희가 주원에 관해 묻는 것도 아니고 주원의 부모님에 대해서 묻는 것일까?

"알죠."

"어떤 일을 하시는지 궁금해요."

"왠지 물어봐도 될까요?"

"그냥…… 통화하는 걸 들었는데 제가 잘못들은 것 같아서요."

"아마도 잘 들으신 걸 겁니다."

주원의 집안이 대단하다는 걸 잘 알았다. 주원이 말은 하지 않았지만 주원이 지금 엔터테인먼트 대표가 될 수 있었던 건 주원이 집안의 막내이기 때문에 가능한 일이었다. 장남이었다면 상상할 수도 없는 일이었다.

그와 잘 지냈던 것도 형과는 다르게 부모님들이 주원을 거의 방목을 하셨기 때문이었다. 만약에 주원이 장남이었다면 친구를 사귀는 것도 간섭하셨을 것이다.

"그래도 주원인 다른 재벌들과는 다르죠. 생각이 있는 친구입니다. 저도 어릴 때 도움을 많이 받았고요."

"다른 이유는 없어요. 궁금해서……."

설희의 표정이 어두웠다. 주원이 때문에 고민인 것 같았다.

일을 마치고 게스트 룸에서 자려는데 잠이 잘 오지 않았다. 내

일이 걱정이 되기 때문이었다. 윤정을 지키기로 한 서민국은 아주 유능한 요원이었지만 이번엔 왠지 모르게 불안했다.

"왜 이러지?"

그의 예감은 한 번도 빗나간 적이 없었다. 그렇게 불안한 마음으로 그는 잠을 이루지 못했다.

거의 뜬눈으로 밤을 새운 승빈은 평창동에 위치한 아버지의 집으로 향했다. 어린 시절 어머니의 죽음을 맞이했던 성북동의 집을 팔고 이곳으로 이사 온 지 거의 30년이었지만 아들인 그가 이 집에 온 건 열 손가락으로 꼽을 만큼이었다.

어릴 때는 아버지가 재혼한 여자 때문에 출입할 수가 없었고, 커서 어느 정도의 위치를 잡고 나서야 제사 때만 출입이 가능했다. 솔직하게 얼굴도 기억나지 않는 할아버지의 제사에 오고 싶은 마음은 없었지만 몇 년 전부터 그의 아버지는 그를 엄청 신경 쓰고 있었다.

배우협회 회장인 아버진 정치계 쪽으로 진출하기 위해 주변을 정리 중이었다. 승빈과도 좋은 관계를 유지한다고 말하고 싶은 모양이었다. 집에 들어서자 사람들이 북적이고 있었다.

"왔니?"

아버지와 재혼한 여자가 사람들의 시선을 의식하며 그를 반갑게 맞아 주었다. 그는 고개만 숙인 뒤에 아버지를 눈으로 찾았다. 아버진 친지분들과 한창 얘기 중이셨다. 배우 중에 재산 신고를 가장 많이 한 연예인인 아버진 아주 부자였다.

빌딩도 몇 채나 있었고 땅도 많이 가진 사람이었다. 그래서인지 그의 주변엔 사람이 많았다. 오랜만에 그를 키워 준 고모와 마주친 승빈은 자리를 피하고 싶었다. 어머니가 돌아가신 일곱 살부터 고등학교를 졸업할 때까지 고모는 그의 보호자였다.

아니 방관자였다. 나중에 안 일이었지만 아버진 매달 거액의 양육비를 주었는데 그 돈은 한 번도 승빈에게 온 적이 없었다. 그래서 그는 부자 아버지를 뒀지만 가난한 어린 시절을 보내야 했다.

"호호호, 우리 승빈이 왔구나."

고모가 환하게 웃으면서 그에게 인사를 했다. 사촌동생들도 그에게 인사를 했다.

"누가 키워서 이렇게 멋진 남자가 됐나?"

누가 키운 게 아니라 그가 알아서 자란 것이었다. 고모야 그가 지낼 방과 차려진 밥상에 숟가락 하나만 더 놓았을 뿐이었다. 어린 그를 때리진 않았지만 고모 집에선 승빈은 다 클 때까지 그림자 같은 존재였다.

아무도 그를 사람 취급하는 사람이 없었다. 그런 그는 말수가 없는 조용한 아이로 자랐고 오로지 운동에만 전념했었다. 그는 국가대표 상비군에 들어갈 정도로 유도를 잘했고 합기도와 검도까지 무술에 관한 한은 못하는 게 없었다.

그가 천부적인 파이터이기도 했지만, 부모님 없이 자란 외로움을 운동으로 달랜 것 덕분이기도 했다. 고모의 얼굴을 보니 외로웠던 어린 시절이 떠올라 절로 인상이 구겨졌다.

"승빈아."

아버지가 그를 향해 손짓을 하며 부르자 아버지와 재혼한 여자의 인상이 좋지 않았다.

"네, 안녕하십니까?"

일부러 더 딱딱하게 인사를 한 승빈이었다. 한성민이 따뜻한 아버지의 모습으로 비쳐지는 게 싫었다. 연기를 워낙 잘하는 사람이니 그가 아무리 안 좋아 보이게 노력을 한다고 해도 아무 타격 없겠지만 말이다.

"승빈아, 앉아서 이것 좀 해. 네가 우리 집 장손이잖아."

승빈은 아버지가 시키는 대로 아주 고분고분하게 일을 했다. 그래야 제사가 끝이 나는 대로 집에 빨리 갈 수 있었기 때문이었다.

"승빈이는 여자 친구 없지?"

마치 없어야 한다는 투로 말하는 아버지였다.

"오늘 아주 귀한 손님이 오실 거야."

"제삿날에요?"

"제사가 아니면 네 얼굴을 볼 수 없는데 어떻게 하겠어?"

왠지 여자를 소개해 줄 것 같다는 생각이 들었다. 제삿날에 선을 보다니 웃기는 일이었다.

"오늘은……."

"어, 저기 유나 양이 오는구나."

승빈이 고개를 들어보니 단아한 모습의 여자가 들어오고 있었다. 딱 보기에도 사회 초년생이었다.

"어려 보이는데……."

"어리지, 이제 스물둘이고 아버지가 국회의원 조영만 씨야."

이 지역구의 국회의원이자 당대표에 출마한 사람이었다. 그의 딸이 왜 갑자기 오게 된 건지 알 수가 없었다.

"유나 양이 너를 안다는구나."

그녀의 아버지인 조 의원의 경호를 맡은 적이 있었다. 그때 그를 본 모양이었다. 그게 벌써 4년 전의 일인데 이상했다.

"안녕하세요?"

"유나 양 반가워요. 아버진 잘 계시지?"

"네, 아버지께서도 안부 물으시더라고요."

유나는 수줍은 미소를 띠며 아버지에게 말을 했지만 그를 제대로 보지 못하고 있었다. 이렇게 보니 어릴 때 본 것도 같았다. 사람을 한번 보면 잘 잊지 않는 승빈이었다.

"승빈아 인사해."

"안녕하십니까? 한승빈입니다."

"안녕하세요. 조유나입니다."

시선을 어디다가 둘 줄도 모르고 연신 그의 눈길을 피하는 유나였다. 부끄러움을 많이 타는 아가씨인 것 같았다.

"제사 준비를 해야 하니까 승빈이가 유나 양하고 잠깐 이야기 좀 하고 있어."

그의 대답도 듣지 않고 아버진 다른 쪽으로 사라졌다.

"집 구경이라도 시켜 주고 싶지만 저도 이 집은 잘 몰라서."

"제가 잘 알아요."

"네?"

"저 승빈 오빠 동생 연수 친구예요."

연수는 아버지의 딸들 중에 하나였다. 아버지의 얼굴을 빼닮은 연수와 연희는 한 미모 하는 아이들이었다. 하지만 미모에 어울리지 않게 인성이 바르지 못했다. 안 친해서 그런지 그의 근처에도 오지 않았다. 그에게 살갑게 대한대도 기분 좋게 대할 그도 아니지만 말이다.

"아, 그래요."

그 소리를 들으니 더 정이 안 갔다. 하지만 승빈은 매너 있게 유나를 대하고 있었다.

"학생?"

"네, 피아노 전공해요."

"분위기와 아주 잘 어울리는 것 같네요."

"감사해요."

그의 말에 유나는 귀까지 빨개지고 있었다.

"이 집엔 자주 안 오시나 봐요."

"이제 집을 나갈 때도 됐죠."

"새로운 집을 꾸미실 때 아닌가요?"

유나의 말에 승빈이 피식 웃었다. 어리지만 당돌한 구석이 있는 아가씨였다.

"유나 양은 젊음을 즐길 때죠."

"전 어릴 때부터 현모양처가 꿈이었어요."

의외의 답이었다. 요즘 세상에 자신의 꿈을 펼치느라 결혼도 안 하는 젊은이들이 많은데 유나는 조금 다른 것 같았다.

"의외네요."

"제가 어릴 때부터 엄하게 자라다 보니……."

정말 승빈이 딱 싫어하는 고리타분한 스타일이었다. 나이도 어린데 안됐다는 생각이 들 정도였다.

윤정은 차분해 보이는 스타일이지만 안에는 불꽃을 담은 여자였다. 하지만 유나는 겉도 안도 모두가 시들해 보였다. 한마디로 아무런 매력도 못 느낀 승빈이었다.

그는 자신이 유나와 윤정을 저도 모르게 비교하고 있다는 걸 깨달았다.

윤정은 톱스타였다. 그와 끝까지 갈 사람은 아니었다. 윤정은 솔직했고 그는 그런 윤정이 점점 좋아지고 있었다. 이제 그의 삶에서 윤정이 사라진다면 어떨까 하는 두려움도 생길 정도였다.

"어릴 때부터 봤어요."

"그래요?"

"네, 다른 아이들은 아이돌에 미쳐 있을 때 전 승빈 오빠 사진을 보고 열광했죠."

"사진?"

"네, 아빠와 있는 거 몰래 찍은 게 있어요. 완전 베스트 컷이죠."

승빈은 어이가 없었다. 뭐 이런 애가 있나 싶기도 했다. 그를 좋아하던 안 하던 그건 유나의 자유였지만 이건 초상권 침해였다.

"제가 너무 오랫동안 짝사랑한 거 아셨으면 좋겠어요."

173

"스물두 살이라고 했나?"

"네."

"난 서른다섯 살이야. 난 어른들의 연애를 하고 싶지 풋풋한 애들의 연애를 하고 싶진 않아."

"승빈 오빠."

"이렇게 와 준 건 고맙지만, 그렇다고 내 마음이 달라지진 않아."

"그건 모르죠."

유나가 의미심장하게 말했다.

"유나 양, 아버지에게 도움받을 생각 마. 아버지의 정치적인 생명에 위협이 될 수도 있거든. 이건 날 좋아해 준 것에 대한 고마움의 표시라고 해 두지."

"……."

유나와 집 안 정원을 걸으면서 승빈은 더 이상의 말은 하지 않았다. 제사 때 기를 쓰고 부르는 이유가 반드시 있었다. 승빈은 슬슬 윤정이 걱정되기 시작했다. 제사가 빨리 끝이 나길 바라는 마음뿐이었다.

제사를 지내는 동안 집안 여자들의 온갖 눈총을 받으며 승빈은 장자로서의 역할을 충실히 하고는 뒤도 돌아보지 않고 아버지의 집을 나왔다.

어머니의 제사도 지내지 않는 아버지였다. 그래서 어머니는 그가 절에다 모시고 있었다.

살아생전에 조용한 사찰을 좋아하던 어머니였다. 그래서 그는 어머니의 위패를 조용하고 아름다운 경관을 자랑하는 사찰에 모셨다. 그게 그가 할 수 있는 최대한의 효도였다. 그는 빠르게 운전을 해서 윤정의 집에 도착했다.

서 경호원이 헐레벌떡 뛰어오는 그를 보고 상당히 놀란 얼굴로 바라보았다. 서 경호원은 다른 경호원들과 마찬가지로 집 앞에서 그녀들을 지키는 중이었다.

원래 이렇게 하는 게 맞는데 그는 아예 집 안에 들어가서 생활했다. 이런 적은 처음이었다. 솔직히 사심이 가득한 선택이었다.

"무슨 일 있으십니까?"

놀란 표정으로 서 경호원이 물었다.

"난 괜찮고. 여긴 무슨 일 없었어?"

하루 종일 불안한 마음이 컸기 때문에 승빈은 서 경호원에게 윤정의 안전부터 물었다.

"하루 종일 조용했습니다."

"다행이군. 김윤정 씨와 김설희 씨는?"

"모두 안에 계십니다."

이제야 불안했던 마음이 조금은 가라앉는 것 같았다.

"알았어. 수고했어."

"철수합니까?"

"아쉬워?"

"김윤정 씨를 가까이서 본 건 처음인데 아주 미인이시라……."

"빨리 가."

"네."

윤정의 미모에 반한 모양이었다. 너무 예뻐도 흠이었다. 그는 안으로 들어가서 윤정부터 눈으로 찾았다.

"한 매니저님."

설희가 먼저 그를 발견했다. 윤정과 설희는 거실에 앉아서 TV를 보고 있었다.

"김윤정 씨, 잠깐 보죠."

"저요?"

윤정이 눈치 없이 눈을 동그랗게 뜨고 그를 바라보았다.

"네."

"서재에서 보는……."

그는 빠르게 서재로 걸어갔다. 그리고 윤정이 오기만을 기다리고 있었다.

철컥!

잠시 기다리니 문이 열리고 윤정이 들어왔다. 승빈은 빠르게 윤정의 손을 낚아채서는 문과 그 사이에 윤정을 가두었다. 놀란 윤정이 그를 올려다보는 사이에 그는 윤정의 등 뒤에 있는 문을 잠갔다.

샤워를 했는지 그녀의 머리에서 향긋한 샴푸향이 났다.

"무슨 일이······. 읍!"

승빈이 다급하게 윤정의 입술을 삼켜 버렸다. 하루 종일 이 순간만을 기다린 승빈은 윤정이 숨을 쉴 사이도 없이 강하게 밀어붙이고 있었다.

"으으음······."

그녀의 입에서 신음이 터져 나오고 있었다. 승빈은 터질 것 같은 욕망에 돌아 버릴 것만 같았다. 어떤 여자도 그에게 이런 엄청난 욕망을 느끼게 하지 못했었다.

두려울 정도로 강하게 윤정을 원했다.

"넣고 싶어."

어느새 손가락이 그녀의 여성 안을 헤집고 들어갔다.

"안 돼요. 밖에 언니가······."

"후우······. 알아. 그래서 더 미칠 것 같아."

"승빈 씨······."

그들의 입술이 다시금 합쳐졌다. 밖에 설희만 없었다면 그는 윤정을 갖고 말았을 것이다. 하지만 지금은 그가 참아야 할 때였다. 승빈은 솔직히 두려움을 느꼈다. 여자에게 이렇게 끌리는 게 처음이었기 때문이었다.

## 6. 예상치 못한 사람

창밖을 보며 윤정은 인상을 찌푸렸다. 어렵고 불편한 자리는 싫었지만 오늘은 어쩔 수 없이 저녁식사 초대에 응할 수밖에 없었다. 만나는 장소도 서울의 유명 한정식 집이라는데 윤정은 너무 고급 음식점은 잘 다니지 않았다.

먹는 걸 좋아하는 윤정은 편한 맛집을 더 선호했기 때문이었다.

"후……."

오늘 이곳에 온 이유는 윤정이 따르는 선배님의 초대 때문이었다. 어릴 때부터 존경하던 분이었고 지금은 배우협회의 회장인 분이었다. 그래서 쉽사리 저녁 초대를 거절할 수가 없었다.

편하게 오라고 차까지 보내 주셨다. 물론 그 덕분에 설희 언니도 데려오지 못했다. 아무에게도 말하지 말라고 했다. 오늘 합석하는 분이 아주 중요한 사람이라서 윤정의 어머니 사건에 도움을 주실 분이라고도 말했다.

그래서 더 안 올 수가 없었고 다른 사람들에게 말할 수도 없었다.

"정말 도와주는 걸까?"

일단 경찰은 별 도움이 안 되고 있었다. 사건이 터지고 난 후에야 움직이기 시작하는 경찰이지만 이번 일에는 특히 더 속수무책인 것 같았다. 다행히 그녀 곁엔 승빈이 있었다. 그가 그녀를 스토커로부터 지켜 줄 것이다.

하지만 오늘은 서 경호원이 그녀를 따르고 있었다. 급한 일 때문에 그는 3일간 윤정의 곁을 지키지 못한다고 했다. 무슨 일인지는 모르겠지만 아주 급한 일인 듯했다. 윤정은 그렇게 해서 이 저녁 초대에 응했다.

한자로 뭐라고 적혀 있는데 어려운 한문이라서 알 수가 없었다. 서 경호원은 멀찍이 그녀를 쫓아 왔고 한정식 집에서 나올 때까지 밖에서 대기하고 있을 예정이었다. 화보 촬영을 마치고 온 상황이라서 윤정은 평소의 차분한 모습이 아닌 조금 화려한 모습이었다.

긴 생머리를 업스타일로 올리고 검은색 미니 원피스를 입은 윤정은 시원스레 각선미까지 뽐내고 있었다. 명품 쥬얼리 화보 촬영이라서 평소보다 조금 성숙한 모습의 윤정이었다.

"윤정아."

"회장님."

배우협회 회장인 성민이 그녀를 반갑게 맞아 주었다. 부녀 역할을 몇 번 한 상대라서 아주 친했다.

"오늘은 아주 성숙해 보이는데?"

"명품 쥬얼리 화보 촬영을 했거든요."

"그래? 피곤하겠구나."

"괜찮아요."

"어서 들어가자."

"네."

"오늘 손님은 아주 중요한 분이니까 말 잘 들어야 해. 그래야 윤정이 네 어머니의 억울한 죽음을 해결하는데 큰 도움을 주실 거야."

말을 잘 들으라는 말이 거슬리긴 했지만 어른의 말이니 무시하지 않고 윤정은 고개를 끄덕였다. 문이 열리고 그 어르신의 정체를 안 윤정은 입을 다물지 못했다. 그녀 앞에 앉은 사람은 지금의 검찰총장이었다. 평소에는 관심이 없었지만 엄마의 일로 경찰이나 검찰에 관심이 갔고 엄마가 돌아가시기 전에 행사 자리에서 한

번 본 적이 있었다.

"안녕하세요?"

윤정의 눈이 커다랗게 변했다. 성민의 말이 맞았기 때문이었다. 이 사람이라면 엄마의 억울한 죽음을 풀 수도 있는 사람이었다.

"총장님 옆에 앉아."

"네? 네……."

그녀는 얼떨결에 검찰총장의 옆에 앉게 되었다. 어쩐지 밖에 검은 옷을 입은 사람들이 많이 있다는 생각을 했었다. 다 총장을 경호하기 위해 온 사람들인 것 같았다.

"오늘은 분위기가 아주 다르군."

지난번과 비교하면 오늘은 완전 성숙한 여인의 향기를 뿜어내는 모습이었다.

"기억하시네요?"

"어떻게 잊을 수가 있겠나."

"총장님이 윤정이 아주 골수팬인 거 몰랐어?"

"네."

오십도 훨씬 넘어 보이는데 그녀의 팬이라니 조금은 놀라웠다. 그녀만 한 딸이 있을 것 같은데 팬이라니 소름이 돋았다.

"술 한 잔 따라 드려야지……."

"네?"

"우리 윤정이가 워낙 남자 경험이 없다 보니……."

남자 경험이라는 말에 윤정은 기분이 나빴다. 성민은 딸이 둘이었다. 윤정이 자신의 딸이었어도 이렇게 말할 수 있나 하는 생각이 들었다.

"하하하, 전 이런 순수한 면이 있는 윤정 씨가 좋습니다."

"……."

총장이 윤정이 따라 주는 술을 받았다. 그리고는 다급하게 술을 마셨다. 윤정이 옆에 있어서 떨린다면서 말이다.

"오늘 제가 이 자리를 마련한 이유는 이번에 정치를 한번 해 볼까 해서 조언을 좀 구하려고 마련했습니다."

윤정은 어이가 없었다. 그러니까 지금 성민은 윤정을 이용하기 위해 부른 것이었다. 마치 술집 여자가 된 기분이었다. 성민이 정치에 관심 있어 하는 건 연예계에도 파다한 소문이었지만 이런 식으로 후배를 이용할 줄은 몰랐었다.

"뭐, 우리 한 회장님 같은 경우에야 인지도가 워낙 좋으시니 공천만 받으시면 당연히 선출되실 겁니다."

"하하하, 감사합니다. 그래서 말인데……."

검찰총장의 작은아버지가 지금 민국당의 당대표이자 차기 대권 주자였다. 그러니 잘 보이려고 그녀를 데리고 온 게 분명했다. 성민의 이런 모습에 윤정은 기가 찰 노릇이었다.

"뭐 해, 술 안 따르고."

"한 회장님, 전……."

"어허, 어른들이 말하는데 끼어드는 거 아니야."

기가 찰 노릇이었다. 그녀에게 끼어든다는 말을 하다니 어이가 없었다.

"그만 일어나겠습니다."

더 이상 있을 이유가 없었다.

"앉지."

이번엔 검찰총장이 그녀의 손목을 잡아끌어 앉혔다. 검찰총장의 행동에 놀란 윤정은 그의 얼굴을 매섭게 노려보았다.

"귀엽다고 봐주는 건 여기까지야. 난 여자들이 대차게 구는 거 별로 좋아하지 않아."

이건 경고였다. 밀폐된 공간에 남자 둘과 함께 있는 윤정이었다. 두려움이 엄습해 왔다.

"그래, 그렇게 있으라고."

총장이 이번엔 윤정의 어깨를 팔로 감쌌다. 정말로 술집 접대부가 된 기분이었다. 연예인이 되고 스폰서들이 있다는 걸 알았지만, 항상 차 대표가 그런 검은 손에서 그녀를 지켜 주었다. 오늘 어디에 가는지 차 대표에게 말했어야 했다. 윤정은 뒤늦은 후회가 밀려왔다.

"여자는 여자다워야 하는 거야."

총장이 그녀의 가슴을 손으로 감쌌다.

"이거 놔요."

"못 놓겠는데?"

총장의 반응에 성민도 조금은 당황한 것 같았다.

"너무 거칠게 다루시면……."

"얼굴이야 다치게 하지 않겠지만, 다른 덴 나도 장담 못하지. 내가 여기서 죽인다고 해도 아무도 모를걸?"

무서운 말을 아무렇게나 던지는 총장이었다. 처음에 점잖게 보이던 총장이 이제는 악마로 보이기 시작했다. 윤정의 머릿속엔 오로지 승빈뿐이었다. 핸드폰으로 문자를 보낼 수만 있다면 얼마나 좋을까? 라는 생각이 들었다.

"어디 한번…… 얼마나 말을 잘 듣는지 볼까?"

그가 그녀의 원피스를 벗기려고 하고 있었다. 그러자 눈치 빠른 성민이 자리에서 일어났다.

"화장실에 좀……."

가겠다는 소리였다.

"이제 우리 엔젤은 도와줄 사람도 없고."

총장이 원피스의 지퍼를 내리고 있었다.

"그만하세요."

"뭐?"

"그만하라고!"

찰싹!

얼굴엔 손을 안 댄다고 하더니 입안에서 피 맛이 날 정도로 강한 손찌검을 한 총장이었다. 얼굴과 함께 몸까지 돌아간 윤정은 방바닥에 그대로 넘어졌다.

"말 잘 들으라고 했을 텐데?"

"내가 왜요?"

"어머니가 살해를 당했다고 하던데……. 말만 잘 들으면 그 정도의 사건쯤이야……."

범인들을 대하는 것처럼 총장의 눈은 날카로웠다. 쉽게 눈을 마주칠 수 없는 독기가 가득한 남자였다.

"연예인 주제에 고고한 척하지 마. 밥맛없으니까."

"제발……."

쫘악!

그녀의 드레스가 찢어졌다. 가슴의 흰히 드러났고 이제 그녀는 원하지도 않는 남자에게 당하기 일보 직전이었다. 죽고만 싶었다. 그리고 성민을 죽이고 싶었다.

"승빈 씨!"

윤정은 저도 모르게 승빈을 불렀다. 꼭 부르면 나타날 것만 같았다. 제발 그녀를 구해 줬으면 싶었다.

"한승빈!"

"조용히 안 해?"

짝!

화가 난 총장이 그녀의 얼굴을 또 한 차례 때렸다. 그는 괴물이
었다.

"아무도 안 와. 온다고 해도 날 건드릴 수 있을 것 같아?"

자신감이 넘치는 걸로 봐서 그녀에게만 이랬던 건 아닌 것 같았
다.

"얼굴하고 다르게 아주 가슴이 크군. 난 가슴 큰 여자를 좋아하
지."

"사람 살려!"

총장의 입술이 다가오는 순간 윤정이 다시 한 번 소리를 질렀
다.

"아무도 안 온다니까."

"……."

총장의 말에 윤정은 완전히 전의를 상실해 버리고 말았다. 윤정
은 눈을 감아 버렸다. 징그러운 얼굴을 보기 싫었고 무섭기도 했
기 때문이었다.

쾅!

그때였다. 문이 열리더니 거짓말처럼 승빈이 방 안으로 들어왔다. 그러자 그를 저지시키기 위해 검은 옷을 입은 남자들이 들어왔고 승빈은 그들과 싸움을 벌였다. 윤정은 승빈을 보자마자 마음이 놓여 그만 정신을 잃고 말았다.

희미하게 싸우는 소리가 들리긴 했지만 눈이 떠지지 않았다. 윤정은 이대로 죽고 싶다는 생각을 하며 깊은 잠에 빠져들었다.


3일간의 외근은 승빈을 미치게 만들기에 충분했다. 하지만 회사의 VVIP의 요청이라서 어쩔 수가 없었다. 우리나라 최고의 기업인 SJ그룹의 총수의 부탁이었다. 3일 동안 그를 경호하라는 것이었다.

사우디 제1 왕세자의 방문이었다. SJ그룹 입장에서도 중요한 손님이었고 승빈이 운영하는 경호업체에서도 중요한 일이라서 다른 사람에게 맡길 수가 없었다. 그렇게 해서 3일간 윤정의 경호를 하지 못하고 서 경호원에게 부탁을 한 승빈이었다.

SJ회장은 승빈을 신임했고 그가 경호업체를 차릴 때 많은 도움을 준 분이었다. 한 번 그분의 목숨을 구한 적이 있어서 그들의 유대관계는 남달랐다.

오늘은 마지막 날로, 방배동의 유명한 한정식 집을 찾았다. 한국의 문화를 그대로 소개하고 싶은 모양이었다. 사실 말이 한

정식 집이지 여긴 고급 요정이었다. 회장님을 따라 세 번째 이곳을 방문한 승빈은 회장님의 남다른 취향에 고개를 가로저었다.

"내가 너무 여색을 밝힌다고 생각하지 마."

"혼자시니 어쩔 수 없죠."

"아주 똑똑해. 내가 이래서 자네를 좋아하지."

SJ회장은 몇 년 전에 부인을 암으로 잃었다. 회장은 그 외로움을 여자로 풀었다. 하지만 승빈이 알기론 회장은 젊었을 때나 지금이나 변함없이 여자를 좋아했다. 특히 요정의 기생들이 예쁠 땐 더 찾는 것 같았다.

아무리 생각해도 승빈은 돈을 주고 여자를 산다는 게 이해가 되지 않았다.

요정에 도착하자 그는 서 경호원을 보았다. 차 밖에 서서 주위를 살피는 데 정부기관 소속의 요원들도 보였다. 거물급 인사라도 온 모양이었다. 그런데 왜 서 경호원이 윤정과 함께 이곳에 왔는지 궁금했다.

서 경호원은 반드시 윤정과 함께 움직이도록 했다. 그리고 오늘 이곳에 오는 건 윤정의 일정에 없었다.

"뭐지?"

분명히 일정이 바뀌었다면 설희에게서 연락이 왔을 텐데 아무런 말도 없었다.

"왜 그래?"

"네?"

"화장실에 가고 싶은 사람처럼 안절부절못해?"

"아닙니다."

"아니긴."

"아는 사람이 온 것 같아서요."

"김윤정?"

"네."

그가 윤정을 경호하고 있다는 걸 아는 SJ회장이었다.

"무슨 사이야?"

"아무 사이도 아닙니다."

"내가 다른 건 몰라도 눈치 하나는 있지. 그걸로 이 자리까지 왔어."

그는 더 이상의 말을 하지는 않았다. 사실 의아한 생각이 들어서 그의 신경이 다 윤정에게로 가 있었다. SJ회장은 그의 경호 회사에서, 사우디 왕자의 경호는 다른 경쟁 업체에서 맡았다.

"부탁 하나만 하자."

"웬일이십니까?"

경쟁업체의 실장이 비아냥거리듯이 말했다.

"두 분이 룸에 계시는 동안……."

"승빈 씨!"

윤정의 목소리였다.

"누가 대장의 이름을……."

그는 소리가 곧바로 들리는 쪽으로 뛰기 시작했다.

"한승빈!"

한 번 더 소리가 들렸다.

"한 번만 더……."

그는 뛰면서 귀를 쫑긋 세웠지만 규모가 큰 요정인지라 어느 방에서 소리가 나는지 정확히 알 수가 없었다. 여차하면 모든 방문을 다 열어야 하는 상황이었다. 그런데 그의 눈에 아버지가 보였다.

마당에서 담배를 피우며 있던 아버지가 경호원들을 불러 모았다. 저 방이 수상했다. 제발 아버지가 무슨 일을 꾸미는 게 아니었으면 하는 바람이었다.

"사람 살려!"

승빈의 눈이 뒤집혔다. 분명히 윤정에게 무슨 일이 생긴 것이다. 그는 단숨에 방 앞으로 달려갔다.

"승빈아!"

아버지가 그를 불렀지만 그는 무시해 버렸다. 그리고 그의 앞을 막아선 경호원들에게 경고했다.

"비켜, 너희들을 다치게 하고 싶지 않아."

"대장님."

그는 몰랐지만 어린 요원들 모두가 전설적인 존재인 승빈에 대해 알았다. 그들은 승빈을 대장이라고 불렀다. 그에 대한 존경의 의미였다.

"이러시면……. 윽!"

바로 달려든 승빈이었다. 4명의 경호원이 승빈 하나를 잡지 못하고 있었다. 당해 낼 상대가 아니었다. 화가 폭발한 승빈을 이길 사람은 그중에 아무도 없었다.

탕!

미닫이문을 열고 들어간 승빈의 눈에 불길이 휩싸였다. 옷이 거의 반쯤 찢긴 윤정이 돼지 같은 놈 밑에 깔려 있었다.

"죽여 버리겠어!"

그는 빠르게 몸을 날려. 윤정을 잡고 있는 남자에게 달려들었다. 경호원들이 그를 잡으려고 했지만 그의 초인적인 힘을 당해 낼 수 없었다. 남자의 얼굴을 사정없이 때린 승빈은 이성을 완전히 잃어버렸다.

그 와중에 서 경호원이 들어와 그를 말리던 다른 경호원들을 마지막으로 제압했다. 요정이 완전히 발칵 뒤집어졌다.

"검찰총장이었어?"

승빈이 사진을 찍기 시작했다.

"내가 가만히 놔둘 줄 알아? 얼마나 대단한 빽을 뒀는지 두고 보지."

그가 핸드폰으로 사진을 찍었다. 그리고 동영상도 찍었다. 그가 그러는 동안 아버진 승빈의 바짓가랑이를 붙잡고 늘어졌다.

"승빈아!"

"아버지가 데려 왔어요?"

승빈은 경멸이 가득한 눈으로 아버질 보았다. 이렇게까지 아버지가 나쁜 인간인 줄은 몰랐었다.

"윤정이 어머니 사건을 부탁하려고……."

"거짓말."

"아니야, 진짜야. 그리고 총장님께 사과해. 어서……."

"아직 사태파악이 안 되시나 본데 아버지도 무사하지는 못할 겁니다."

도저히 용서가 되지 않았다. 윤정이 깨어나면 왜 이 자리에 왔는지 물어볼 것이고 그다음에 이 사람들을 처리할 것이다.

그에게 맞은 총장은 개구리 뻗듯이 뻗어 있었다. 공부만 한 공부벌레가 이렇게 얻어맞았으니 새로운 경험일 것이다.

"윤정아⋯⋯."

재킷을 벗어 윤정의 몸을 감쌌다. 그리고는 서 경호원을 째려보았다.

"어떻게 된 거야?"

"죄송합니다. 안에서 이런 일이 벌어질 줄은 몰랐습니다. 죄송합니다."

서 경호원이 무릎을 꿇었다.

"구급차 부르지 말고 집으로 모시고 가."

"네."

윤정의 이미지에 타격이 있을까 봐 그는 병원으로 보내지 않고 대신에 그의 주치의를 윤정의 집으로 보냈다.

따라가야 하는데 그럴 수는 없었다. 지금까지의 상황으로도 충분히 SJ회장에게 잘못한 것이었다.

"소란스러워서."

"죄송합니다."

방 안에 널브러져 있는 사람의 얼굴을 확인한 SJ회장의 눈에 놀라움이 가득했다.

"사진 좀 볼까?"

그가 핸드폰을 건넸다.

"세상 오래 살고 볼 일이야. 천하의 샌님이 난봉꾼이었구만. 그것도 아주 저질."

"총장님……."

아버지가 피투성이가 된 총장을 안고 있었다.

"한승빈, 네가 이러고도 내 아들이야?"

"또 새로운 사실을 알게 됐군. 아주 흥미진진해."

"죄송합니다. 이번은 제가 보수를 받지 않겠습니다."

"보수를 받지 않는 게 아니라 나에게 보수를 줘야 할지도 몰라."

"네?"

손해배상을 요구한다면 어쩔 수 없이 배상을 해야 할 상황이었다. 그리고 잠시 후에 승빈은 SJ회장의 말을 이해하게 되었다. 갖가지 욕을 하고 있는 총장이 SJ회장을 보고는 움찔했다. 우리나라의 어느 곳에든 손이 닿아 있는 거물 경제인이 SJ회장이었다.

총장의 곁에 가서 앉은 회장이 조용히 뭔가를 말하더니 그를 불렀다.

"사진 지워."

"네?"

"총장도 없었던 일로 하기로 했으니까. 한 대장도 지워."

"하지만……."

"일이 커져 봐야 좋을 것 없어."

일이 커진다면 윤정의 입장도 아버지의 입장도 그리고 저 개새끼의 입장도 곤란한 상황이었다. 윤정의 상태를 보고 결정하기로 한 승빈이었다.

"윤정 씨가 고소를 원하면 고소할 겁니다."

"성질은……."

대충 상황을 정리한 그는 다시 자신의 자리로 돌아갔다. 어쨌든지 내일 오전까지는 SJ회장을 지켜야 하기 때문이었다.

눈이 떠지지 않았다. 부어서 그런 것 같았다. 말을 하려고 하는데 입도 떨어지지 않았다. 눈을 겨우 뜨고는 주변을 보니 언니와 승빈이 그녀의 옆에 있었다.

"언니……."

"어, 그래. 괜찮아?"

"내가 이 개새끼를……."

차 대표의 소리가 들렸다. 화가 잔뜩 난 것 같았다.

"물……."

"여기."

갈증이 났다. 몸에 열도 좀 있는 것 같았다. 꼭 몸살감기에 걸린 느낌이었다.

"얼마나 누워 있었던 거야?"

"하루 꼬박 잤어."

팔에 링거가 꽂혀 있었다.

"의사 선생님 다녀가셨어. 한 매니저 주치의 선생님이고 얼굴에 타박상 빼고는 특별히 다친 곳은 없다고 하셨어."

얼굴을 집중해서 맞은 덕에 입안까지 부어 있었다.

"고소할 거야?"

차 대표가 물었다.

"아뇨."

고소해 봐야 좋을 게 없었다. 그녀도 몇 대 맞은 거 빼고는 괜찮았다. 다 승빈이 온 덕분이었다.

"승빈 씨는 괜찮아요?"

아무 말 없이 그녀만 보고 있는 승빈이었다. 그의 손을 보는 순간 윤정은 할 말을 잃었다. 그의 주먹에 피딱지가 장난이 아니었다. 그녀의 마지막 기억에 그는 무서울 정도로 살기가 가득했다.

"설마, 죽인 건 아니죠?"

"묵사발을 만들긴 했어."

"검찰총장이라고요."

"신경 안 써. 윤정이 고소를 한다면 증거는 내가 가지고 있으니까 말만 해."

"승빈 씨, 난 검찰과 등을 지고 싶진 않아요. 엄마의 일도 있고……."

마음 같아서 당장에 고소를 하고 싶었지만 이런 일이 일어나면 손해를 보는 건 언제나 여자였다. 예전에 스토킹을 하던 팬을 고소했는데 선처를 해 주지 않았다고 여론의 뭇매를 맞기도 했었다.

"아니, 하고 싶은 대로 해."

승빈이 그녀의 손을 잡았고 설희는 이상한 눈으로 그들을 보았다.

"어…… 고소는 안 해요. 그리고 쉬고 싶어요."

윤정이 그의 손을 슬쩍 뺐다. 눈치가 없어도 보통 없는 게 아니었다. 엄마의 일도 끝이 나지 않았는데 승빈과 야릇한 관계라는 걸 알면 언니가 실망할 게 뻔했기 때문이었다.

"아!"

윤정은 저도 모르게 작은 소리로 비명을 질렀다. 입안이 너무 아팠기 때문이었다.

"그냥 고소를 해."

검찰총장을 생각하니 속에서 천불이 나고 있었다. 힘이 없다는 게 어떤 건지 이번에 몸소 체험한 윤정이었다.

"격투기라도 배워야겠어."

그녀는 다시 눈을 감았다. 그리고 자신을 위해 주먹이 터지도록 싸워 준 승빈을 생각하며 그녀는 잠을 청했다.


거실에 모인 사람들의 표정이 그리 좋지 않았다. 차 대표는 한숨을 쉬며 소파에 앉았고 승빈은 창가에 서서 밖을 바라보고 있었다. 그리고 죄지은 사람의 표정으로 서 경호원이 승빈의 뒤에 서 있었다.

"앉아, 그러고 서 있지 말고. 불안하니까."

차 대표가 승빈과 서 경호원을 소파에 앉게 했다.

"커피 좀 드릴까요? 다들 잠도 못 잤는데……."

"좋지."

설희는 주방으로 가서 남자들에게 줄 커피를 탔다. 사실 그녀가 더 마시고 싶었다. 윤정이 잘못되면 어쩌나 하는 마음에서 그녀도 밤을 새웠기 때문이었다. 사실 죄책감이 더 강했다.

어제 그녀는 차 대표와 함께 저녁을 먹고 있었다. 강원도에 같이 다녀온 이후에 둘은 아주 가까워졌다. 그렇다고 사귀는 건 아니고 차 대표는 그녀에게도 윤정에게 하는 것처럼 잘해 주고 있었다. 그래서 차 대표를 짝사랑하는 설희 입장에선 동생보다 차 대표를 더 신경 쓴 것 같았다.

"내가 도와줄까?"

어느새 차 대표가 그녀의 옆으로 와 있었다. 속도 없이 차 대표가 도와준다고 하자 얼굴에 절로 웃음꽃이 피어난 설희였다.

"윤정이 저렇게 둬도 괜찮을까요?"

"왜?"

"병원에라도 입원시키는 게……."

"지금 솔직히…… 윤정이가 병원을 안 가도 되니까 다행이다, 라고 생각했어. 기자들이 알면 아주 골치 아파지거든."

"왜요?"

"연예인들의 삶이란 게 다 오픈이 된 것 같지만 아주 비밀스럽다는 게 정답이야. 다 까발릴 수는 없으니까. 그럼 돌아오는 건 비난뿐이거든. 사람들은 이런 상황에서 여자 연예인들을 동정하지 않아."

"어떻게 그럴 수가 있죠?"

"그들은 여자 연예인들이 꼬리치고 다닌다고 생각해. 좋은 스폰서 하나 물어서 팔자 고치려고 한다고 말이야."

"설마요……."

연예계에 발을 들인 지 얼마 되지 않아 모르는 게 많았다.

"난 윤정이도 걱정이지만, 설희도 걱정이야."

"전 괜찮아요."

"아니, 어제 윤정이의 모습을 보고는 많이 놀란 것 같아서 걱정했어."

그가 설희의 어깨를 팔로 살짝 감았다가 놓아 주었다. 오해의 소지를 만드는 행동을 많이 하는 차 대표였다. 그녀는 신경 쓰지 않으려고 애를 쓰며 커피를 들고는 승빈과 서 경호원 앞에 가져다 주었다.

"다들 고생하셨어요."

"아닙니다."

"식사들 하시고 가세요."

"전 커피만 마시고 회사에 들어가 보겠습니다."

서 경호원은 커피를 거의 원샷에 가깝게 마시고는 얼른 자리를 떴다.

"직원들 때리냐?"

"어?"

승빈이 황당하다는 듯이 차 대표를 보았다. 이럴 때 보면 둘은 영락없는 친구였다.

"왜 그렇게 눈치를 봐?"

"잘못했으니까 책임감을 느끼는 거지."

"그래도……."

차 대표는 서 경호원이 너무 안된 모양이었다.

"윤정 씨가 큰일 날 뻔했어."

"언제는 반말하더니 이제 또 존대냐?"

"내가 언제?"

승빈은 자신이 윤정에게 연인처럼 행동한 걸 전혀 인지하지 못하고 있는 듯했다.

"정말 반말하셨어요. 손도 잡고……. 둘이……."

"너무 정신이 없었나 봅니다. 잘 안 그러는데 말입니다."

"둘이 사귀냐?"

"아니."

"안 사귀는 게 좋을 거다."

차 대표가 딱 잘라 말했다. 차 대표의 마음이 윤정에게 있음이 확실했다. 그녀는 그냥 처형감으로 잘해 주는 것이었다. 설희의 표정이 눈에 띄게 굳어져 버렸다.

"우리 윤정이 아까워서 안 된다."

"헛소리 그만해."

승빈이 화를 내자 차 대표가 의미심장하게 웃으며 승빈을 보았다. 승빈과 윤정은 서로에게 마음이 있는 것 같았다. 그건 어쩌면 설희의 바람일지도 몰랐다.

"설희 아파?"

"저요? 아니에요. 그냥 좀 심란해서……."

"하긴 아무렇지 않다고 하면 그게 더 이상한 거지."

차 대표는 설희를 걱정하는 얼굴로 보고 있었다. 승빈은 커피를 마신 후에 윤정이 있는 방으로 들어갔다.

"우리 설희 씨가 아프면 내 마음이 아프지."

커피 잔을 가지고 싱크대로 가며 차 대표가 말하자 설희는 화가 폭발했다.

"대표님."

"응?"

컵을 싱크대에 놓고 차 대표가 뒤로 돌아서며 미소 지었다.

"아무 여자에게나 이렇게 잘 하시는 분 아니잖아요?"

"맞아."

"그런데 저한테 왜 이렇게 잘해 주시는 거예요? 윤정이 에게만 신경 쓰세요. 윤정이 좋아하시잖아요?"

"윤정이, 좋아하지."

그 말에 설희의 눈에 눈물이 고였다. 직접 들으니 기분이 더 좋지 않았다.

"알아요. 그러니까 헷갈리게 하지 마시고⋯⋯. 어머!"

그가 설희의 허리를 끌어당겨 안았다.

"뭐 하시는 거예요?"

이제는 정말 폭발할 것 같았다.

"뭐 하는 것 같아? 눈치가 없어도 너무 없는 거 아니야? 아니면 윤정이에게 콤플렉스라도 있었어?"

이번엔 차 대표가 화가 난 것 같았다.

"좋아하는 사람에게 충실하시라는 겁니다. 아무 여자에게나 잘하지 마시고 전 콤플렉스 덩어리라서 그런지 영 헷갈리네요."

"좋아하는 여자가 콤플렉스 덩어리라면 좀 그렇군."

"……."

"난 설희 씨가 당당하고 착해서 좋아. 그리고 아주 매력적이기도 하고."

"……."

설희는 차 대표의 말이 잘 이해가 가지 않았다.

"대표님."

그의 팔에 힘이 들어가자 그들 사이는 더 좁혀졌다.

"집 안에서 키스라도 해야 하나?"

"네?"

"난 상관없는데."

"……."

이상한 사람이었다. 도대체 놀리는 건지 아니면 진심인 건지 설희는 그의 말이 좀처럼 이해되지 않았다.

"제가 남자를 많이 안 만나 봐서 잘 모르겠는데 대표님의 말뜻이……. 읍!"

차 대표가 그녀의 입술을 덮어 버렸다. 멍하게 있다가 당한 느낌이었다. 그가 그녀를 좋아한다니 말이 되지 않았다. 그가 그녀의 턱을 손으로 잡고는 입술을 벌리게 만들었다. 그의 혀가 거칠게 그녀의 입안으로 들어왔다.

"으으읍!"

설희는 집 안에 윤정과 승빈이 있다는 것도 있고 차 대표의 키스를 그대로 받아들이고 있었다. 살면서 키스 한 번 안 해 본 건 아니지만 차 대표는 키스의 장인이었다. 어쩜 이렇게 잘하는지 다리의 힘이 풀린 것 같았다.

설희는 몸을 지탱하기 위해 그의 목에 팔을 둘렀다. 그의 손이 그녀의 가는 허리를 강하게 잡고 있었다.

"이제 좀 이해가 가나?"

"……."

"난 아무 여자에게 이러지 않아."

"하지만……."

"내가 친절한 건 어디까지나 일 때문이지. 난 내 여자에겐 부드럽지 않아."

"읍!"

그가 내 여자라고 하면서 그녀의 입을 삼켜 버렸다. 차주원의 여자라…….

설희는 심장이 오그라드는 느낌이었다.

"어떻게 눈치를 못 챌 수가 있지?"

"……."

"내가 그렇게 모든 여자에게 친절했나?"

설희가 고개를 끄덕였다.

"알았어, 이제 좀 바꾸도록 하지."

꿈을 꾸고 있는 것 같았다. 그녀가 짝사랑하던 남자에게 고백을 받는 아주 중요한 순간이었다. 이게 사실일까? 설희는 눈을 깜빡이며 차 대표의 얼굴을 뚫어지게 보고 있었다.

"그렇게 쳐다보면 더한 걸 할 수도 있어."

"……."

설희는 얼른 눈을 돌렸다.

"더한 건 둘만 있는 곳에서 해."

승빈이 주방으로 왔지만 주원은 설희의 허리를 놓아 줄 마음이 없는 것 같았다.

"너만 사라져 주면 둘만 있는 공간이야."

"알았다. 물만 가져갈게. 안 그래도 물 아니었으면 보고도 못 본 척했을 거다."

승빈이 생수병 하나를 들고 손을 흔들며 사라졌다.

"눈치 없는 녀석!"

"저기……."

설희가 허리를 잡고 있는 그의 손을 풀려고 했지만 그의 동작이
더 빨랐다. 설희는 싱크대와 차 대표 사이에 갇히고 말았다.

"그러니까……. 사람들도 있고."

"아니 승빈이는 당분간 윤정의 방에서 안 나올 거야."

"그래도……."

"내가 싫지는 않지만 승빈이 때문에?"

"그러니까…… 뭐 그렇죠."

"하하하, 내 키스가 마음에 들었나 봐."

"지금은 키스할 때가 아니라고요. 윤정이 일도 있고……."

"그럼 언제 해야 하지?"

"모든 일이 해결이 되면……."

그가 설희의 얼굴을 양손으로 감쌌다.

"모든 일엔 때가 있는 거야. 우리는 지금이 때고."

이 남자를 말로 이길 생각을 하다니 설희는 자신이 바보 같았음
을 깨닫게 되었다.

"말로는 대표님을 못 이길 것 같아요."

"하지만 다른 걸로는 이겼어."

"뭐요?"

"날 자극하는 거……."

그가 다시금 입술을 겹쳐 왔다. 설희는 그의 입술이 주는 짜릿한 감촉을 그대로 느끼고 있었다. 이게 꿈이라면 절대로 깨어나지 않았으면 좋겠다는 생각이 들었다.

## 7. 꼬여만 가다

9월이었지만 아직도 더위가 기승을 부리고 있었다. 한풀 꺾였다고는 하지만 여전히 더운 날이었다. 아이스커피를 벌써 2잔째 마시고 있는 윤정은 강남 경찰서 앞에서 다음 촬영을 준비했다.

여형사 역할을 맡고 싶어서 출연을 결정했고 오늘이 두 번째 촬영이었다. 한성민은 권력욕에 눈이 먼 경찰 서장 역할을 맡았다. 그 일이 있기 전에 결정난 일이라 원수 같은 한성민과 같이 출연을 할 수밖에 없었다. 성민은 윤정의 눈치를 보고 있었다.

그날 일은 그렇게 넘어가나 싶었는데 껄끄럽게 이렇게 마주치다니 성민도 싫은 모양이었다. 하지만 성민에게 뭐라고 할 수 없는 절대적인 이유는 성민이 승빈의 아버지라는 걸 알고 나서부터였다.

둘의 관계를 승빈에게 들었다. 그래서 더욱더 성민을 함부로 할수가 없었다. 성민에게 그녀가 대든다면 승빈과 아버지 사이가 더 멀어질 것 같았기 때문이었다.

"후……."

"덥지?"

언니가 메이크업 수정을 해 주면서 물었다.

"가을인데도 여름 같아."

"그러네, 날씨도 덥고 속도 천불이 나고……."

"왜?"

순한 언니가 어금니를 꽉 물고 얘기를 하니 윤정도 의아했다.

"저기 저 한성민이 말이야. 정말 어떻게 저렇게 사람 탈을 쓰고 저러냐?"

"……."

옆에 승빈이 있었지만 언니는 속사포처럼 말했다. 성민이 승빈의 아버지인 줄은 꿈에도 모르고 있는 언니였다.

"아니 나이가 들었으면 곱게 늙어야지 어떻게 후배한테 그래? 한성민이 딸이 둘이라며? 그럼 자기 딸들이나 보내지. 왜 엄한 남의 집 딸을 가지고 그래?"

"언니!"

윤정이 승빈의 눈치를 보며 말했다.

"왜? 내가 틀린 말했어? 안 그래요?"

언니가 승빈을 보며 물었다.

"난 부끄러워서라도 이 드라마 너랑 같이 안 찍는다."

"이미 다 정해진 거잖아. 어쩔 수 없지. 그리고 언니도 그만해. 잊고 싶은 건 나니까."

요즘은 수면제를 평소에 먹는 양의 두 배를 먹었다. 엄마의 일도 그랬고 이번 검찰총장의 일까지 겹치다 보니 잠을 이루기가 더 힘이 들어졌기 때문이었다.

"윤정 씨, 다음 차례예요."

"네."

이번 촬영은 한성민과 찍는 신이었다. 물론 그녀만 찍는 게 아니라 팀원들과 같이 찍는 신인데 그래도 조금 껄끄럽긴 했다.

"윤정 씨."

그녀가 일어나자 승빈이 그녀를 불렀다. 그리고 눈으로 위로를 해 주었다. 힘내라고 말이다. 윤정이 촬영 장소에 들어서자 한성민이 윤정을 살짝 흘겨보았다. 하지만 더 이상 위협적으로 보이지 않는 이유는 승빈이 그들을 지켜보고 있었기 때문이었다.

드라마 촬영을 현장에서 볼 수 있다니 예전 같으면 상상도 할 수 없는 일이었다. 이번 드라마 '강력팀'은 그가 유일하게 보는 형사물이었다. 휴가 때 영화를 보거나 드라마를 시리즈로 보는 게 취미인데 그는 형사가 나오는 액션물들을 특히 좋아했다.

얌전한 여자 주인공을 주로 하던 윤정이 이번에 형사물에 도전한다고 하니 대중들의 시선이 더욱 몰린 작품이었다.

그는 솔직하게 윤정의 이미지에 여형사는 어울리지 않는다고 생각했다. 하지만 촬영에 임하는 윤정은 많이 달랐다. 그녀는 확실하게 프로였다. 화보나 인터뷰에서 못 느낀 새로운 면을 보게 되었다.

윤정은 연기를 위해 태어난 뼛속까지 연기자였다.

"윤정 씨, 힘들면 대역 쓸까?"

"아뇨, 제가 할게요."

범인을 잡는 신에서 그녀는 골목골목을 그야말로 종횡무진 누비고 다녔다. 대역이 대기하고 있는데도 그녀는 자신이 그 역할을 다 소화하며 최선을 다하고 있었다.

"우리 윤정이 멋지죠?"

"네."

"너무 몸을 사리지 않아서 걱정이에요."

"……"

설희가 말을 걸고 있었지만 승빈의 시선은 윤정을 향해 있었다. 눈을 못 떼게 하는 윤정이었다. 아름다운 열정이 있는 연기자였다. 사람들이 이런 윤정의 노력을 알아주었으면 하는 바람이 컸다.

승빈은 윤정을 넋을 잃고 보고 있었다. 자신이 윤정을 지켜야 한다는 것도 잊은 채 그녀의 연기에 빠져들고 있었다.

촬영이 들어가고 성민과 윤정이 마주하는 신이었다.

"컷!"

베테랑들답게 한 번에 오케이 사인을 받은 그들이었다. 성민이 스텝들에게 인사를 하며 나가다가 윤정의 옆으로 스쳐 지나갔다.

"너무 신경 쓰지 마. 시간이 지나면 다 잊혀지니까."

"그걸 위로라고 하시나요?"

"뭐?"

"위로는 그렇게 하시면 안 되죠. 특히 상대가 목숨줄을 쥐고 있을 때는 말이죠."

윤정도 그처럼 작은 소리로 속삭여 주었다.

"……"

할 말을 찾지 못한 성민은 분하다는 듯이 윤정을 노려보았다. 성민이 뻔뻔하면 할수록 윤정은 좋았다. 상대방이 못됐으니 마음 놓고 미워해도 뭐라고 할 사람이 없기 때문이었다.

"눈치가 보여······."

그래도 승빈의 눈치를 보게 되는 윤정이었다. 촬영을 마치고 그들은 촬영장 근처의 삼겹살집에서 밥을 먹고 집으로 향했다.

"배부르니까 잠이 온다."

"듣던 중 반가운 말이네. 너 요즘에 수면제 안 먹으면 잠을 통 못 자잖아."

"그러네. 이제 잠을 되찾는 대신에 살도 되찾겠어."

"아니야, 넌 체질적으로 안 찌니까 먹어도 돼."

설희는 언제나 윤정 편이었다. 그리고 언니는 항상 윤정의 입장에서 생각했다.

"언니가 내 언니라서 좋아."

"갑자기 왜 다큐를 찍는 거야?"

"진심이야."

그녀의 말에 설희의 눈에 눈물이 고였다.

"나 요즘 늙었나 봐. 눈물이 많아져서······."

"도착했습니다."

재욱이 집에 도착했음을 말해 주고 있었다. 승빈은 윤정의 짐을 들고 그녀와 함께 집으로 들어갔다.

"재욱 씨도 들어가서 커피 한잔하고 가요."

"아뇨, 약속이 있어서요."

"잘 가요."

"네."

재욱과 헤어지고 엘리베이터를 타자 승빈이 그녀들에게 말했다.

"당분간은 재욱이 집에 들이지 마세요."

"네?"

"재욱이에 대해서 지금 조사 중입니다. 확실한 건 아니지만 밝혀질 때까지는 집에 들이지 마세요."

"알았어요."

재욱은 가족 같은 사람인데 왜 그러는지 윤정은 알 수 없었다. 하긴 성민도 나쁜 사람이라고는 생각도 못했는데 그런 일을 겪고 나니 사람에 대한 신뢰가 많이 사라진 윤정이었다. 승빈의 말을 듣고 나니 찝찝한 생각이 들었다.

엄마의 죽음 이후에 윤정 주위엔 이상한 일들이 많이 일어났기 때문이었다. 어제는 집에서 몰래카메라가 발견되었다. 승빈의 말로는 지난번 누군가 집에 침입했을 때 설치해 놓은 것 같다고 했다.

그래서 집 안 전체를 뒤집었고 그녀의 방에서만 2대의 카메라를 더 찾았다. 승빈은 어디서 구매했는지 알아본다고 카메라를 가져갔다. 이제는 사람들이 무서웠다.

재욱은 밴을 자신의 집 앞에 세워 두고 걸어서 집 근처의 커피숍으로 향했다. 왠지 준수 선배를 만나면 안 될 것 같다는 생각이 들었다. 오늘이 마지막이었다. 어젯밤에 자고 있는데 전화가 와서 받아 보니 아주 화가 많이 난 준수 선배의 목소리였다.

무슨 일이 있냐고 다짜고짜 묻는데 목소리가 어찌나 무섭던지 지금 생각해도 소름이 돋았다.

오늘도 아침부터 전화를 걸었는데 처음엔 피하다가 어쩔 수 없이 받았고 약속을 잡을 수밖에 없었다. 서울의 변두리인 그의 집 앞은 인적이 드문 작은 공원이 있었다.

밤이면 사람들이 잘 다니지 않았다. 오늘따라 길이 무섭게 느껴지는 재욱이었다.

푸드득!

비둘기가 놀라서 날아가는 소리가 들렸다.

"밤중에 무슨 비둘기야. 별일이네……."

그는 주변을 살피며 조심스럽게 걷고 있었다. 가장 인적이 드문 곳에 도착하자 등골이 오싹했다. 이런 느낌은 처음이었다. 하지만 두리번거려 보니 사람은 없었다.

"사람이 더 무서운 법이지."

그는 몸을 한번 부르르 떨고는 청바지에 손을 집어넣고는 종종 걸음으로 서둘러 카페를 향해 가고 있었다.

"아아악!"

누군가 그의 어깨를 잡았다. 너무 놀란 재욱은 소리를 크게 지르고 말았다. 어둠 속에서 그를 잡은 사람은 다름 아닌 준수였다.

"선배……."

"왜 그렇게 놀라?"

"안 놀라게 생겼어요?"

"하긴 여기가 좀 그렇긴 하다."

가로등에 비친 선배는 얼굴이 창백했다.

"왜 그래요? 어디 아파요?"

조금 전의 상황은 잊고 식은땀을 흘리고 있는 선배를 재욱이 걱정스런 표정으로 보았다.

"아니, 그게……."

"선배, 구급차 부를 까요?"

"아니, 조금 있으면 괜찮아."

"안 그런데요?"

"……."

선배가 머리를 부여잡고는 괴로워하고 있었다.

"괜찮아요?"

"……."

"선배?"

"괜찮아. 그런데 말이야. 뭐 하나만 묻자."

"뭔데요?"

"윤정이는 별말 없었어?"

"김윤정 씨에게 카드 잊어 버렸다는 말은 했어요. 경호원이 물어서 거짓말을 할 수 없었어요."

선배는 괜찮아진 것 같았다.

"그래서 카메라를 뗀 거군."

"카메라라뇨?"

"내가 설치한 카메라."

"선배가 어디다가 카메라를……."

윤정의 방에 몰래카메라가 설치되어서 철거했다는 말을 우연치 않게 들었다. 설마설마했는데 그게 선배였다니 놀라울 따름이었다.

"선배가 한 거예요?"

"응."

"왜요?"

"내 여자니까."

"누가 선배 여자예요?"

재욱은 순간 선배가 두렵게 보이기 시작했다. 선배의 눈동자는 평소와는 아주 달랐다.

"선배? 혹시 선배가……."

"엄밀히 말하면 난 박 원장이 아니야."

"선배가 박 원장이 아니면 누구란 말이에요?"

"난 또 다른 박준수지. 답답한 박 원장이 아니야."

형은 미친 것 같았다.

"지킬 박사와 하이드 알지? 말하자면 그런 거지. 누가 미친 건지는 모르겠지만 말이야."

선배의 돌변한 눈빛은 확실하게 광기가 있었다.

"오, 오늘 왜 보자고 한 거예요?"

"정리를 하려고."

정리라는 말이 두렵게 느껴지기는 처음이었다.

"뭘 정리한다는 거예요?"

"너."

재욱은 바로 뒷걸음치며 도망치기 시작했지만 얼마 못 가서 선배에게 잡히고 말았다.

"살려 주세요……."

"내가 언제 죽인다고 했어?"

"아, 아뇨, 시키는 대로 다 할게요."

"그래? 그럼 죽어."

"선배……. 제발……."

갑자기 배가 타는 듯이 뜨거워졌다.

"방해가 되는 건 뭐든 치워야지. 안 그래?"

너무 고통스러워 말이 나오지 않았다. 선배는 다시 한 번 그의 배에 칼을 꽂았다. 고통 때문에 숨이 막혀 왔다.

"윽……."

"이제 어쩌지?"

선배는 이렇게 말을 하고는 칼을 준비해 온 비닐 봉투에 넣었다. 그리고 그를 향해 미소 지었다.

"잘 가."

"……."

아팠다. 말이 나오지 않는데 끝까지 눈을 뜨고 있었다. 눈을 감으면 죽을 것 같았기 때문이었다. 이 순간 재욱은 시골에서 농사나 지으라던 어머니의 말이 떠올랐다. 그 말을 들었어야 했는데……. 그렇게 재욱은 28년의 짧은 삶을 마감했다.

경찰서라면 이제는 신물이 나오려고 했다. 엄마의 일에 이어 이제는 운전하는 사람까지 죽으니 아주 돌아 버릴 지경이었다. 경찰의 말로는 수법이 엄마 때와 아주 똑같다고 했다. 지문도 없고 흔적도 없었다.

경찰서에서 나온 윤정의 얼굴엔 핏기가 사라졌다. 어제까지만 해도 같이 생활하던 운전기사가 또 죽음을 맞이했다. 기자들이 엄마 때보다 더 많이 몰려들었다.

"김윤정 씨!"

승빈이 그녀를 감싸고 보호해 주지 않았다면 기자들 사이로 끌려 들어갈 뻔한 윤정이었다.

그녀가 죽인 것도 아닌데 사람들은 그녀 주위에서 일어나는 일들을 윤정의 저주라고 했다. 이러다가는 그녀의 매니저는 아무도 안 해 줄 것 같았다.

"이번에도 칼이야."

승빈이 중얼거리는 걸 윤정이 들었다.

"칼이, 뭐요?"

"아주 예리한 칼이에요. 수술할 때 쓰는 칼처럼 예리하고 길이는 더 길죠. 그러니까 깊숙이 상대를 찔러서 아주 치명상을 입히기 위해 제작된 거죠. 찔리면 그냥 죽는 거예요."

"……."

엄마도 세 번 찔린 후에 죽었고 이번에도 마찬가지였다.

"범인이 의사나 메스를 만드는 사람이거나, 그에 연관된 업종의 사람인 것 같아."

"제 주위엔 의사가 없어요."

"아는 사람은 없지만, 팬이란 건 윤정이가 몰라도 윤정이를 지켜보는 사람이니까. 팬클럽 회원 중에 의사들을 찾아 달라고 주원이한테 말할게."

이제 뭔가 가닥을 잡아 가고 있는 것 같았지만 윤정은 두려웠다.

"재욱이가 박 이비인후과 원장과 아는 사이더라고."

"재욱 씨가요?"

"같은 고향 사람이기도 하고."

"아는 체한 적 없는데……."

"그것도 이상해. 분명히 알면 안다고 했을 텐데 말이야. 그래서 이번에 박 원장에 대해서도 알아보라고 했어."

오늘은 승빈의 차를 타고 이동하고 있었다. 이렇게 하는 게 안전할 것 같다고 했다. 설희 언니는 몸을 떨며 그녀의 손을 꼭 잡았고 그녀도 두려움에 떨고 있었다.

"다음은 내 차례일 것 같아요."

윤정이 떨리는 목소리로 말했다.

"아니야, 이제는 증거들이 좀 나와서 잡을 수 있을 거야."

"이번 몰래카메라의 발견이 변수였던 것 같습니다. 그걸 발단으로 재욱이 제거가 된 거죠."

오늘 승빈은 무서운 말만 하고 있었다.

"승빈 씨, 오늘은 무서운 말 그만하면 안 돼요?"

"……."

윤정이 겁먹은 목소리로 말하자 승빈도 더 이상의 말은 하지 않았다. 무서운데 자꾸만 재욱의 이야기까지 하니까 한동안 잊었던 두려움이 다시 솟아나고 있었다.

회사에 도착한 윤정은 창백한 표정의 차 대표와 마주했다.

"승빈아."

차 대표가 문에 들어서는 승빈을 불렀다. 뭔가 다른 일이 벌어지고 있는 것 같았다.

"소포야."

"……."

승빈이 소포를 열자마자 다시 닫았다.

"뭔데요?"

"아니야, 연습실에 가서 연습하고 있어."

"아니, 나도 알아야겠어요. 내가 당사자니까 이 일에 관한 거라면 다 알고 싶어요."

윤정은 두려웠지만 대차게 말했다. 그리고 두려움을 잠시 접어 두고 상자를 열었다. 그 안에는 재욱을 죽인 걸로 추정이 되는 칼이 들어 있었다. 그냥 메스에 쇠막대를 묶어 길게 만든 것이었다.

"어머!"

피 묻은 메스에 놀란 윤정이 뒷걸음질 치자 승빈이 윤정을 잡아서 자신의 품 안에 안았다.

"일반 메스야. 어디서나 누구나 살 수 있는 거지. 어디서 난 거야?"

"윤정이 이름으로 소포가 와서 혹시나 싶어서 먼저 뜯어 봤어."

"다른 선물들도 본 거야?"

기획사로 팬들의 선물이 많이 왔다. 이제까지 윤정의 선물은 포장이 뜯기지 않은 채로 윤정에게 전달이 되었었다.

"그동안은 안 보고 전해 줬는데 어머니의 일이 있고 나서부터는 우리도 조심스럽게 열어 보고 주는 거야."

어쩐지 포장에 뜯긴 흔적이 있긴 했었다.

"경찰에 전해 줘."

"안 그래도 전화해 뒀어. 윤정이는 연습실에 조금 앉아 있다가 일찍 들어가. 아니면 우리 집에서 당분간 같이 지내. 우리는 단독이라서 경호하기가 더 나을 것 같은데……."

"전 그냥 집에 있을래요."

"알았어. 내가 그 집에서 지내지 뭐."

차 대표도 걱정이 되는지 그녀의 집에 머물기로 했다. 이렇게 해서 남자 둘과 여자 둘이 동거를 하게 되었다.

윤정은 연습실에서 아무 생각 없이 대본 연습을 했다. 이번에 형사 역할을 잘하고 싶었다. 그리고 한성민에게 지고 싶지 않았다. 승빈은 그녀의 연습실 밖에서 문지기를 하고 있었다. 이제는 한시도 떨어지지 않을 예정인지 화장실 안까지 쫓아 들어와 있었다.

왜 다들 승빈을 경호원으로 쓰고 싶어 하는지 알 수 있었다. 승빈은 밀착 경호원 중에 단연 최고라 할 수 있었다.

"이렇게 따라다니니까 든든하긴 한데 다른 사람들이 이상하게 보네요."

"아직 멀었어."

"네?"

"상대가 얼마나 무서운 녀석인지 알려면 아직 먼 것 같아."

"난······."

"상대는 사람을 둘이나 죽이고도 증거 하나 남기지 않은 녀석이야. 경찰을 조롱하고 경호원인 나를 열받게 하는 녀석이라고."

승빈은 예민해져 있었다.

"알았어요."

승빈이 그녀를 안았다. 다행히 화장실 안에는 그녀와 승빈뿐이었다.

"미안해. 내가 예민했어."

"누구든지 예민할 때예요. 나라도 그렇게 말했을 거예요."

"고마워."

그가 윤정의 정수리에 입을 맞추었다. 그도 불안한 것 같았다.

"괜찮아요. 내가 지켜 줄게요."

그녀가 그의 허리를 안고 말했다.

"상황이 뒤바뀐 건가?"

그가 쿡 하고 웃었다.

"웃어요. 당신까지 흔들리면 난 진짜 무서워지니까."

그들은 여자 화장실에서 한동안 그렇게 안고 있었다.


승빈은 걱정이 되었다. 아무리 생각해도 의심이 가는 남잔데 윤정은 박 원장을 너무 철석같이 믿고 있었다. 재욱의 일을 말해 줬어도 윤정은 비염 치료를 받기 위해 박 이비인후과에 온 것이었다.

"인상 좀 풀어요. 비염 때문에 아픈 나보다 표정이 더 안 좋아

보여요."

"……."

"박 원장님은 정말 그럴 분이 아니에요."

"……."

"얼마나 팬이신데요."

"맞아요. 우리가 여기 온 지도 몇 년 됐는데 팬클럽 회원도 해 주시고 활동도 많이 한다고 차 대표님이 그러시더라고요. 지난번 정신과 소개도 박 원장님이 해 주셨어요."

설희가 거들어도 승빈은 여전히 표정을 풀지 못하고 있었다.

"그럼, 내가 그 칼자국이 있는지 없는지 볼게요."

지난번 최면을 생각한 모양이었다.

"확인할 수 있겠어요?"

"그럼요."

"아니 같이 들어가요."

승빈은 모처럼 윤정의 말이 마음에 들었다. 칼자국을 잊고 있었다.

"범인은 오른손잡이니까 왼손만 살피면 돼요."

"네."

윤정의 차례였다. 윤정과 설희, 그리고 승빈까지 들어가자 박 원장의 표정이 좋지 않았다.

"오늘은 식구가 많네요."

나가라는 소리였다.

"오늘은 제가 비염이 좀 심해서 걱정인가 봐요."

"그래요."

진찰을 하는 내내 승빈은 박 원장의 팔을 살폈지만 특이한 사항
은 없었다. 그렇다고 안심할 수는 없었다.

"박 원장님 부탁 하나 드려도 돼요?"

"뭔데요?"

"왼팔 좀 빌려 주세요."

"왼팔이요?"

"네."

박 원장은 아무렇지 않게 왼팔의 커프스를 풀었다. 그리고 왼팔
을 윤정에게 보여 주었다.

"왜요?"

"손금 좀 봐드리려고요."

"손금도 볼 줄 알아요?"

"그럼요."

정말 손금을 보는 사람처럼 윤정이 박 원장의 손금을 봐 주었
다.

"이런 건 어디서 배웠어요?"

"예전에 무당집에서 촬영을 한 적이 있는데 거기 원래 주인인 무당분에게 어깨너머로 배운 거예요. 다 틀리지만 재미니까."

"부자로 산다니 믿고 싶어지네요."

박 원장의 팔에는 칼자국이 없었다. 그렇게 그들은 병실을 빠져나왔다. 승빈은 알 수 없는 찜찜함을 느꼈지만 일단은 박 원장은 아니란 결론을 내렸다.

"그러게 왜 엉뚱한 사람을 오해해요?"

"박 원장님은 내가 봐도 아닌 것 같았어."

두 자매가 똑같이 박 원장을 철석같이 믿고 있었다.

"그래도 조심하십시오."

"네."

대답은 했지만 미덥지는 않았다. 승빈은 자신의 말보다 박 원장을 믿는 윤정이 이해가 되지 않았다. 박 원장이 마음에 드는 건 아닌지 하는 생각이 들었다. 일단은 박 원장의 팔에 상처가 없는 걸로 봐서는 그가 과민했던 모양이었다.

걸리는 게 있다면 오른쪽 팔도 봤어야 하는 것이었다. 하지만 분명히 박 원장은 오른손잡이였다. 그건 승빈이 진료실에 들어갔을 때 두 눈으로 똑똑히 확인한 일이었다.

일단은 다른 쪽에 신경을 더 써야 할 것 같았다. 지금은 범인을 찾는 게 첫 번째였다.

"아무도 들여보내지 마세요. 10분만 쉴 테니."

윤정의 가고 나서 준수는 온몸에 힘이 다 빠져 나가는 것 같았다. 그의 팔을 유심히 보는 윤정의 눈빛에서 그는 단서를 찾았다는 생각이 들기 시작했다.

"하! 손금이라……."

아주 깜찍한 변명이었다. 덕분에 윤정과 손을 잡기도 했지만 준수는 혹시나 그의 오른팔이 걸릴까 봐 노심초사했었다. 그는 양손잡이였다. 연필을 잡을 땐 오른손을 사용했고 수술을 할 때같이 칼을 사용할 땐 왼손을 썼다.

그래서 오른손보다 힘을 덜 받는 것 같아서 칼의 길이를 길게 만들었다. 효과는 아주 만점이었다. 준수는 자신의 오른팔의 옷을 걷어 올렸다. 팔에는 수많은 칼자국이 그어져 있었다. 처음에 칼로 팔을 그었을 땐 어머니가 남동생에게 건담을 사 주셨을 때였다.

형은 언제나 참고 살아야 한다는 강박관념을 심어 준 어머니였다. 그리고 칼로 팔을 긋고 나니 고통과 함께 마음의 안정이 찾아왔다. 어머니는 어린 동생을 편애하셨다. 그럴 수밖에 없는 게, 남동생은 재혼해서 얻은 자식이었고 그는 바람난 전남편의 자식이었다.

새아버지의 매질과 욕설은 지금 생각해도 등골이 오싹할 정도로 싫었다. 그렇게 마음이 좋지 않거나 새아버지에게 맞은 날은 카터 칼로 오른팔을 그었었다.

물론 칼의 종류도 다양했다. 하지만 윤정이를 알게 되면서부터 그의 그런 행동은 사라졌다.

신기한 일이었다. 천사 윤정은 그에게 많은 것을 주었다. 특히 잃어 버렸던 웃음을 찾게 해 주었다. 그녀는 다른 놈 옆에 있어서는 안 된다. 진료실에 들어온 한승빈을 죽이지 않기 위해 몇 번을 참은 준수였다.

오늘도 윤정이 때문에 참은 것이었다. 아무리 몸 쓰는 데 능하다고 해도 독기 서린 자신을 이길 수 없었다. 그는 고통을 모르기 때문이었다. 이제 완벽하게 박 원장은 사라졌다. 이제 모든 건 박준수가 잡고 있었다.

그는 습관적으로 거울을 보았다. 평생 가야 아침에 샤워하고 거울 보는 게 다인 박 원장이었지만 준수는 멋을 아는 남자였다. 거울에 비친 모습이 그래도 쓸 만했다.

"원장님······."

진료가 시작될 모양이었다. 이 지루한 걸 박 원장은 무슨 재미로 하는지 이해가 되지 않았다.

"원장님, 좋은 일 있으세요?"

병원에 거의 매일같이 오는 아기 엄마가 그에게 웃으며 말했다.

"아뇨."

"뭔가 달라지셨어요. 헤어스타일도 그렇고……."

"나쁜가요?"

"아뇨, 아주 멋지세요."

보는 눈은 있어서 그에게 아부를 떨고 있었다. 그전까진 거들떠도 안 보고 그를 무시하더니만 외모만 조금 달라졌다고 바로 태도가 돌변한다. 아주 웃기는 인간들이었다. 그는 비웃으며 여자를 보았다.

"오늘은 제가 비염이 심해서."

"살을 빼야죠."

자존심이 상하는 말을 던졌는데 여자는 웃었다.

"그렇죠? 요즘 먹기만 하고 운동을 안 해서……. 호호호."

살만 빼도 비염증상은 괜찮아질 것 같은데 여자는 살을 뺄 생각이 없는 모양이었다.

"조금 전에 김윤정 왔잖아요. 진짜 예쁘더라고요."

"예쁘죠."

"근데 그 옆에 진짜 잘생긴 남자는 누구예요? 정말 멋있더라. 연예인인가요?"

"아뇨, 보디가드 겸 매니저요."

"어머, 어쩜 직업도 잘 어울리고 김윤정 씨 복이 터졌네요."

순간 재미있던 여자가 싫어지기 시작했다. 한번만 더 입을 놀린다면 당장에 목을 따 버릴 것 같았다.

## 8. 질투로 가득 차다

윤정은 병원에 다녀온 이후로 말이 없는 승빈의 눈치를 보았다. 박 원장 때문에 화가 난 것 같았다. 하지만 박 원장의 팔에는 칼자국이 없었다. 그렇게 정확한 증거가 있는데 범인 취급하는 건 아닌 것 같았다.

"승빈 씨, 화났어요?"

"아뇨."

운전을 하는 승빈은 그녀를 쳐다보지도 않았다. 냉랭한 기운에 설희 언니도 눈짓으로 왜 그러냐고 묻고 있었다. 윤정은 어깨를 으쓱이며 모른다고 했다.

승빈도 보기에 비해 속이 좁은 것 같았다. 아니 뭐 자신이 틀릴 때도 있지 다 옳은 건 아니지 않은가? 신도 아니고 말이다. 윤정은 입을 쭉 내밀어 불만을 표시했다.

"내일이 발인인 거 아시죠?"

"압니다."

승빈은 짧게 대답을 하고는 앞장서서 걸었다.

"원래 경호원은 뒤에 걸어와야 하는 거 아니야?"

"뒤에도 눈이 달린 사람이잖아. 너 무슨 잘못한 거야?"

"아니야, 아무것도 안 했어."

"그런데 왜 그래?"

윤정이 어깨를 으쓱였다.

"아 참, 내일 일정은 모두 취소했어. 부검이 끝나서 내일 발인한데. 재욱이 어머님도 지금 암 치료 중이시라 아들이 죽은 것도 모르신다고……. 그래서 형님하고 친척들이 화장한다고 하더라."

"너무 마음이 아파……."

"그러니까……."

윤정의 눈에 눈물이 고였다. 연습실로 들어가려다가 말고 그녀는 엘리베이터 앞에서 아나운서 이새인과 마주쳤다. 그런데 이새인이 갑자기 승빈을 끌어안았다. 놀란 윤정과 설희는 서로의 얼굴을 바라보았다.

이새인이 어찌나 반가워하는지 승빈도 웃음을 지었다.

"승빈 씨가 웃네."

"그러게……."

윤정과 설희는 놀라서 계속해서 그들을 멍하게 보고 있었다. 새인이 승빈의 허리를 감싸고 안았다. 원래 지적인 이미지가 강한 이새인인데 오늘은 완전히 남자친구를 만난 10대 소녀 같았다.

윤정의 눈에서 갑자기 레이저가 흘러나오고 있었다.

"와우, 대단한 인맥인데? 이새인이 얼마나 핫한지 알지? 미인대회 출신에 몇 개 국어하지, S대 퀸카 출신이지. 그래서 재벌가에서 며느릿감 1순위라잖아. 그런데 둘이 너무 잘 어울리지 않니?"

"뭐가?"

"까칠하긴. 인정할 건 인정하자."

"……."

이 순간 언니가 더 얄미운 윤정이었다.

"안녕하세요?"

언니가 이새인에게 인사를 했다. 그렇게 인사를 하면 새인이 떨어질 줄 알았는데 새인은 꿈쩍도 하지 않고 승빈의 허리에 팔을 감고 있었다.

"안녕하세요?"

여자가 반할 정도로 화사한 미소를 짓고 있는 이새인이었다. 과연 왜 그렇게 사람들이 열광하는지 알 것 같았다.

"두 분 아는 사이세요?"

"그럼요, 제가 사랑하는 사람인데……."

"새인아."

승빈이 그녀의 말을 막았다.

"새인아?"

저도 모르게 그의 말을 따라한 윤정이었다.

"어머, 김윤정 씨 아니세요?"

"안녕하세요? 여긴 어쩐 일로……."

"오늘 제가 새로 하는 프로그램의 손님으로 차주원 대표님이 나오셔서 촬영차 왔어요."

어쩐지 풀 메이크업에 옷도 고급스럽게 입고 온 새인은 배우들이 많은 JW엔터테인먼트에서도 단연 눈에 띄는 미인이었다. 그녀보다도 예쁜 것 같았다.

"여기 사인 좀……."

"아, 네."

흔쾌히 언니에게 사인을 해 주는 새인이었다.

"오빠, 언제 끝나?"

사인한 종이를 설희에게 건네며 새인이 승빈에게 물었다.

"오늘은 바빠."

"그럼 전화 줄래?"

"알았어."

와……. 알았단다. 그녀가 앞에 있는데 얼굴색 하나 변하지 않고 알았다고 말하는 승빈을 보며 윤정은 이를 갈았다. 그녀와의 잠자리는 잠자리고 다른 여자와도 자유롭게 만나시겠다?

엘리베이터가 도착했고 사람들이 있어도 새인은 승빈에게 망설임 없는 스킨십을 하고 있었다. 새인이 차 대표에게로 향하고 그는 윤정과 함께 있었다.

"가 보셔야 하는 거 아니에요?"

"어딜 말입니까?"

"이새인 씨에게요."

"나중에 전화할 겁니다."

누가 전화할 건지 물어보길 했나? 아니 왜 쓸데없는 말까지 해서 사람 속을 홀딱 뒤집어 놓는지 그의 저의를 알 수가 없었다.

"둘이 사귀나요?"

"아닙니다."

그가 윤정을 이상하다는 듯이 바라보고 있었다.

"물론 아니라고 말하겠죠."

윤정은 입을 쭉 내밀고는 연습실의 문을 쾅 소리가 나게 닫았다. 그리고는 한참이나 씩씩거리며 가만히 앉아 있질 못했다. 설희가 연습실 안에 들어와서 대본 연습을 해 줄 때까지 윤정은 화가 나 있었다. 승빈에겐 박 원장을 이해하지 못한다고 해 놓고 그녀는 새인을 이해하지 못하고 있었다.

"그건 엄연히 다르지."

"뭐가?"

"아니……. 아니야."

언니에겐 창피해서 말을 할 수도 없었다.

"김재욱 씨 때문에 차 대표 입장이 곤란해진 것 같아."

언니는 아까부터 얼굴이 어두웠다.

"보상해 주기로 했대."

"왜? 차 대표가 무슨 잘못을 했다고. 보상을 해 주려면 내가 해 줘야지."

윤정은 재욱에게 위로금을 줄 생각이었다. 하지만 부검이 끝나지 않은 상황에서 섣불리 유족들을 만날 수는 없었다. 그런데 오히려 이쪽에서 조용하다는 걸 물고 늘어지는 모양이었다. 그게 아니면 지금 차 대표가 잘못한 건 아무것도 없었다.

그녀의 일과 연관이 되어 죽음을 맞이한 게 확실하다면 더 많은 보상을 해 줄 마음도 있었다. 그녀 때문에 금쪽같은 자식을 잃은 가족들의 마음이 얼마나 슬플지, 엄마를 잃은 윤정은 잘 알

왔다.

"너 승빈 씨한테 관심 있어?"

"내가?"

"그래."

"아니, 아니야. 의지는 되는데, 관심은 없어. 그럴 시기도 아니고."

"난 또 네가 승빈 씨를 마음에 두고 있다고 생각했어."

"한 매니저님은 그냥 매니저야."

마음에도 없는 말이 나와 버렸다. 왜냐면 그가 지금 그녀들이 하는 소리를 다 듣고 있기 때문이었다. 언니가 들어올 때 문을 완전히 닫고 들어오지 않아서 그의 어깨가 문틈으로 보이고 있었다.

"알았다. 난 또……."

"연습이나 합시다."

"네, 네."

그리고 윤정은 아무 일 없다는 듯이 대본 연습을 시작했다. 속이 좁은 건 그가 아니라 오히려 그녀라는 걸 뼈저리게 느끼고 있었다.

연습이 끝이 나고 집으로 향했다. 대본은 집에서 연습하는 것보다 기획사 연습실이 훨씬 편했다.

감정 잡기도 좋고 또 연기가 부족하면 연습 상대로 연기 선생님들이 있어서 부탁하기도 좋았다. 그래서 자주 애용하는데 사람들이 많다 보니 이렇게 연습실에 나오면 입방아에 오르내리기에 쉬웠다.

연기력이 부족해서 공부하러 온다는 둥 하는 말들을 기본으로 누구랑 사귄다더라 하는 스캔들 이야기까지 아주 가지각색의 이야기들이 회사 연습생들의 입으로 새어 나온다. 오늘은 그녀의 매니저가 이새인과 끌어안고 있었으니 지금쯤이면 회사 전체가 다 알 것 같았다.

"이새인이다."

하필이면 마치고 내려오는 길에도 이새인과 마주쳤다. 이번엔 차 대표도 함께 나왔다.

"오빠, 우리 밥 먹으러 갈 건데 같이 가요. 대표님이 맛있는 거 사 준다고 하셨거든."

"안 돼."

"왜?"

"김윤정 씨를 보호하는 게 내 임무거든."

"윤정 씨도 같이 가요. 대표님, 같이 가도 되죠?"

막냇동생같이 애교가 많은 새인이었다.

"죄송하지만 내일 매니저 발인이라서 가기가 좀 곤란해요."

"아…… 내일이에요?"

새인은 놀란 얼굴로 말했다.

"그럼 오늘 저희도 밥 안 먹을게요. 스텝들의 저녁은 제가 쏠 테니 걱정하지 마세요. 괜히 구설수에 오르는 것보다는 나아요."

이럴 땐 철이 든 사람 같기도 했다.

"정말 그래도 되나요?"

"그럼요, 승빈 오빠랑도 다음에 먹으면 돼요. 이따 전화할게."

"알았어."

주차장으로 내려온 그들은 모두 윤정의 집으로 향했다. 차 대표도 윤정의 집으로 들어온 상황이었다.

"왜? 가지 그랬어요?"

"아니야, 새인 씨 말이 맞아. 그런데 승빈이는 새인 씨랑 어떻게 아는 사이야?"

집 안에 들어선 순간 윤정이 가장 궁금해하던 부분을 차 대표가 대신 물어주고 있었다.

"사귀던 사이."

"어?"

"예전에 만났어."

"오……. 아주 스케일이 커."

"크긴."

그는 아무렇지 않게 말했고 윤정의 속에선 불꽃이 일고 있었다.

"정말 대단하다. 어떻게 아나운서랑 사귈 수가 있어요? 우와……."

언니도 감탄사를 연발하고 있었다. 정말 마음에 들지 않았다. 윤정은 그들을 뒤로하고는 자신의 방으로 들어가 버렸다.

"어떻게 그래?"

그녀는 신경질적으로 옷을 벗고 샤워실로 들어갔다. 그녀와의 섹스는 아무것도 아닌 것이었다. 차가운 물줄기를 맞으며 윤정은 연신 구시렁거리고 있었다. 샤워실에서 나와서 신경질적으로 머리를 말리고 있는데 언니가 들어왔다.

"밥 먹어."

"싫어."

"왜 그래? 심통난 아이처럼."

"아니야, 피곤해서 그래. 그리고 내일 일찍 화장터에 가야 하잖아."

"하긴 그러네……. 그럼 먼저 자."

윤정은 머리를 말리고는 바로 침대 속으로 들어갔다. 그리고 잠을 청했지만 쉽게 잠이 올 리가 없었다.

윙—

핸드폰에 박 원장님이라고 떠 있었다.

"여보세요?"

[안녕하세요? 너무 늦은 시간에 전화했죠?]

"아니요."

[코는 어떤가 해서요?]

"괜찮아요. 가습기 틀었고 건조한 게 너무 심하면 마스크 쓰고 자면 돼요."

친절한 의사선생님이었다. 이렇게 착한데 살인자로 의심하다니. 승빈이 사람을 잘 못 보는 것 같았다.

"감사해요. 이렇게 신경도 써 주시고."

[저기, 저 내일 아침에 재욱이에게 인사하러 갑니다.]

"아⋯⋯."

정말로 재욱과 아는 사이였다.

[제가 재욱이한테 우리가 아는 사이인 거 말하지 말라고 했어요.]

"왜요?"

[윤정 씨 부담 가질까 봐요. 제가 팬이라 재욱이가 잘못해도 제대로 혼도 못 낼 것 같아서 편하게 지내라고 말하지 말라고 했죠.]

"안 그러셔도 됐었는데⋯⋯."

[아니에요.]

"그럼 내일 뵐게요."

전화를 끊은 윤정은 박 원장은 잊고 다시 승빈에 관한 생각에 몰두했다. 이새인은 그녀보다 훨씬 잘난 여자였다. 가방끈이 짧은 그녀로서는 태어나서 처음으로 대학을 안 간 걸 후회했다.

"뭐 집안을 위해서 그런 거니까, 후회는 안 해."

말은 이렇게 했지만 이새인과 비교해서 작아지는 자신이 싫었다.


몇 달 만에 벽제 화장터에 오니 기분이 아주 묘했다. 이곳은 슬픔이 가득 묻어 있는 곳이라서 다시는 오고 싶지 않았는데 뜻하지 않게 다시 오게 되었다. 재욱의 가족들은 생각보다 슬퍼하지 않았고 좀 무덤덤해 보였다.

형이라서 그런지 눈물을 전혀 흘리지 않고 친척들과 계속해서 이야기를 나누고 있었다. 차 대표와 설희 그리고 윤정은 그들과 조금 떨어진 위치에서 마지막으로 재욱에게 인사를 했다.

"언니, 너무 미안해서……. 나 때문에……."

"아닐 수도 있잖아. 그러니까 너무 힘들어 하지 마."

설희가 그녀를 안아 주고 있는 사이에 박 원장이 도착했다. 승빈의 눈빛은 먹잇감을 발견한 호랑이의 눈빛으로 변했다. 박 원장은 가족들에게 가서 인사를 하고는 그들에게로 향했다.

"고향 후배라서……."

박 원장이 숨죽여 울고 있었다. 어찌나 서럽게 우는지……. 윤정이 그를 도닥여 주었다.

"좋은 데 갔을 거예요."

"아뇨, 범인을 잡아야 좋은 곳에 갈 겁니다."

승빈이 갑자기 윤정을 떼어 내며 말했다.

"범인이 지금 근처에서 우리를 비웃으며 같이 있을지도 모르죠."

승빈의 말에도 박 원장은 계속해서 울었다.

"여기 손수건이요."

설희가 박 원장에게 손수건을 주었다.

"너무 슬퍼하지 마세요."

윤정은 박 원장을 의심하는 승빈을 이해할 수가 없었다. 윤정과 설희는 박 원장과 함께 화장이 끝이 날 때까지 함께 있었다.

"납골당까지 가실 거죠?"

"네."

"그러면 납골당까지 갔다가 식사나 같이해요."

윤정의 말에 승빈이 조금 먼 곳으로 자리를 이동했다. 듣기 싫다는 의사표현이었다. 그래도 양다리 걸쳐 섹스를 하는 그보다는 박 원장이 훨씬 낫다는 생각이 드는 윤정이었다.

"허우대만 멀쩡해서……."

"네?"

"아니에요."

박 원장이 그녀를 힐끔 보며 물었다.

"납골당 가실 때 제 차로 이동하시죠. 길도 모르고…… 전 승빈이라는 저 남자가 기분 나빠요."

박 원장이 처음으로 속마음을 드러내며 말했다.

"네."

엄마의 납골묘도 있기 때문에 위치를 잘 아는 윤정은 흔쾌히 그렇게 하자고 했다. 유골함이 나오고 그들은 재욱의 식구들과 함께 납골당으로 향했다. 물론 윤정은 박 원장의 차에 탔고 승빈은 화를 아주 많이 냈다. 결국 그들의 뒤에 바짝 따라오는 승빈이었다.

"왜 저렇게 다혈질인 사람을 곁에 두는 거죠?"

"실력은 좋아요."

"그래도……."

"그러게요."

박 원장은 생각보다 운전을 아주 잘했다.

"베스트 드라이버시네요."

"감사합니다. 예전에 스포츠카를 타고 사고 많이 쳤습니다. 스피드를 즐겼죠."

"지금은요?"

"지금은 그럴 시간이 없죠. 바빠서요."

박 원장은 차분한 스타일인 줄 알았는데 나름 멋을 즐길 줄 아는 사람이었다.

"그래도 멋있으신 것 같아요."

윤정이 환하게 웃어주자 그의 귀가 아주 빨개졌다. 납골당에 도착하기 전에 박 원장이 저녁식사를 제안했다. 둘만 먹었으면 좋겠다고 하면서 말이다.

윤정은 알았다고 했다. 그녀도 승빈의 경호가 이제는 힘이 든다는 말도 했다. 새인의 일로 기분이 나쁠 대로 나쁜 윤정이었다. 욕이나 실컷 하자는 마음이었다.

"내일은 제가 준비할 게 좀 있어서…… 모레 만날까요?"

"무슨 준비요?"

"그래도 처음 식사하는 자린데 잘 준비해야죠."

"아…… 네."

윤정은 흔쾌하게 승낙했다. 그리고 납골당에서 재욱에게 마지막 인사를 하고 성질이 나 있는 승빈과 함께 집으로 향했다.


준수의 눈길이 납골당에서 빠져 나오는 승빈과 윤정에게 향해 있었다. 꼴도 보기 싫은 녀석이 그의 여자 옆에 찰거머리처럼 붙어 있었다.

재욱을 죽인 이유는 준수의 존재를 의심했기 때문이었다. 그리고 어느 순간부터 그의 뒤를 미행하는 사람들이 있어서 재욱이 승빈에게 흘린 줄 알았다. 승빈이 아니라 경찰에게라도 알릴 수가 있었다.

불안해하느니 처리하는 게 맞았다. 준수의 얼굴이 무섭게 구겨졌다. 승빈을 볼 때마다 그는 죽이고 싶은 욕망을 느꼈다.

"어떻게 죽여 줄까?"

하지만 지금은 승빈의 차례가 아니었다. 지금은 윤정이 먼저였다. 윤정을 집에 가둔 후에 승빈을 처리할 생각이었다.

"운도 좋지."

준수는 자신이 있었다. 한번 목표를 삼으면 안 들키고 죽일 자신이 있었다. 하지만 윤정의 경우는 달랐다. 그를 만나고 사라지면 당연히 의심을 받게 될 것이다. 하지만 준수에겐 포기 못할 꿈이 있었다. 그와 영원히 함께할 윤정을 만드는 것이었다.

집에 도착하자마자 준수는 옷도 갈아입지 않고 작은 방으로 향했다. 그의 작은 방 안에는 대형 수조가 있었다. 그는 그 안에 포르말린을 채울 준비를 하고 있었다.

"이제야 쓰게 되는 건가?"

딱 사람이 들어갈 만한 크기였다. 얼마나 신경을 써서 주문을 했는지 2년이 지난 지금 봐도 너무 좋았다.

윤정을 이 안에 넣는다는 생각만으로도 그는 너무나 행복했다. 그러기 위해 준비를 해야 했다. 그는 윤정을 위해 마취제를 준비했다. 윤정은 칼로 죽이지 않을 것이다. 최소한의 상처가 나는 방법으로 죽일 생각이었다.

"다치지 않아야 예쁘게 만들지."

그는 이렇게 말하며 윤정을 맞이할 준비를 했다.


승빈은 마음이 급했다. 뭔가 불안한 마음이 자꾸만 엄습했다. 이번 일을 꾸미면서 그는 정말로 생각이 많아졌다. 윤정을 미끼 삼아 박 원장을 잡을 생각이었다.

재욱을 조사하던 중에 재욱과 박 원장에게서 돈거래의 흔적을 발견했고 제주도로 화보 촬영을 가기 전에 둘이 만난 사실도 확인했다.

재욱이 죽었으니 정확하게 물어볼 방법은 없었지만 심증은 충분히 가는 상황이었다. 하지만 범인은 전혀 증거를 남기지 않을 정도로 아주 교활하면서 천재적인 녀석이었다. 경찰에게 범행 당시의 칼을 넘겼음에도 지문 하나, 단서가 될 만한 것 하나도 나오지 않을 정도로 아주 치밀한 녀석이었다.

어쩌면 이번이 마지막 기회인지도 몰랐다.

"윤정 씨, 차에 타시죠."

윤정은 어제부터 그를 아주 무시하고 있었다. 아니 무시한다기보다는 새인 때문에 약 올라하고 있었다. 새인이는 몇 년 전에 몇 번 만난 적이 있는 여자였다. 워낙에 성격이 활발해서 헤어진 후에도 가끔 연락을 하고 지냈었다.

새인과는 몇 번 밥을 먹은 것 이외에는 아무런 일도 없었다. 섹스를 했다면 조금 더 만났을 수도 있었을까? 그러면 지금처럼 편하게 지내지는 못했을 것이다. 어제는 평소에 스킨십이 강한 새인에게 윤정이 화를 내는 걸 보고는 가만히 있었다.

새인의 스킨십이 좋은 게 아니라 윤정의 반응이 기분 좋아서였다. 윤정이 질투를 하고 있었다. 시크하게 무시할 줄 알았는데 아닌 것 같았다.

"가요."

설희가 먼저 나오면서 말했다.

"윤정이는 박 원장님하고 인사한 다음에 올 거예요."

"차 대표는요?"

"지금 유족들에게 붙잡혀 있어요. 조금 있으면 따라올 거예요. 우리한테 먼저 출발하라고 했어요."

"네."

윤정을 기다리고 있는 승빈은 차 대표가 입구에 서서 유족들과 이야기를 나누는 모습을 보았다. 그는 며칠 전에 차 대표에게 박 원장에 대한 이야기를 했었다. 그리고 윤정을 이용해야지만 박 원장이 움직일 것 같다는 이야기도 했다.

처음엔 반대하던 차 대표도 언제까지 이러고 있을 순 없다는 승빈의 경고에 어렵게 허락을 했다. 지금 박 원장의 뒤에는 그가 데리고 있는 경호원들이 붙어 있었다. 그리고 윤정의 옆에는 그가 있었다.

"후……."

입이 튀어나온 윤정의 모습이 보였다. 다행인 게 새인 때문에 윤정이 알아서 박 원장에게 접근해 주었다는 것이었다. 나중에 이 모든 걸 다 설명하긴 하겠지만 윤정에게 미움받을 게 불 보듯이 뻔한 상황이었다.

"언니."

"왜 이렇게 늦었어?"

차에 타자마자 설희가 윤정에게 물었다.

"어, 박 원장님이랑 저녁 먹기로 했어."

"오늘?"

"아니, 내일모레."

"넌 다른 사람하고 밥 안 먹잖아?"

"박 원장님은 고마운 사람이니까 같이 밥 한 끼 먹을 수도 있지."

"뭐, 하긴."

계획대로 진행이 되고 있었지만 그래도 승빈은 기분이 상했다. 그의 여자가 딴 놈과 밥만 먹는다고 해도 싫었다. 집으로 오는 내내 윤정은 창밖만 보고 있었다. 승빈은 그런 윤정을 룸미러로 힐끔거리며 보았다.

눈부시게 아름다운 윤정이었다. 평범한 블랙슈트에 민낯이었지만 윤정은 그 어느 때보다도 아름다웠다. 그는 솔직하게 인정하지 않을 수 없었다. 윤정을 좋아하고 있다는 걸 말이다.

"내가 졌어."

작은 목소리로 중얼거린 그였다. 자신에게 여자에게 마음을 줄 리 없다고 말했던 게 실수였다. 승빈은 이미 아름다운 윤정에게 빠져 있었다.

집으로 돌아온 윤정은 곧장 자신의 방으로 들어가 버렸다.

"윤정이가 오늘 기분이 안 좋은가 봐요."

"아무래도 재욱이 때문에 심란하겠죠."

"전 차 대표님하고 저녁 먹기로 했어요. 같이 가실래요?"

"마음에도 없는 소리 하지 마시고 다녀오세요."

"네……."

아침 일찍 나가서 장례를 마치고 집에 오니 벌써 8시였다. 설희는 그대로 나갔고 그는 주방에 가려다가 윤정의 방으로 갔다. 윤정도 배가 고플 것 같아서 같이 밥을 먹자는 말을 하기 위해서였다.

정말 다른 이유는 없었다. 하지만 방에 들어가 보니 윤정은 샤워를 하고 있었다. 물이 떨어지는 소리가 들리고 있었다.

"······."

그는 저도 모르게 마른침을 삼키고 있었다. 처음 섹스를 하고는 그 후로 끝까지 간 적은 없었다. 차 대표까지 집에 와 있는 통에 그들만의 시간을 갖기는 어려웠다.

찰칵!

저도 모르게 문고리를 잡았는데 잠겨 있지 않았다. 그는 문을 열고 들어가 샤워부스 안에서 샤워를 하고 있는 윤정을 보고 있었다. 김이 서려 있었지만 그녀의 완벽한 바디라인을 다 가리진 못했다. 그는 저도 모르게 샤워부스 안으로 들어갔다. 그는 슈트를 입은 그대로였다. 그의 등장에 윤정은 놀라 소리쳤다.

"어머! 뭐예요?"

"······."

그는 물줄기가 흐르는 부스 안으로 다짜고짜 들어가서 그녀를 안고는 입을 맞추었다. 처음엔 격하게 거부하던 윤정이 그의 목에 팔을 감고는 적극적으로 키스하기 시작했다. 옷이 물에 젖어들고 있었지만 그는 상관하지 않았다.

그녀의 입술을 빨아들이고 그 안으로 혀를 밀어 넣자 승빈은 세상을 다 얻은 기분이었다. 그녀의 가는 허리를 감싸 자신에게 끌어당긴 승빈이었다.

"뭐 하는 거예요?"

놀란 윤정이 그를 보며 말했다.

"뭘 한다고 생각하나?"

"이런 건 새인 씨한테 가서 해요."

"왜?"

"사귄 사이라면서요."

"헤어졌어."

지금 새인은 그에게 아무것도 아니었다. 물론 예전엔 더 아무것도 아니었다. 지금 그는 윤정이 없이는 안 될 것 같았다.

"헤어진 게 아니던데?"

"헤어진 거 맞아."

그는 윤정의 입술을 보면서 대답했다. 따뜻한 물줄기가 그녀와 그를 여전히 덮치고 있었다. 그의 눈이 그녀의 가슴을 타고 흘러내리는 물줄기를 따라 흘러내리고 있었다.

"물을 부러워해 보긴 처음이야."

"……."

탁!

그가 샤워기의 물을 껐다. 그리고 그녀를 욕실 벽면으로 밀어붙였다.

"싫어요."

"뭐가?"

"당신이 하려는 모든 게 다 싫어요."

그가 손으로 가슴을 꽉 잡았다.

"……."

얼굴이 붉어지면서도 윤정은 신음소리 하나 내지 않았다.

"날 이렇게 섹스에 미친놈으로 만든 건 윤정이가 처음이야."

"거짓말!"

"날 이렇게 시도 때도 없이 발정난 놈으로 만들 수 있는 여자도 윤정이뿐이야. 새인이와는 손도 안 잡았어."

"그건 정말 못 믿겠네요."

"사실이야. 지금도 넣고 싶어서 이렇게 미친놈처럼 들어온 거야."

"한승빈 씨!"

그가 자신의 슈트를 벗기 시작했다.

"할 말 있으면 말해."

"나가요."

"싫어."

"내가 나갈 거예요."

"거기서 한 걸음만 떼면 여기서 해 버릴 거야."

"당신 미쳤어요?"

"그런 것 같아."

그는 물에 젖은 슈트를 아주 어렵게 벗고 있었다. 그런 그의 모습을 윤정은 욕실 벽에 기대서서 보고 있었다.

"왜 이러는지 말해요."

"나도 몰라. 그래서 말 못해 주겠어."

"뭐요?"

"나도 이런 느낌이 처음이라서 낯설어."

드디어 그가 옷을 다 벗고 그녀 앞에 섰다. 그의 몸을 마른침을 삼키며 보는 윤정이었다. 승빈은 이런 윤정의 솔직한 반응이 좋았다. 그의 몸을 위아래로 보는 그녀의 시선이 페니스를 향해 있었다.

얼마나 윤정을 원하는지 아플 지경이었다.

"이래도 날 거부할 건가?"

"······."

"날 가져 봐."

그의 말에 움직이지 않을 것 같은 윤정이 그에게 거의 날아오다시피 해서 안겼다. 그녀도 뜨겁게 그를 원하고 있었다. 운동으로 인해 달련된 그의 강인한 목에 그녀의 나긋나긋한 팔이 감겨 오자 승빈은 미칠 것만 같았다.

승빈이 그녀를 안아 올려 침실로 향했다. 중간에 수건을 낚아채서 그녀의 몸을 대충 닦은 후에 그는 침대 위에 윤정을 내려놓았다.

"흡!"

밝은 조명 아래 윤정은 너무나 아름다운 자태를 고스란히 드러내고 있었다. 그녀의 풍만한 가슴이 출렁이며 그를 유혹했고 칠흑보다 어두운 검은 숲이 이슬을 머금고 있었다. 그는 너무나 황홀한 나머지 쉽게 그녀를 덮치지 못하고 한동안 바라만 보고 있었다.

"왜요?"

"예뻐서……."

"이리 와요."

그녀가 팔을 벌리자 그가 곧바로 그녀의 몸 위에 올랐다. 그리고 한참 동안 깊은 키스를 나눴다. 서로의 혀가 얼얼할 정도로 강한 키스였다. 승빈은 그녀의 쇄골라인을 따라 입을 맞추었다. 그녀의 모든 게 그를 자극하고 있었다.

풍만한 가슴에 얼굴을 묻은 그는 미칠 것 같은 자극을 받았다. 윤정의 부드러움이 강한 그를 녹이고 있는 것 같았다. 그는 핑크색 유두를 입에 물고는 살짝 힘을 주어 빨기 시작했다.

"아…… 웃……."

그녀가 몸을 활처럼 휘며 신음을 토해내고 있었다. 승빈은 혀로 핑크빛 유두를 핥았다. 세상 그 무엇보다 달콤한 맛이 났다. 승빈은 미친 듯이 윤정의 가슴을 핥았다. 절대로 포기하지 못할 맛이 그녀에게서 났다.

"아……. 제발……."

그녀가 몸을 휘자 이번엔 그가 윤정의 여성을 손으로 움켜잡았다.

"넣어 줄까?"

"네……. 빨리요."

윤정의 솔직한 고백에 당장 안으로 들어가고 싶었지만 그는 참고 또 참았다. 윤정은 거의 경험이 없는 것에 가까운 몸이었다. 흥분해서 그가 달려든다면 다칠 게 너무나도 분명했다. 그는 윤정을 아껴 주고 싶었다.

그의 손가락이 윤정의 질 안으로 미끄러져 들어가자 윤정이 몸을 뒤틀었다. 이물감이 큰 것 같았다. 손가락만으로도 이런 반응인데 그의 페니스는 이 상태라면 들어가지 못할 확률이 컸다.

"악! 뭐 하는 거예요?"

그녀의 다리를 벌리자 놀란 윤정이 그를 보며 말했다.

"풀어 주지 않으면 아파."

"안 돼요."

그가 무엇을 할지 아는 모양이었다. 그는 저항하는 윤정의 다리를 벌리고 자리를 잡았다. 그리고는 입술로 그녀의 여성을 물었다. 윤정은 소스라치게 놀라 비명을 질렀지만 집 안은 텅 빈 상황이었다.

"언니가……."

언니가 걱정이 되는 모양이었다.

"나갔어."

"아…… 정말이요?"

그가 고개를 끄덕이며 다시 한 번 그녀의 여성 전체를 빨아들였다.

"앗……. 아아앙……."

신음소리가 점점 커지고 있었다.

"이렇게 풀어 주지 않으면 힘들어."

승빈은 윤정의 다리를 더 넓게 벌리고는 혀를 세워 여성을 둘로 갈랐다. 그리고는 작고 예쁜 클리토리스를 핥기 시작했다.

츄읍 츄읍…….

야릇한 소리가 방 안을 울리고 있었다. 윤정은 그의 혀가 움직일 때마다 빠르게 반응했다. 승빈은 윤정의 다리 사이에 얼굴을 묻고는 들 생각을 하지 않았다. 이렇게 윤정에게 계속해서 섹스의 맛을 알려 주고 싶었다.

"빨리요."

이제 한계에 도달한 윤정이 그를 보고 사정했다. 승빈도 더 이상은 버티기 힘이 들었다. 승빈은 윤정의 다리를 벌리고 그 중심에 서서 자신의 거대한 페니스를 한 손에 쥐었다. 그리고는 촉촉하게 젖어 있는 윤정의 여성에 위아래로 문지르기 시작했다.

"아아앙."

윤정의 입에서 신음이 연속해서 터져 나오고 있었다. 하지만 그는 멈추지 않고 계속해서 윤정의 여성을 자극했다. 이래도 고통스러울 게 뻔했다.

"어서요."

"더는 힘들어."

그도 더 이상은 참기 힘이 들었다.

"윽!"

"아악!"

그녀의 입에서 비명이 터져 나왔지만 처음보다는 나았다. 그가 허리를 움직이기 시작하자 윤정도 그의 리듬에 맞춰 허리를 움직였다. 이런 건 안 가르쳐 줘도 잘하는 것 같았다.

"소질이 있어."

"뭐가요?"

"섹스?"

"아니에요. 난 잘 모르겠어요."

윤정이 부끄러워했다.

"아…… 너무 타이트해."

승빈은 그녀의 질에 들어가면서 강한 쾌감을 느끼고 있었다. 그녀의 안에서 나오기 싫었다. 그녀의 질은 그의 페니스를 꽉 잡고는 놓아 주지 않았다. 둘은 한 세트처럼 강하게 서로를 잡고 있었다.

"으윽! 윤정아……."

"아아아앙……."

그가 허리를 좀 더 빠르게 움직이고 있었다. 그러자 윤정도 그를 받아들이며 움직였다. 윤정은 섹스를 본능적으로 아주 잘하는 것 같았다.

퍽퍽퍽!

그가 허리 짓에 점차 속도를 내며 끝을 향해 달리고 있었다. 윤정의 질도 욕망으로 인해 많은 양의 애액을 쏟아 내고 있었다. 이건 물에 담구고 있는 기분이었다. 승빈은 이런 황홀한 섹스는 처음이었다.

지난번의 섹스보다 오늘이 더 좋았다. 승빈은 다음번이 더 좋을 것 같다는 생각이 불현듯이 들었다.

"으으윽!"

"아아아앙!"

승빈은 윤정의 배 위에 자신의 분신들을 쏟아 냈다. 그리고는 그녀의 옆으로 쓰러졌다. 승빈은 티슈로 그녀의 몸에 있는 자신의 분신들을 닦아 내고는 그녀를 안아 들고 욕실로 향했다. 그리고는 욕조에 물을 받고 아로마오일을 뿌렸다.

"욕조 목욕을 즐기나 봐요?"

"아니, 그럴 시간이 없어서 아주 가끔."

"그런데 아주 잘하는 것 같아요."

"그래?"

"네."

물이 받아지고 윤정을 안아 욕조 안에 넣고는 그도 들어왔다. 그녀를 끌어안고 앉아 있으니 세상을 다 얻은 기분이었다.

"남자랑 욕조 안에 있으니까 기분이 이상해요."

"왜?"

"모르겠어요. 찌릿하기도 하고……."

"말해 봐."

"다시 하고 싶기도 해요."

솔직한 그녀에게 승빈은 상으로 키스를 해 주었다.

"으으음……. 너무 야해요."

"소질이 있어. 몇 번 더 하면 나보다 잘할 것 같아."

"내가요?"

그녀의 눈이 예쁜 토끼눈이 되자 그가 웃었다. 사랑스러운 윤정이었다. 이런 윤정은 자신만 알고 싶었다. 그런 마음에 승빈은 윤정을 뒤에서 가만히 끌어안았다.

"좋아해."

"……."

"그냥 알려 주고 싶었어. 그러니까 부담 갖지는 마."

"……."

뭐라고 말을 하려다가 윤정은 입을 다물었다. 그녀도 그를 좋아한다는 건 굳이 듣지 않아도 알 수 있었다. 다만 그는 사랑을 좋아한다고 표현한 것이고 그녀는 그냥 그를 좋아만 하는 것일 수도 있었다. 승빈은 순간 두려운 생각이 들었다.

자신의 마음을 차지하고 있는 윤정의 자리가 이제는 너무나 커졌기 때문이었다. 거기다가 그는 다른 여자 같으면 느끼지 못했을 질투도 느꼈다. 박 원장과 친하게 지내는 윤정이 미웠고 박 원장은 한 대 치고 싶은 마음이었다.

승빈은 자신에게 갑작스럽게 찾아온 이 모든 감정들을 감당하
기 힘이 들었다.

## 9. 악은 자신이 악인지 모른다

　오랜만에 무더위가 사라지고 초가을의 날씨였다. 윤정은 아침 일찍 일어나 오랜만에 요가를 하고 대본 연습을 했다. 오늘은 여형사 촬영분이 많지 않아서 박 원장과 약속한 시간인 7시 전에는 다 끝이 날 것 같았다.

　"언니, 내 립스틱 못 봤어?"

　"어떤 거?"

　"지난번 촬영 때 발랐던 거, 그리고 아이섀도도 안 보여."

　지난번과 연결되는 장면이라서 화장이 달라지면 큰일이었다. 청바지에 야구 점퍼는 찾았는데 안에 입을 티셔츠도 보이지 않았다.

"아악!"

짜증이 나서 소리를 지르자 찾는 화장품과 옷은 안 나오고 승빈이 빠르게 달려왔다.

"다 없어졌어요."

"그거 다 차 안에 있어."

"네?"

"내가 챙겨 놨어."

"이제 베테랑인데요?"

윤정이 웃어 보였다. 천만다행이었다. 그래도 셋 중에 정신을 차리고 있는 사람이 있어서 말이다.

"오늘 하루는 무슨 일이 있어도 함께할게."

"저녁식사 자리는 안 돼요. 중간에서 체하고 싶은 생각은 없으니까요."

준비를 서두른 윤정은 촬영 장소로 향했다. 촬영하는 내내 소소한 실수를 연발한 윤정은 혀를 깨물고 죽고 싶은 심정이었다.

"오늘 이상하네……."

머피의 법칙 같은 하루를 보내고 있었다. 운도 지지리도 없는 하루를 말이다. 촬영을 마친 윤정은 승빈에게 서울호텔로 향해 줄 것을 부탁했다.

"오늘도 만약에 무슨 일이 생기면 소리 질러요. 내가 거기 있을 거니까."

"오늘 왜 이렇게 느끼하게 굴어요? 밥만 먹고 올게요."

"느끼한 게 아니라 걱정이 돼서 그러는 겁니다."

"맞아, 우리 한 매니저가 얼마나 네 걱정을 한다고."

설희도 중간에서 거들었다.

"알았어요."

그녀는 속으로 밥 두 번 먹었다가는 아주 눈총에 맞아 죽을 것 같다는 생각을 했다.

"어디서 만나기로 했습니까?"

"서울호텔이요."

"알겠습니다."

사람이 많은 장소였다. 그래서 더 안심이 되기도 했다. 아무리 그가 범인이 아니라고 믿었지만 그래도 혹시나 하는 생각이 들었는데, 박 원장이 장소를 잘 선택해 준 것 같았다.

"언니, 나 옷 좀 줘."

호텔 주차장에 차를 세운 후에 차 안에서 대충 옷을 갈아입은 윤정은 호텔로 가기 위해 작은 화장품 가방을 들었다.

"따라올 거예요?"

"네."

"할 수 없죠."

윤정은 아름다운 미소를 지으며 말했다.

"아 참, 오늘 밤은 승빈 씨 집으로 갈게요. 할 말도 있고 하고 싶은 것도 있고."

아주 대담한 말이었다. 오늘 그의 집에서 그녀의 마음을 고백할 것이다. 그는 그녀를 좋아한다고 했지만 그녀는 그를 사랑하고 있었다.

"오늘은 사랑한다고 말할 거예요. 기대해요."

윤정은 들리지 않는 작은 목소리로 말하고는 호텔 안으로 들어갔다. 레스토랑이 있는 25층을 누른 윤정은 옆에 서 있는 승빈에게 떨어져 있을 것을 눈짓으로 말했다. 어디서 모임이라도 있었는지 많은 사람들이 같이 탔기 때문이었다.

정신없이 수다를 떠는 아줌마들 사이에서 윤정은 정신이 없었다. 문이 열리고 드디어 25층이었다. 그녀들도 레스토랑에 가는 모양이었다.

"어머!"

"미안해요."

나이가 있는 중년 부인이 엘리베이터를 타려다가 그녀와 부딪치며 손에 들고 있던 커피를 쏟았다.

"어떻게 해……."

중년 부인은 호들갑을 떨며 그녀를 화장실로 데리고 갔다.

"물로라도 씻어요."

"네."

얼떨결에 화장실로 끌려간 윤정은 노부인이 가져다준 휴지로 옷을 닦았다. 다행히 어두운 옷이라서 티는 나지 않았지만 축축한 게 기분은 좋지 않았다.

"미안해요. 세탁비는 청구하면 바로 줄게요."

"아니에요."

슬슬 짜증이 나는 윤정이었다. 밖에는 승빈이 화장실 앞에서 지키고 있었고 레스토랑 안에서는 박 원장이 기다리고 있어서 불안하지는 않는데 이렇게 변수가 생기는 건 싫었다.

"저기 이만 가볼게요. 세탁비는 안 주셔도 돼요."

그때였다.

"읍!"

누군가 뒤에서 그녀를 덮쳤다. 갑작스러운 기습에 윤정은 속수무책으로 당했다. 오늘은 정말 되는 일이 없는 날이었다.


승빈은 화장실 앞에서 불안하게 안을 들여다보고 있었다.

[대장, 들리십니까?]

"말해."

[박 원장은 아까부터 얌전히 기다리고 있습니다.]

"알았어."

[왜 안 들어오십니까?]

"일이 생겼어. 곧 들어갈 거야."

서 경호원이 안쪽에 다른 경호원들과 같이 박 원장을 지키고 있었다. 그들의 말로는 별다른 행동을 하지 않고 있다고 했다.

"10분······."

도저히 안 되겠다는 생각이 든 승빈은 화장실 안으로 들어갔다. 호텔의 레스토랑 앞에 있는 화장실은 사람들의 출입이 많은 곳이었다. 조금 전에도 중국인 관광객들이 우르르 나갔다.

"어머! 여기는 여자 화장실이에요."

사람이 있는 줄은 몰랐는데 낭패였다.

"죄송합니다. 윤정 씨!"

그가 윤정의 이름을 부르며 화장실의 문을 차례차례 열기 시작했다.

"윤정 씨!"

이리저리 뛰어다니며 문을 열어 보았지만 어디에도 윤정은 보이지 않았다. 이상했다.

"윤정 씨!"

같이 들어갔던 중년 여성도, 윤정도 보이지 않았다. 그는 레스토랑 안에 있는 경호원들에게 윤정이 사라진 걸 말했다.

"윤정아……."

귀신이 곡할 노릇이었다.

"박 원장님."

그가 레스토랑으로 들어가서 박 원장의 앞에 앉자 그의 표정이 차갑게 변했다.

"또 뭡니까?"

"윤정이 어디 뒀습니까?"

"뭐요?"

"윤정이 어디 있냐고요."

"윤정 씨가 어떻게 되기라도 한 겁니까?"

"사라졌어요. 바로 여기 레스토랑 앞에서……."

박 원장은 생각보다 차분한 모습이었다. 좋아하는 사람이 사라졌다는데 태연하게 커피를 마시고 있었다.

"그럼 안 오는 겁니까?"

"사람이 사라졌는데 너무 태연한 거 아닙니까?"

"오기 싫어서 안 온 거겠죠."

그는 이렇게 말을 하고는 재킷을 들고는 자리에서 일어났다. 아주 기운 빠지는 모습이었다.

"로비에 커다란 가방을 들고 있는 여행객들을 감시해."

[다 여행 가방을 들고 있어요.]

"일단 CCTV부터 확인할 테니까 주차장 주변이나 로비를 잘 살펴봐."

[네.]

그는 호텔의 보안팀 사무실로 가서 CCTV를 확인했다. 박 원장은 의심 갈 만한 어떠한 행동도 하지 않았다. 다만 그들이 들어가고 나가는 동안 화장실 쪽은 CCTV의 사각지대였다.

"박 원장의 집은 잘 감시하고 있지?"

[네, 그쪽도 인원을 파견해 놓은 상황입니다.]

윤정이 사라졌다. 그것도 그의 앞에서. 어디로 사라진 것일까? 박 원장이 아니라면 누가 납치한 것일까? 박 원장의 태도로 봐서는 박 원장이 돈을 주고 사람을 샀을 거라는 시나리오도 나올 수 있었다.

하지만 다른 걸 다 떠나서 지금 중요한 건 시간이었다.

"도대체 어디 있는 거야?"

승빈의 눈에 불길이 번졌다.


지하주차장에서 가방을 건네받은 준수는 차를 몰아 집으로 향하고 있었다. 가방 속이 조용한 걸 보니 아직 깨어나지 않은 것 같았다. 준수는 주차장을 유유히 빠져 나갔다.

"멍청한 새끼, 똑똑한 척은 혼자 다 하더니……."

그는 승빈을 비웃고 있었다. 오늘 그는 아주 만족스럽게 일을 처리했다. 교도소 동기이자 친한 형에게 부탁을 해서 납치해 줄 아줌마를 아주 쉽게 섭외할 수 있었다. 그리고 아주머니가 구한 몇 명의 사람들이 도움을 주었다.

아주머니가 커피를 쏟아 윤정을 납치하고 다른 사람이 커다란 여행 가방 속에 들어가 있다가 아주머니와 윤정이를 가방 속에 넣고 나오는 일이었다. 모두 3명의 여자와 커다란 가방 두 개가 들어간 일이었다.

계획은 대성공이었고 그는 지금 윤정을 데리고 집으로 향했다.

윙—

"형!"

[야, 이 새끼야. 김윤정이라고 왜 말을 안 했어?]

돈을 더 달라는 말이었다.

"형, 아주머니들에게 돈 더 줬어."

[하하하, 그랬어? 우리 준희는 역시 손이 커.]

"이상한 소리 하려거든 끊어."

[다음에도 어려운 일이 있으면 부탁해 준희야.]

전화를 끊고 나자 그는 속에서 천불이 났다. 그가 제일 싫어하는 이름인 준희로 그를 불렀기 때문이었다. 원래 그의 본명은 준희였다. 하지만 그의 내면엔 두 명의 사람이 더 존재했다. 하나는 똑똑한 박 원장이었고 하나는 잔인한 사이코 패스 준수였다.

그는 의사가 아니었지만 박 원장보다 진료를 더 잘 봤고 준수일 때 그는 아주 무서운 사람이었다. 준희일 때 그는 완전 루저인 모습이라서 그는 박 원장일 때보다 준희일 때가 더 싫었다.

그래도 박 원장은 살인을 할 때 그에게 많은 도움을 주었다. 아니 같이 즐기는 사이였다. 하지만 준희는 달랐다. 너무 무서워했다.

그의 쌍둥이 형인 박 원장은 그가 다중 인격인 줄은 모르고 있었다. 준희가 잔인하고 교활하다고 오해하고 있었다.

윙—

"왜?"

박 원장이었다. 그의 쌍둥이 형이자 준수와는 전혀 다른 삶을 살고 있는 진짜 준수. 박 원장이었다.

[준희 너 어디야?]

"어디긴. 가고 있지?"

[윤정이는?]

"같이 있어. 하지만 넌 오늘 오면 안 돼. 한승빈이 너만 노리고 있을 테니까."

[한승빈은 날 어쩌지 못해. 난 완벽한 알리바이가 있으니까. 그

리고 일단은 죽이지 마. 수조에 넣을 때는 내가 있어야 하고, 넣기 바로 전에 처리해야 하니까.]

"알았어."

짜증이 나는 준희였다.

"나한테 명령하지 마. 짜증나니까."

그는 전화를 끊어 버렸다. 빨리 아름답게 변신한 윤정을 보고 싶었다. 그런데 참으라니. 기가 막힐 노릇이었다. 언제나 이런 식이었다. 어머니가 재혼을 하면서 쌍둥이는 서로를 의지하게 되었다. 천재이지만 몸이 약한 박 원장과 머리는 나쁘지만 싸움을 잘한 준희는 윤정을 만나기 전까지는 둘도 없는 친구이자 형제였다.

그런데 윤정은 둘이 나눠 가질 수 있는 존재가 아니었다. 그래서 그들은 윤정을 죽을 때까지 곁에 두고 보는 데 합의했다.

준희는 어느 날인가부터 자신이 박 원장이라고 생각하기 시작했다. 의사로서 멋진 삶을 살아가는 준수가 부러웠고 다른 쌍둥이들에 비해 너무나 닮은 그들은 서로를 볼 때마다 거울을 보는 느낌이었다.

그가 새아버지를 죽지 않을 만큼 때린 그날도, 박 원장은 그와 함께 있었다. 물론 이번에 재욱을 죽일 때나 윤정의 엄마를 죽일 때도 박 원장은 그와 함께 있었다.

박 원장의 생각이 그의 생각이었다. 그들은 하나의 목표 때문에 똘똘 뭉쳐 있었다.

"김윤정……."

그가 태어나서 처음으로 욕심을 낸 여자였다. 그건 박 원장도 마찬가지였다. 자신의 집으로 돌아온 그는 가방을 끌고 방으로 들어갔다. 그가 직접 서울 외곽에 집을 지었다. 높은 담장에 작은 집이지만 그 안에서 무슨 일이 일어나는지 사람들은 알지 못했다.

이웃 주민들은 그가 누군지도 모르고 있었다. 가방을 가지고 집으로 들어온 그는 윤정을 가방에서 빼내고는 작은 방에 가두었다. 사방이 막힌 깜깜한 방이 무서울까 그는 포르말린이 가득 담긴 수조의 조명을 켜 주었다.

"조금만 기다려."

그는 쓰러져 있는 윤정의 머리를 쓰다듬고는 방을 나왔다. 다른 놈들 같으면 윤정을 섹스의 대상으로 삼겠지만 그들에게 윤정은 신적인 존재였다. 살아 있는 엔젤이 딱 맞는 말이었다.


"어떻게 된 거예요?"

설희가 얼굴이 사색이 되어 승빈에게 물었다. 윤정이 사라진 사실을 뒤늦게 알게 된 설희였다.

"아니죠……?"

어머니를 잃은 설희가 이번엔 동생마저 납치가 되고 나니 거의 정신이 나간 상태였다.

"아니지?"

차 대표가 옆에서 그에게 물었다.

"……맞아."

"한승빈!"

"잠깐만 기다려 봐. 이 밤이 지나기 전에 반드시 찾아낼 거니까."

시간이 오래 걸릴수록 불리한 게 납치였다. 골든타임이라는 게 있었다. 윤정의 목숨을 구하기 위해선 오늘이 최선이었다. 승빈은 일단 박 원장의 뒤에 자신의 부하를 붙였다. 그리고 그가 아끼는 경호원 하나를 긴급으로 재욱의 시골로 보냈다.

지난번 화장터에서 이상한 소리를 들었기 때문이었다. 박 원장이 쌍둥이라는 이야기를 들은 것 같았다. 준희라고 했던가? 왠지 그게 마음에 걸렸다. 이건 촉이었다. 지금은 다른 어떤 것보다 그의 촉이 더 중요한 상황이었다.

"기다려 봐."

그는 마지막으로 박 원장을 보기로 했다. 지금 상황에선 달리 방법이 없었다. 승빈은 차를 타고 박 원장의 집인 주상복합 아파트 주차장에 차를 세운 뒤 주차장에서 차를 세우는 박 원장을 마주치게 되었다.

"박준수 원장님!"

"……."

박 원장의 그를 무시하고 안으로 들어가려고 했다.

"박준수!"

박 원장이 걸음을 멈추었다. 그리고는 그를 바라보았다. 검은 슈트는 저녁에 보았던 모습 그대로였다.

"어디 다녀오십니까?"

"여자한테 바람맞고 남자들이 가는 곳은 정해져 있죠."

"그런가요?"

박 원장의 말대로 그에게선 와인향이 났다.

"워, 워, 대리기사가 운전했으니 그런 눈으로 보지 마십시오."

"아닙니다. 봤으니까요."

"절 미행하십니까?"

"필요하다면."

"바람맞은 게 자랑은 아니지만 죄도 아니지 않습니까?"

박 원장은 짜증이 난다는 투로 말했다.

"쌍둥이 동생은 지금 어디에 있습니까?"

"……."

그가 쌍둥이 동생이라고 하자 박 원장의 표정이 눈에 띄게 달라졌다.

"전 외아들입니다. 물론 어머니가 재혼하셔서 남동생이 하나 더 있지만 지금 인연을 끊고 삽니다."

"아……."

딱 걸린 느낌이었다. 뭔가가 있었다. 뭘까?

승빈은 이것저것 따질 상황이 아니란 걸 알았다.

"제 여자가 사라졌습니다."

"제 여자?"

이번엔 얼굴도 붉어졌다.

"네, 제 여자요. 다 보시지 않았습니까? 우리들의 은밀한 사생활을 말이죠."

"하하하, 제가 왜 남의 사생활을 봅니까? 그리고 이런 이상한 질문을 계속한다면 들어가겠습니다."

"뭐, 들어가실 수 있으시면."

승빈은 박 원장이란 확신이 들었고 자신의 경호원 생명을 걸고 박 원장을 데려갈 생각이었다.

"뭐야?"

그가 돌아서자 그를 빙 둘러 경호원들이 막아섰다.

"보호하려고."

"경비원을 부르겠어!"

"이때 정답은 '경찰을 부르겠어.'야. 경찰을 부르면 안 되는 이유라도 있나?"

승빈의 말에 박 원장은 답을 하지 않았고 경호원들이 재빠르게 박 원장을 차에 태웠다.

"회사로 가자."

일단 모든 게 갖추어진 회사로 갈 예정이었다. 또 재욱의 고향으로 내려간 경호원과도 연락이 닿아야 하기 때문이었다.

오랜만에 회사에 들어선 승빈이었다. 특전사 출신의 특수 경호원이 50명이 넘었고 일반 경호 인원이 200명이 넘는, 국내에서 제일 큰 경호업체의 사장이 그였다. 그의 회사 사옥도 10층이 넘는 빌딩이었다.

주로 경호 훈련을 위한 단련실이 많았지만 8층과 9층은 정보수집을 하는 브레인들의 집결체였다. 그가 성공할 수 있었던 유일한 이유는 성실함과 실력이었다.

고객 만족도 1위인 그의 경호업체에 일반인이 들어온 건 처음이었다. 물론 고객들을 제외하고 말이다.

건물의 8층 정보실로 간 승빈은 박 원장을 대형 컴퓨터 모니터 앞에 데려다 놓았다.

"잘 봐. 띄워."

모니터에는 박 원장의 개인 기록이 떴다.

"신기하지? 오늘 짧은 시간 동안 찾은 거야. 내일이면 다 찾을 것 같지 않아?"

약간의 거짓말을 했다. 이 자료는 몇 달간에 걸친 수집의 결과였다. 개인정보 보호가 우선이기 때문에 개인의 정보를 캐는 건 그들이라고 할지라도 어려웠다. 지금은 자신이 가지고 있는 정보의 진실성보다 박 원장을 겁먹게 만드는 게 우선이었다.

꼭 그래야 했다. 그에겐 시간이 없었다.

"왜 이렇게 똥줄이 탄다는 느낌이 들까?"

박 원장이 그를 보며 비릿한 미소를 지었다.

"결혼할 여자가 납치됐는데 속이 상하지 않겠어?"

"누가 결혼을 한다고……"

아직까지 여유가 있었다. 의자에 다리를 꼬고 앉아 그를 보고 있었다.

"까 봐."

그의 말에 경호원들이 그의 옷 소매를 걷어 올렸다.

"뒷감당은 할 수 있겠어? 경호원 양반?"

"그럼."

그의 오른팔에 칼자국이 있었다.

"양손잡이였어?"

"그게 무슨 문제라도? 나의 고상하지 못한 취미가 또 약점이 되나?"

"아니, 증거가 돼. 네가 광대탈을 쓰고 윤정의 어머니를 찌르는 걸 윤정이 봤어."

"잘못 본 걸 수도 있지."

아직까지 움직이지 않았다. 그냥은 안 될 것 같았다. 승빈이 급하지 박 원장의 급한 건 아니었다.

"동생이 어디에 있는지만 말해."

"난 동생이 없다고 말했을 텐데?"

"다 나가!"

다른 사람들에게 피해를 줄 수는 없었다. 그래도 지금은 윤정을 찾는 게 우선이었다. 그가 재킷을 벗었다.

"이렇게 사람을 때린 적은 한 번도 없었는데 말이야."

"그래 봐야 나올 게 없어."

"그렇게 될까? 아마 몇 대 맞으면 없던 말도 지어내고 싶어질 거야."

퍽!

숨도 쉴 틈을 주지 않고 가차 없이 박 원장을 추궁하기 시작했다. 윤정이 살아 있기를 바라면서 말이다.

"대장님!"

박 원장을 몇 대 치지도 않았는데 부하가 들어왔다.

"연락이 왔습니다. 이거……."

핸드폰으로 찍은 사진이었다. 어릴 때 박 원장의 사진이었다. 사진 안에는 마치 심령사진처럼 똑같은 박 원장이 둘이 있었다.

"무섭게 닮았습니다."

입이 다물어지지 않을 정도로 박 원장과 쌍둥이는 똑같았다.

"지난번에 진료를 봤던 게 박 원장이 아니라, 쌍둥이였어."

"……."

"미쳤군, 의료법 위반이야. 너희들은 장난으로 바꿀 수 있어도 환자들은 그게 아니지."

"……."

"전과도 있습니다. 폭력성이 굉장해서 동네에서도 내놓은 모양입니다. 새아버지를 때려서 거의 사망 직전까지 만들어서 수감되었다고 하더군요. 주먹이 상당히 세다고 합니다."

"가지가지 하는군."

"지금 살고 있는 곳 주소는?"

"그건 동네 주민들도 모르는 것 같다고 합니다."

박 원장은 입에 피를 흘리며 훈련장 바닥에 널브러져 있었다.

"전과자 동생을 가진 게 죄야?"

"아니, 전과자 동생과 같이 죄를 지으니 문제지. 우리 다시 한

번 얘기하자. 강도가 세질 거야. 내가 시간이 없거든. 주소를 불던지 이빨을 몽땅 임플란트로 바꾸던지. 참고로 내가 너 임플란트로 싹 갈아 줄 만큼 재력도 되거든."

퍽!

또 한 차례 비명소리가 단련실을 울리고 있었다.


"아……."

머리가 너무 아팠다. 눈을 떠 보니 이상한 방에 누워 있었다. 대형수조 앞에 그녀는 덩그러니 누워 있었다. 이 방은 이상했다. 아무것도 없이 소파 하나와 대형수조가 다였다. 그리고 방 안에는 병원 냄새가 가득했다.

그녀가 납치될 때 맡았던 마취제 때문에 계속해서 나는 건지 아니면 이곳이 병원인지 구분이 가지 않았다.

"아……. 아파."

머리가 깨질 듯이 아팠다. 방에는 창문도 없었다. 그저 문 하나가 전부였다.

"뭐지?"

순간 윤정은 고민이 많아졌다. 소리를 질러야 하나 조용히 도망을 쳐야 하나. 윤정은 머리를 굴려 보았지만 뾰족한 방법 없이 머리만 아파 왔다.

찰칵!

눈이 열리고 빛이 들어왔다. 그녀는 눈을 동그랗게 뜨고 방으로 들어오는 남자를 보았다.

"박 원장님?"

"아니."

"아니긴요, 박 원장님이신데요."

그래도 아이러니하게 아는 얼굴이라서 다행이라는 생각이 들었다. 전혀 모르는 얼굴이라면 더 무서웠을 텐데 말이다.

"마셔요."

"네?"

박 원장은 아주 선한 얼굴이었다. 웃으며 그녀에게 생수병을 건넸다. 윤정은 물을 벌컥벌컥 마셨다. 박 원장은 소파에 앉아서 그녀를 보았다.

"난 박준희예요."

"네?"

"알아야 할 것 같아서요. 난 준희도 됐다가 준수도 되고 박 원장도 되죠."

무슨 말을 하는 건지 알 수 없었다. 검은 티를 입은 그가 팔을 걷어 올렸다. 윤정의 두 눈에는 오른팔에 그어진 선명한 칼자국들이 보였다.

"당신……."

그가 습관처럼 걷어 올렸던 팔을 얼른 감추었다.

"무섭죠? 이건 준수가 그런 거예요. 난 준수가 싫어요. 박 원장도 싫어요. 준수는 잔인하고 박 원장은 비열해요. 다 준수를 시키거든요."

"당신은요?"

"난 그냥 병신 쪼다예요. 준수가 그랬어요. 너 때문에 자기가 고생이 많다고 말이에요."

"아……."

다중 인격인 것 같았다. 그가 박 원장인지 아닌지는 자신이 없었다.

"준수가 사람도 죽였나요?"

"그건 비밀이에요."

"광대탈이 집에 있나요?"

"바보, 그건 한 번 쓰고 버려요."

"어디다가 버렸어요?"

"집에."

"여기?"

"네."

준희는 그녀에게 솔직하게 말하고 있었다.

"왜 우리 엄마를 죽였데요?"

"그건 아주 얘기치 않은 사고라고 했어요."

"사고?"

"원래는 윤정이 당신을 죽이려고 했는데 순간적으로 칼로 죽이면 안 된다는 생각이 들었다고 하더라고요. 저기 넣으려면 상처가 나면 안 돼요."

윤정의 눈이 너무 놀라 튀어나올 정도로 커졌다.

"설마……."

"준수, 박 원장 둘 다 당신이 좋데요. 나도 좋아요."

"……."

윤정은 눈을 들어 다시 한 번 푸른빛의 수조를 보았다. 그녀를 저 포르말린 수조에 넣으려고 했다. 인간 표본을 만들려는 생각인 것이다. 끔찍했다.

넋을 놓고 수조를 보고 있는 동안 준희는 갑자기 머리를 감싸 쥐었다.

"왜 그래요?"

"머리가 아파."

문은 열려 있고 도망칠 기회였다. 그녀는 뒤도 돌아보지 않고 뛰기 시작했다. 제발 나갈 수만 있다면 얼마나 좋을까? 승빈이 이번에도 지켜 줄까? 윤정은 승빈을 생각하며 달리기 시작했다.

숨이 턱에 차올랐다. 제발 승빈 씨······.

"헉헉헉······."

현관문이 보였다.

덩컹덜컹!

문을 흔들었다. 하지만 문이 열리지 않았다. 안에서 비밀번호를
눌러야 열리게 되어 있었다.

"아악! 제발······."

"안 열려."

소름 끼치게 차분한 음성이 뒤에서 들렸다. 아까 준희와는 다른
표정의 남자가 서 있었다. 같지만 결코 같다고 할 수 없는 사람이
었다.

"진정해. 시끄러우니까."

덜컹덜컹!

아무리 흔들어도 문은 꿈쩍을 안 했다.

"그리고 내가 말했지, 몸에 상처 나는 거 싫다고."

그녀는 자리에 풀썩 주저앉았다.

"재욱 씨는······ 왜 죽인 건가요?"

"알지 말아야 할 걸 알아서."

"왜 그렇게 사람들을 쉽게 죽이죠?"

"쉽지 않아. 생각하고 또 생각하고 계획해서 죽이지."

"날 죽이면 사람들이 금방 알 거예요."

"알아, 그런데 그냥 보고 싶어. 네가 저 안에 들어가 있는 걸."

"그걸 보기 위해 죽여요?"

"들키면 내가 감옥에 가기로 했어. 박 원장은 한 게 없으니까. 다들 내가 죽였고 또 윤정이도 내가 죽일 거니까."

그는 일반인의 상식으론 이해가 가지 않는 말만 했다. 박 원장과 준수는 같은 사람이었다.

"둘은 같은 사람이에요."

"아니, 우린 쌍둥이야. 아주 드물게 완벽하게 외형이 같은 일란성이지. 우린 키도 같아."

그는 편안하게 말을 이어 가고 있었다.

"날 죽일 건가요?"

"응."

"언제요?"

"박 원장이 와야 해."

"왜요?"

"약을 먹일지 목을 조를지 아직 결정하지 못했거든."

어이가 없었다. 뭐 이런 인간이 다 있나 하는 생각도 들었다. 하지만 박 원장이 올 때까지는 시간이 있었다. 제발 늦게 오기를 바라는 마음이었다.

"밥 먹자."

"……."

"내가 배고파. 조금 있으면 힘도 써야 하고."

태어나서 진정한 사이코는 처음 보는 윤정은 저절로 눈에서 눈물이 흘렀다.

"맨밥하고 3분 요리뿐이니까 윤정이가 골라."

"……."

"싫으면 방에 들어가고."

방에 들어가서 포르말린이 가득한 수조를 보는 건 싫었다. 준수라는 사람은 겉보기완 달리 거친 사람이었다. 그가 물을 냄비에 받아 끓였다.

"사람을 죽이는 건 나쁜 일이에요."

"사람 죽여 봤어?"

"……."

"사람을 만드는 건 신이고 사람을 죽이는 것도 신이지? 난 사람을 죽이는 신이야. 그런데 무슨 나쁜 일이야? 그냥 내 일이지."

아주 비논리적인 이야기를 자신 있게 하고 있었다.

"신?"

"난 신이야. 보여 줄까?"

"아뇨."

죽더라도 지금은 아니었다. 윤정은 기회를 살피며 남자의 비위를 맞추고 있었다.

## 10. 의도치 않은 복수

바닥에 쓰러진 박 원장이나 거친 숨을 몰아쉬며 그를 추궁하고 있는 승빈이나, 모두 지치긴 마찬가지였다. 박 원장의 입에서 쌍둥이 동생의 집을 알아내기란 그리 쉬운 일이 아니었다. 시간은 자꾸만 가고 있는데 그는 윤정의 생사조차 모르고 있었다.

지나친 자만심이 윤정을 위험하게 만들었다. 절대로 윤정을 놓치지 않을 거란 생각은 오만이자 착각이었다. 한 번도 경호에서 실수를 한 적이 없는 그였다. 그의 회사가 승승장구한 이유는 그동안 큰 실수가 없었기 때문이었다.

"일어나!"

그는 다시 한 번 거칠게 박 원장을 몰아치고 있었다.

"대장님! 위치 알아냈습니다."

"뭐?"

"의정부의 한 주택입니다."

"어떻게 알았어?"

"호텔 CCTV 영상을 모두 넘겨받아 분석하던 중 수상한 장면이 포착되었습니다."

"무슨 장면?"

"캐리어에서 여자가 나오는 장면이요."

"여자?"

"캐리어에서 나온 여자는 레스토랑에서 김윤정 씨와 화장실에 들어갔던 여자입니다. 다른 일당들이 화장실에서 대기하고 있다가 윤정 씨와 여자를 각각의 가방에 넣고 빼돌린 거라 예상됩니다."

"그래서?"

"수상한 가방을 따라 찾던 중에 윤정 씨가 들었을 거라고 추측이 되는 캐리어를 실은 차를 발견했고 CCTV와 경찰청의 도움을 받아 의정부의 변두리까지 추적할 수 있었습니다."

경호원의 말에 박 원장의 표정이 사색이 되었다.

"맞는 것 같군."

"알았어. 이 자식도 차에 태워."

승빈은 자신의 부하들을 이끌고 의정부로 향했다.

"윤정아……."

"무사하실 겁니다."

서 경호원이 그의 눈치를 보며 말했다.

"못 찾아. 윽!"

박 원장의 한마디에 서 경호원이 박 원장의 복부를 가격했다.

"네들이 이러고도 무사할 줄 알아?"

"우린 무사할 거야. 너도 윤정이가 손끝 하나 다치지 않는 걸 기도해야 할 거고."

영화의 한 장면처럼 검은 차량 수십 대가 한꺼번에 이동하고 있었다.

"안녕하십니까?"

처음으로 어르신에게 전화를 걸었다.

"제가 결혼할 여자가 납치당했습니다. 지난번에 저에게 말씀하셨던 거 한 번만 부탁드립니다."

[그래서, 무사한가?]

"무사하길 바라야 할 겁니다."

[흥분한 모습은 처음 보는군. 범인을 죽이지만 마.]

"네."

SJ회장이 양지에서 그의 아버지의 역할을 해 주시는 분이라면,

지금 이분은 음지에서 그를 도와주는 분이었다. 우리나라 조폭계의 아버지인 현 회장이었다. 그는 특성상 정치인이나 경제인들만 경호를 했는데 그 외의 인사는 현 회장이 유일했다.

현 회장에게 전화를 거는 그를 박 원장이 의식하고 있었다.

"당신의 형량이 출소 불가능한 무기징역이 나오지 않는다면 다른 방법을 미리 생각해 둔 거니까 너무 실망하지는 마."

"……."

"미리 말했어야지. 그래야 동정심이 발휘되는 거야."

승빈은 박 원장이 죽이고 싶을 만큼 미웠다.

"윤정이가 무사하기만을 기도하고 있어."

"……."

그들이 도착한 곳은 다행히 건물이 하나뿐이었다. 주변에 집들이 많으면 찾기가 어려웠을 텐데 다행히 그 위치에서는 집이 하나뿐이었다.

"저기 맞지?"

"……."

박 원장은 입을 닫았다. 승빈은 차에서 빠르게 내려 부하들에게 집 안으로 침투할 방법을 지시했다. 특수부대 출신인 그였다. 그동안은 주로 고객을 보호하는 입장이었다면 지금은 공격을 하는, 이제까지와는 반대되는 상황이었다.

새벽 시간이었다. 윤정은 거실에 있다가 다시 처음에 갇혀 있던 방 안으로 들어오게 되었다. 쭈그리고 앉아 조명에 환하게 비춰지고 있는 거대한 포르말린 수조를 보고 있었다.

"저기 들어간단 말이지……."

기가 막혔다. 평생을 오픈된 삶을 산 윤정이었다. 그런데 죽어서도 남의 눈요깃거리가 되어야 한다니 너무 서러웠다.

"죽는 거야……?"

그렇게 생각하니 못할 게 없었다. 이래 죽으나 저래 죽으나 마찬가지였다. 쭈그리고 있던 윤정은 자리에서 일어나 창문을 찾았다. 분명히 창문이 있을 것이다. 공사를 해서 막아 두기는 했지만 원래 창문을 찾을 수만 있다면…….

윤정은 자리에서 일어나 벽을 미친 듯이 손으로 더듬기 시작했다. 분명히 얇은 면이 있을 것이다. 그렇다고 밖에까지 들리게 할 수는 없으니 최대한 살살 벽을 손으로 두드렸다. 그렇게 한참을 두드리다가 그녀는 드디어 소리가 다른 부분을 찾았다.

벽면은 나무인 것 같았다. 이제 창을 찾았으니 벽을 뚫을 방법을 찾아야 했다. 방 안에 있는 건 수조와 조명 그리고 소파가 전부였다. 너무나 깔끔하게 정돈된 방이었다. 순간 좌절감을 느낀 윤정은 자리에 털썩 주저앉았다.

"이대로 무너지면 안 돼. 포기하지 마, 김윤정."

스스로에게 희망을 주어 보았지만 뾰족한 방법이 없었다.

"승빈 씨……. 이럴 줄 알았으면 그때 사랑한다고 말할걸. 자존심이 상하더라도 먼저 말하는 건데……."

지금 이 순간 살고 싶은 마음보다 승빈에게 고백하지 못한 게 더 아쉽다는 생각이 들었다. 윤정은 방법을 다르게 바꾸었다. 남자가 이 방에서 그녀를 죽이진 않을 것 같았다. 윤정은 수조의 조명 장식 중에서 송곳같이 날카로운 부분을 힘겹게 떼어 내서는 옷 속에 감추었다.

마지막에 사용할 무기로 말이다. 여형사의 대본에 범인에게 납치가 된 여자가 범인의 허벅지를 찌르고 도망가는 장면이 있었다.

물론 그 역할은 아니었지만 지금 이 순간과 같이 위급한 장면이었다.

"연기라고 생각하자."

윤정은 그렇게 생각하며 소매 안쪽에 날카로운 도구를 숨겼다. 그리고 방 안에 쭈그리고 앉아 남자가 들어오길 기다렸다.

덜컥!

문이 열리더니 남자가 들어왔다. 어두운 방 안에 시계도 없으니 시간이 몇 신지도 모르고 얼마나 흘렀는지도 몰랐다.

"무슨 일이죠?"

"그냥 잠이 안 와서……."

"왜요?"

"윤정이가 옆에 있는데 잠이 오겠어?"

그의 다정한 말투에 소름이 돋았다. 그가 윤정의 앞에 쭈그리고 앉더니 그녀의 얼굴을 손가락으로 들어 올렸다.

"예쁘게 생겼어……. 정말 날개가 있는 건 아니지?"

미친놈이 따로 없었다. 그가 손가락을 그녀의 얼굴선을 따라 이동시키고 있었다.

"카메라로 봤어. 한승빈이랑 침대에서 뒹구는 거."

"……."

"좋았어?"

그는 분명히 그녀를 성적인 대상으로 생각하지 않는다고 했다.

"왜 물어보는 거죠?"

"나 말고 다른 사람이랑 하는 게 싫었으니까."

"그래서 결심한 건가요?"

"아니, 이건 그전부터 생각했어."

그가 고갯짓으로 수조를 가리켰다.

"날 그냥 옆에 두면 되는 거 아니에요?"

"늙잖아. 윤정이가 늙는 건 상상하기 싫어. 가장 아름다운 윤정이를 간직하고 싶어."

"당분간은 늙지 않아요."

"아니, 하루라도 젊은 게 좋아. 오늘도 아까운데, 병신 같은 박 원장이 기다리라고 해서……. 자기가 와서 넣어야 예쁘게 넣는다고 했어. 항상 잘난 척이야."

"언제 오는데요?"

"아침에 올 거야."

"병원 문 안 열고요?"

"열지. 오늘은 오전 진료 없어."

그럼 아직 아침이 아니란 소리였다.

"안 자요?"

"윤정이가 있는데 잠이 오나."

"전 자고 싶어요."

"이제 쭉 잘 텐데 뭐."

아무렇지 않게 말하는 그를 윤정이 멍하게 보았다.

"왜, 죽이고 싶어? 아니면 나 자는 동안 도망가려고?"

"여기가 어딘지도 모르는데 어떻게 도망가요? 그리고 문도 잠겨 있잖아요."

"하하하, 그렇지?"

"도망갈 방법이 없어서 못 가겠어요."

"빨리 죽고 싶지?"

"아뇨."

윤정이는 솔직하게 말했다. 죽고 싶은 사람이 어디 있겠는가?

"박 원장님은 언제나 친절하셨어요."

"멍청한 거지."

"제 팬이신 거에 감사했죠. 그런데 두 분은 약간 다르신 것 같아요."

"그래?"

"제 취향은 그쪽이 더 맞아요."

준희의 눈빛이 갑자기 반짝였다.

"전 남자다운 사람이 좋거든요. 그래서 승빈 씨가 마음에 들었던 거고요. 지금 보니 준희 씨가 더 남자다운 거 같네요. 조금 일찍 내 앞에 나타났다면 우리 사이가 더 가까워졌을 수도 있는데……."

작전을 시작할 때였다. 윤정은 그동안 갈고닦은 베테랑 연기자다운 실력으로 준희의 곁으로 가며 야릇한 눈빛을 보냈다.

"난 당신이 마음에 드는데……."

"……."

그녀의 예상치 않은 행동에 준희는 당황스러워하는 것 같았다.

"원래 이름은 준희 씨잖아요? 난 준수란 이름보다는 준희가 더좋아요."

"……."

"안 그래요?"

그녀가 그의 허벅지에 손을 가져가 부드럽게 쓸었다.

"여자 사귀어 봤어요?"

"아니."

"왜요? 이렇게 멋진데?"

"난 오랜 세월 감옥에 있었어."

"……."

갑자기 두려움이 엄습했다. 그는 박 원장과는 다르게 아주 거친 사람이었다. 교도소까지 다녀올 정도면 착한 사람은 아닌 것이다.

"새아버지를 죽지 않을 만큼 때렸지. 아주 나쁜 놈이었거든. 우린 어릴 때부터 새아버지에게 맞고 자랐어. 가죽벨트로 맞아 봤어? 아주 아파."

"……."

"그래서 그 자식보다 힘이 세질 때까지 참고 기다린 거야."

어린 시절 학대받고 자란 사람은 처음 보는 윤정이었다. 무난하게 자란 아이가 자라서 이런 일을 할 리가 없었다. 하지만 그렇다고 사람을 죽이려고 하고 또 죽인 건 용서받을 수 있는 일이 아니었다.

쾅!

갑자기 밖에서 소리가 들렸다. 문을 열려는 소리인 것 같았다.

"박 원장님 왔나 봐요."

"아니야."

"네?"

그가 갑자기 극도로 경계하는 표정을 지었다.

"박 원장은 저 문으로 안 들어와. 뒷문으로 들어오지."

"……"

마지막 기회가 찾아온 것 같았다. 그런데 윤정이 소매 속에 감춰 둔 흉기를 꺼내기도 전에 그가 윤정의 뒷덜미를 잡고는 방 밖으로 끌고 나갔다. 윤정은 혹시나 자신이 준비한 흉기가 들킬까 봐 순간 너무나 놀랐었다.

"이거 놔요."

"닥쳐!"

쾅!

이번엔 문에서 요란하게 소리가 났다. 그러다가 잠잠해졌다. 누군가 그녀를 구하러 온 게 아닌가 하는 희망이 생겼다.

"밖에 나가 보세요."

"조용히 해."

쾅!

이번에도 문을 여는 듯한 소리가 들렸다.

"안 되겠어."

"왜요?"

"여기서 나가야겠어."

듣던 중 반가운 소리였다. 하지만 누가 구하러 온 게 맞다면 그녀는 이곳에서 구출되어야 했다.

"살려 줘요. 그러면 당신의 죄도……."

"닥쳐! 이미 둘이나 죽었어. 아니 셋인가?"

엄마와 재욱 말고도 또 있는 것 같았다.

"누굴…… 또 죽였어요?"

"응."

"누구요?"

"이 집 주인."

여기에 원래 살던 사람을 죽인 모양이었다.

"왜요?"

"땅을 안 팔아서. 그러니까 내가 누구를 더 죽이든 덜 죽이든 상관이 없는 상황이야. 그냥 잡히면 무기징역인 거지. 그런데 난 감옥에 가는 게 죽기보다 싫어. 거긴 개자식들이 많거든."

인간 말종이 그녀 앞에 있었다.

쾅!

문이 열리기 직전인 것 같았다. 그는 윤정을 데리고 뒷문으로 향했다. 그런데 뒷문도 이미 사람들이 문을 열려고 했다.

"승빈 씨!"

그녀가 소리쳤다.

퍽!

주먹이 그녀의 배를 향해 날아들었다. 순간 너무 아파서 억 소리도 내지 못하고 그 자리에 주저앉아 버린 윤정이었다. 그가 괴로워하는 윤정을 질질 끌고는 지하실로 내려가려고 했다. 집에 비밀 통로가 있는 것 같았다. 좁은 계단을 내려오니 밖으로 빠져나가는 문이 있었다.

해가 조금씩 떠오를 준비를 하는지 점점 환해지고 있었다.

"빨리 안 와!"

"못 가요!"

"뭐?"

그가 갑자기 걸음을 멈추더니 윤정의 배를 다시 한 번 차고는 그녀를 어깨에 둘러맸다. 굉장히 마른 체구의 준희였지만 윤정을 단번에 어깨에 들쳐 멨다. 윤정은 너무 고통스러워 앞이 제대로 보이지 않았다.

하지만 이대로 그에게 끌려갔다가는 죽을 것만 같았다. 그래서 소매 안에 감춰 둔 흉기를 꺼냈다.

"거기 서!"

뒤쪽에서 사람들이 달려오는 소리가 들렸지만 준희도 차에 도착한 것 같았다. 윤정은 두 눈을 감고는 있는 힘을 다해서 그의 허리에 날카로운 흉기를 찔렀다. 엄마를 죽인 남자였다. 그리고 재욱도 죽이고 이제는 그녀까지 죽이려는 남자였다.

윤정은 팔에 온 힘을 실었다. 단 한 번의 기회였다. 실패하면 그 자리에서 바로 죽을 게 뻔했다.

"아악!"

그가 비명을 지르며 그녀를 바닥에 떨어뜨렸다. 순간 죽은 건 아닐까 라는 생각이 들었다. 윤정은 바닥에 떨어지면서 어깨를 다쳤지만 도망쳐야 한다는 일념으로 자리에서 벌떡 일어나 뛰기 시작했다. 그녀의 눈에 검은색 양복을 입은 남자들이 보였다.

윤정은 정신없이 앞만 보고 달려가다가 돌부리에 걸려 넘어졌다.

"악!"

"괜찮으세요?"

서 경호원이었다. 윤정은 눈물이 흘러내렸다.

"내가…… 죽인 것 같아요."

"네?"

"내가 저 남자를 죽인 것 같아요……."

윤정은 정신없이 울고 있었다.

"아뇨, 대장님이 죽일 것 같습니다."

윤정이 고개를 돌려 뒤를 보았다. 그녀의 눈에 승빈이 남자를 때리는 모습이 보였다.

"승빈 씨……!"

그녀가 승빈을 불렀다. 지금 그녀에게 필요한 건 승빈이었다. 그는 그녀의 소리를 듣지 못하는 것 같았다.

"승빈 씨!"

다시 한 번 그녀가 부르자 승빈이 윤정을 바라보았다. 그러더니 그녀를 향해 달려와 힘껏 안았다.

"미안해, 나 때문에……."

그가 울고 있었다.

"당신이 어떻게 될까 봐, 너무 무서웠어."

"아니에요……."

"아니야, 내가 놓치지만 않았어도……. 아니, 다 알면서도 범인을 유인하기 위해 윤정이를 앞에 세우지만 않았어도……."

"괜찮아요. 잡았으니까."

"아니야……."

"사랑해요. 이 말도 못하고 죽는 줄 알았어요."

경호원들이 그들만 남겨 두고 모두 준희 쪽으로 가 버렸다. 닭

살 행각을 하는 연인들 옆에 있기 싫은 것이었다.

윤정은 그렇게 말하고는 다리에 힘이 풀려 버렸다. 윤정이 주저 앉으려고 하자 승빈이 윤정을 안아 올렸다. 그의 얼굴은 고백을 받은 사람이 아니라 거절당한 사람처럼 굳어 있었다.

"승빈 씨……."

"좀 쉬어. 나도 처리할 일이 있어. 우리 이야기는 나중에 하자."

"네."

서운함이 묻어났다. 죽다 살아난 건 그년데 승빈은 차갑게 굴었 다. 경호원으로서 실수했다고 생각하는 모양이었다. 하지만 그 당 시의 상황을 보면 누구나 당할 수밖에 없는 상황이었다. 작정을 하고 덤비는데 이길 방법이 없는 것이었다.

창밖을 보니 아직도 경호원들로 어수선했다. 윤정은 자신의 피 묻은 손을 차 안에 있던 물티슈로 닦아 냈다. 의도하지 않게 엄마 를 죽인 원수의 허리에 칼을 꽂았다. 복수를 해서 기분이 좋아야 하는데 전혀 그렇지 않았다.

윤정을 자신의 차에 태운 승빈은 한참이 지나도 오지 않았다. 기다리다 지친 윤정은 그대로 잠이 들어 버렸다.


승빈은 허리에 부상을 당한 준희를 내려다보았다. 집 안에 준희 와 박 원장을 모두 데리고 들어온 승빈은 포르말린 수조를 보고 당황했다.

"설마, 내가 상상하는 걸 하려던 건 아니지?"

"……."

욕도 나오지 않았다.

"정확하게 말하는 게 좋을 거야. 윤정이를 납치하고 어머니를 죽이고, 재욱이까지 죽인 이유가 뭐야."

"……."

"말하지 않을 거야? 그러면 준희는 과다출혈로 죽겠고 박 원장은 내 손에 맞아 죽겠지."

자꾸만 포르말린 수조에 시선이 가는 승빈이었다.

"대장님."

"왜?"

"잠깐 오셔야겠는데요."

그는 준희가 탈출한 좁은 통로의 길을 서 경호원과 같이 걸었다.

"왜?"

"저기……."

통로에 작은 방이 하나 있었는데, 그곳은 위층에 있는 포르말린 수조가 있는 방과 아주 똑같은 구조였다.

"욱!"

경호원 중에 하나가 구역질을 하며 방에서 나갔다. 승빈은 태어나서 처음 보는 참혹한 광경에 할 말을 잃었다. 수조 안에 사람이 있었다. 남자는 십자로 양팔과 다리를 벌리고 있었다. 50대 정도의 남자로 체격이 아주 작았다.

"경찰에 연락해."

"네."

더 이상 그들과 같은 공기를 마시는 게 싫었다. 증거는 차고도 넘쳐 나고 있었고 그들을 법의 심판을 받게 하면 되는 것이었다.

"법의 심판이 약하다면 기다려 내가 벌 받는 게 어떤 건지 너희 둘에게 보여 줄 테니까."

그의 말에 준희와 박 원장은 고개를 들지 못했다.

"천벌이라는 게 있었으면 좋겠다는 생각을 처음 했습니다."

"나도 그래."

승빈은 한숨을 쉬며 그들이 호송차에 실려 가는 걸 보고 있었다.

"차 안에서 주무시고 계십니다."

"알았어."

그는 윤정이 무사한 것에 대한 기쁨보다는 그녀의 사랑한다는 고백이 더 좋았다. 하지만 그녀를 위험에 처하게 한 자신을 용서할 수 없어서 기쁘게 받아들이지 못했다. 이런 마음은 그녀를 볼 때마다 들 것이고 그는 괴로움에 시달릴 것 같았다.

승빈은 잠들어 있는 윤정의 얼굴을 손으로 쓸어내렸다. 그리고
는 자신도 눈을 감았다. 그녀를 차마 볼 수 없었다.

## 11. 서로를 향한 마음

"여배우 김윤정 양이 지난밤 납치되었다가 하루 만에 극적으로 구출이 되었습니다. 발견 당시 충격적인 사건이 더 있었다고 합니다. 김정훈 기자와 연결하겠습니다."

"김 기자, 김윤정 씨 발견 당시에 시체 한 구가 있었다고요?"

— 네, 그렇습니다. 경기도 의정부의 한 가정집에서 남자 시신 한 구가 발견이 되었습니다. 발견 당시, 남자는 포르말린 수조에 인간 표본처럼 담겨 있었습니다. 남자는 54세 A씨로 그의 시체가 발견이 된 집의 주인이었습니다. 그런데 이 엽기적인 행각의 주인 공이, 바로 배우 김윤정 씨의 어머니와 그녀의 매니저를 죽인 동일범들이었습니다. B씨와 C씨는 쌍둥이 형제로, 이비인후과 원장

인 B씨와 전과 4범인 C씨는 모두 김윤정 씨의 사생팬이었다고 합니다. 그래서 김윤정 씨를 납치하려고 하다가 실패하자 어머니를 죽이고 그녀의 매니저까지 죽인 겁니다.

"범인들이 범행을 자백했다고요?"

— 네, 그렇습니다. 체포 당시에 부상을 입은 범인들은 현재 병원에서 치료 중이고 범행 일체는 자백을 한 상태입니다. YBN 김정훈이었습니다.

"너무 엽기적인 사건이라 다들 놀라셨을 텐데, 이 순간 가장 걱정이 되는 건 김윤정 씨입니다. 오랜 스토킹에 시달리다가 결국엔 어머니와 매니저를 잃고, 자신마저 납치된 상황까지 갔는데 요즘 심각한 사회문제로 떠오른 스토킹에 관해 패널들과 이야기를 해 볼까 합니다……."


범인들이 잡히고 그들의 엽기적인 행각이 세상에 알려지면서 다시 한 번 언론의 집중 조명을 받은 건 윤정이었다. 윤정을 따라다니는 기자들이 예전에 비해 2배는 늘어난 것 같았다. 차 대표는 그녀에게 매니저를 둘이나 더 붙여 주었다.

설희를 제외한 2명은 건장한 체격의 남자들이었다. 말이 매니저지 승빈의 일을 대신하는 경호원들이었다.

승빈에게 부탁해서 특별 채용한 사람들이었다. 그래서인지 밴이 요즘 들어 더 북적였다.

"인건비도 인건비지만 우리는 식비에 가산을 탕진할 지경이야."

먹성 좋은 두 경호원 때문에 차 대표가 투덜거렸다.

"먹는 거 가지고 그러지 마세요. 돈은 대표님이 아니라 내가 냅니다."

윤정이 경호원들의 편을 들어 주자 시무룩해하던 경호원들의 표정이 밝아졌다.

"너네 대장은 요즘 들어 왜 이렇게 얼굴 보기가 힘들어?"

차 대표가 승빈의 이야기를 꺼내자 윤정의 표정이 굳었다. 그는 벌써 한 달째 연락이 없었다. 윤정도 이제는 포기해 버렸다. 그녀가 사랑을 고백한 후에 그는 한마디도 하지 않았다. 사랑하지도 않는 여자의 고백에 부담을 가졌을 수도 있었다.

"대장님은 요즘 아주 바쁘십니다."

"바빠?"

"들리는 소문에 따르면 혼자 위험한 일은 다 하신다고 합니다."

"왜?"

"소문엔 실연당한 게 아닌가? 라고들 하는데 대장님이 여자를 만난다는 소문은 못 들어 봤으니 아마 아닐 겁니다."

"그래?"

그들은 무심하게 이야기를 하고 있었지만 윤정은 예사롭게 들리지 않고 있었다. 승빈은 그녀를 떠났다. 차 대표가 가고 윤정과 설희는 밴을 타고 집으로 향했다.

"괜찮아?"

"어?"

"승빈 씨 안 보고 싶냐고."

"내가 왜?"

"둘이 사귄 거 아니었어?"

"아니야."

설희는 지금 차 대표와 교제 중인 것 같았다. 언니가 아직 인정하지 않고 있지만 말이다. 언니가 차 대표를 어릴 때부터 좋아한다는 걸 알았기 때문에 윤정은 축하를 아끼지 않았다.

"좋아하는 거 아니었어?"

"……."

"나는 좋아한다는 말을 하기까지 너무 오래 걸렸어. 그 말을 하고 되든 안 되든지 상관없이 마음은 편하더라."

"……."

"난 너도 행복했으면 좋겠어. 다른 건 바라지 않아."

윤정은 생각이 많았다. 촬영을 마치고 늦은 저녁, 주차장에서 내린 윤정은 오늘도 주변을 두리번거렸다. 혹시나 우연히라도 그를 만날 수 있을까 하는 생각에서였다.

"뭘 그렇게 봐?"

"차들 좀 보느라고."

"차?"

"이번에 그냥 작은 차 하나 사려고."

"왜?"

"기분이나 전환할까 해서……."

"그런 방법도 나쁘진 않지."

언니는 특별한 일이 아니면 윤정의 일에 반대하는 스타일은 아니었다.

"어머, 저기 승빈 씨네. 그 옆엔 누구야? 새인 씨 아니야?"

윤정의 고개가 절로 돌아갔다. 정말 새인과 승빈이 주차장에서 엘리베이터 쪽으로 걸어가고 있었다.

"둘이 사귀는 게 맞네. 승빈 씨 그렇게 안 봤는데 사람이 웃기는 구석이…… 윤정아!"

윤정은 저도 모르게 엘리베이터를 향해 뛰기 시작했다. 승빈은 분명히 그녀에게 새인과 사귀는 게 아니라고 했다.

"윤정아!"

언니가 부르는 소리가 들렸지만 윤정에게는 지금 승빈을 잡는 게 우선이었다.

"거기 서!"

하지만 그들의 동작이 더 빨랐다. 엘리베이터 문이 닫히는 것이었다. 윤정은 너무 열이 받아 옆에 엘리베이터를 타고 승빈이 살고 있는 층을 눌렀다.

"거짓말을 해? 내가 고백까지 했는데?"

속이 부글부글 끓어올랐다. 이런 사람을 두고 한 달이나 속을 끓인 자신이 어리석다는 생각이 들었다.

엘리베이터에서 내리자 그들은 들어가지 않고 현관 앞에 서 있었다.

"야! 한승빈!"

"……."

"너 뭐 하는 거야? 양다리 걸친 거였어? 나 좋다고 할 때는 언제고 또 저 여자야?"

"저 여자?"

새인이 기가 막힌다는 듯이 그녀를 보며 말했다. 승빈은 그저 말없이 그녀를 보고 있을 뿐이었다.

"왜 답을 못해? 그래도 미안한 마음은 있나 보지?"

윤정은 너무 화가 나서 혈압이 오르고 있었다. 이러다가 목을 잡고 뒤로 쓰러질 것 같았다.

"이봐요? 김윤정 씨!"

"왜요?"

"말이 너무 지나친 거 아니에요?"

"아뇨, 내 남자에 대한 권리 주장을 하고 있는데 뭐가 문젠가요? 여긴 왜 온 거예요?"

"……."

새인은 기가 막힌지 황당하다는 표정으로 그녀를 보았다.

"오빠, 둘이 사귀는 거야?"

"……."

승빈은 말을 하지 않고 알 수 없는 표정으로 그녀를 보았다.

"우린 사귄 거 아니었어요?"

"……."

그는 답을 하지 않고 있었다.

"아니네."

"새인아 가라."

"어?"

"내가 집은 안 된다고 가라고 했지? 널 집에 데려오면 싫어할 사람이 있다고."

"그게 김윤정이야?"

"그래."

윤정이 싫어한다는 것 정도는 아는 모양이었다. 아니면 새인을 떼어 내기 위해 한 거짓말에 그녀가 희생되었을 수도 있었다.

"새인아, 가라."

그가 엘리베이터를 잡아 새인을 내려보냈다.

"우리 관계는 이미 끝난 관계야. 그러니까 이제 그만 연락해."

"오빠."

"……."

"오빠……."

"오빠란 말 정말 듣기 싫다."

승빈이 그렇게 말을 하고는 새인을 엘리베이터 안으로 밀어 넣었다.

"오빠!"

아나운서라는 여자가 아주 질척거리고 있었다. 윤정은 새인을 매서운 눈으로 보았고 새인은 윤정을 신경도 안 쓰고 오로지 승빈에게 매달리다가 쫓겨나듯이 퇴장당했다.

"……."

그의 집 앞에 둘만 남게 되자 무거운 침묵이 흘렀다.

"들어와."

그가 문을 열고는 그녀를 들어오라고 했다.

"아뇨, 여기서 말해요."

"아니."

그가 윤정의 손목을 잡고는 안으로 끌고 들어왔다.

"아파요."

그는 신발도 벗지 않은 채 그녀를 현관과 그 사이에 가두었다.

"뭐, 뭐예요?"

"내가 지금 하려는 걸 이웃사람이 보면 좀 곤란하거든."

"뭘 하려고요?"

"이거."

그는 윤정의 얼굴을 양손으로 감싸고는 입술에 키스했다. 한 달 만에 하는 키스였다. 윤정도 고삐 풀린 망아지처럼 그의 목에 팔을 두르고 거친 키스를 되돌렸다. 너무나 참았다. 그가 그리웠다.

급하긴 승빈도 마찬가지였다. 승빈은 윤정의 입술을 문 채로 그녀를 안아 들었다. 어디로 이동하는지도 모르고 윤정은 키스하는 데만 열중했다.

와르르—

뭔가 떨어지는 소리가 나더니 그가 테이블 위에 그녀를 앉혔다.

"못 참겠어."

"저도요."

그가 그녀의 윗옷을 벗겨 냈다. 그녀의 가슴이 그대로 드러났다. 그는 으르렁거리며 그녀의 가슴에 얼굴을 묻었다. 윤정은 저도 모르게 그의 머리를 끌어안으며 신음을 내뱉었다.

"아…… 흐……."

그가 유두를 강하게 빨아들이자 마칠 것만 같았다. 이렇게 찌릿한 느낌을 줄 수 있는 건 승빈뿐이었다. 유두를 깊게 빨아들인 그는 정신없이 그녀의 가슴을 주무르고 있었다. 그도 몹시 그녀를 원하고 있었다.

그녀의 가슴을 원 없이 빤 그는 다시 그녀를 안아 들고는 이번엔 소파에 그녀를 눕혔다.

"우리 집이 너무 크다는 생각을 처음으로 했어."

"왜요?"

"침실까지 너무 멀어. 젠장!"

그의 말에 웃음이 터져 버린 윤정이었다. 하지만 그것도 잠시였다.

쫘악!

그가 그녀의 치마를 벗기고 스타킹과 팬티를 단번에 찢자 윤정은 더 이상 정신을 차릴 수가 없었다.

"어서요."

그녀는 승빈을 빨리 받아들이고 싶었다. 승빈도 더 이상은 참기 힘든지 서둘러 옷을 벗었다. 그동안 그의 몸이 그리웠던 윤정이었다.

그런 윤정을 위해 그는 눈 깜짝할 사이에 알몸이 되었다. 완벽한 몸이었다. 그는 윤정이 감상할 시간도 주지 않고 그대로 윤정의 몸 안으로 돌진했다.

퍽퍽퍽!

거칠게 몰아붙이는 소리가 거실을 울렸다. 그의 거친 숨소리와 그녀의 신음소리도 어우러졌다. 얼마 만에 섹스인지 둘은 정신을 차릴 수 없을 정도로 서로의 몸을 탐하고 있었다.

"헉헉, 미치겠어."

"아……. 저도요."

"못 참을 것 같아……. 으윽……."

그의 몸은 온통 땀으로 뒤범벅이 되어 있었다. 그의 모든 근육들이 그녀를 위해 움직이고 있었다.

"승빈 씨!"

"헉헉……. 윤정아……."

그의 입을 통해서 다시 그녀의 이름을 들을 거리고는 상상도 하지 못했었다. 그에게 차인 것 같아서 그동안 윤정의 마음고생은 이만저만이 아니었다.

스윽—

그가 자신의 페니스를 다시 한 번 밀어 넣었다. 그의 욕망은 끝이 없었고 윤정은 그런 그의 욕망이 마음에 들었다.

"윤정아……."

그가 거칠게 그녀의 이름을 부르며 자신의 분신들을 쏟아 냈다. 그리고는 그대로 윤정의 몸 위로 부서져 내렸다.

"……."

그들은 한참 동안을 그렇게 하나가 된 채로 있었다.

"왜 연락 안 했어요?"

먼저 말을 꺼낸 건 윤정이었다.

"할 수가 없었어."

그의 얼굴에 괴로움이 묻어나고 있었다.

"왜요?"

"미안해서."

"계속 안 할 생각이었어요?"

"아니."

그건 아니었다는 말에 윤정은 어느 정도 마음이 놓였다.

"뭐가 그렇게 미안했어요?"

"죽을 뻔했어."

"그건 당신 잘못이 아니에요."

"아니야. 내가 윤정이를 지키지 못했어."

"단지 그 책임감 때문에 날 만나러 오지도 않은 거예요? 내가 어떤 상태인지도 궁금하지 않았어요?"

"아니, 그건 차 대표에게 물었어."

"고맙네요."

윤정은 순간 화가 났다.

"날 안 보려고 했어……."

"그건 아니야."

"오늘 내가 이렇게 쫓아오지 않았다면 우린 오늘도 따로 지냈
겠어요."

"……"

"비켜 줄래요? 가게."

그는 꿈쩍도 하지 않았다.

"이봐요, 승빈 씨. 나와 주시죠."

하지만 승빈은 움직이지 않았다.

"끄응……"

그녀가 힘을 써 보아도 그는 움직이지 않았다.

"가라고요."

화가 난 윤정이 울기 시작했다.

"난 섹스 파트너 이상도 이하도 아닌가요? 우리 둘의 섹스가 좋
은 건 나도 인정……. 읍!"

그가 그녀의 입술에 키스를 했다.

"바보야? 내가 좋아하지도 않는 여자와 섹스를 할 정도로 한가
해 보여?"

"……."

"매일 밤 널 안고 싶어서 몇 번이나 너의 집에 가려고 했어. 자제력이 사라진 내 자신이 무서웠어. 알아?"

"……."

"너의 입술에 키스하고 싶고 너의 핑크색 유두를 먹고 싶고 네 안에 들어가고 싶어서 죽는 줄 알았어."

"그런 게 다는 아니잖아요."

"그럼 사랑하냐고 묻는 거야? 아니 사랑도 안 하는데 어떤 정신 나간 녀석이 그렇게 밤새 그 여자 때문에 잠을 못 자? 안 그래?"

"승빈 씨……."

"사랑하냐고 묻는다면, 물론이야. 처음 본 순간부터 반했어."

"난……."

"바보구나, 김윤정……."

그녀가 그의 입술에 입을 맞추었다.

"사랑해요."

"나도 사랑해."

그가 갑자기 몸을 일으켰다. 그리고는 그녀를 안아 들고는 침실로 향했다. 침대 위에 그녀를 내려놓은 승빈은 잠시 후 드레스 룸에서 뭔가를 가지고 나왔다.

"프러포즈는 아주 멋있게 하려고 했는데 성질 급한 애인 때문에 환상적인 프러포즈보다는 이게 더 나을 것 같아."

"……."

그가 붉은색 벨벳 케이스를 열자 그 안에 반짝이는 다이아 반지가 있었다. 그는 그걸 빼서 윤정의 손가락에 끼워 주며 말했다.

"나와 결혼해 주겠어?"

"네, 좋아요."

"한 번은 뜸을 들여야 하지 않아?"

"알몸의 남자가 반지를 줄 때는 급하게 받는 거예요. 다음에 할 일을 위해서……."

"야해."

승빈이 반지 케이스를 옆으로 던지고는 그녀에게로 달려들었다.

"다음에 할 일을 할까?"

"좋아요. 전 언제나 예스예요."

그가 그녀의 입술을 거칠게 물었다. 한 달 동안은 어떻게 참았는지 그는 폭탄이 폭발할 것처럼 강하게 그녀에게 달려들었다. 윤정의 입술이 얼얼할 정도로 그의 키스는 거칠었다. 승빈은 이성의 끈을 놓은 것 같았다.

"어떻게 참았을까?"

윤정도 알고 싶었다. 그의 손이 윤정의 가슴을 쥐자 윤정은 미칠 것 같은 짜릿함을 느꼈다. 너무 좋아서 계속해서 이렇게 만져 달라고 하고 싶었다.

"아아앙……."

그가 유두를 비틀자 저도 모르게 신음이 터져 나왔다.

"미치겠어. 츄읍츄읍."

그는 거칠게 그녀의 유두를 빨아들이며 부드러운 가슴에 얼굴을 묻었다. 그는 급하게 윤정을 차지해 가고 있었다.

"사랑해요."

"나도 사랑해."

그가 혀를 이용해서 유두를 핥았다. 그리고 손은 어느새 그녀의 여성을 감싸고 있었다.

"승빈 씨……."

그가 손가락을 이용해서 여성을 둘로 가르고 들어와 촉촉하게 젖은 질 안에 손가락을 넣었다.

"못 참겠어요."

그녀의 말에도 그는 계속해서 손가락으로만 자극했다. 그러고는 머리를 그녀의 여성으로 가져가서는 여성을 빨기 시작했다. 그의 갑작스러운 몸짓에 윤정은 몸을 활처럼 휘며 심음을 질렀다.

Rrrrrrr—

침대 옆의 전화기에 전화벨이 요란하게 울렸다.

"전화 받아요……."

"싫어."

Rrrrrr—

그가 그녀의 다리를 벌리고 자신의 페니스를 넣었다.

"아아악!"

"으윽!"

퍽퍽퍽!

Rrrrrrr—

"여보세요?"

그가 신경질적으로 전화를 받았다.

[여보세요?]

언니의 목소리였다.

"받아."

그가 전화기를 넘겼고 윤정은 얼떨결에 전화를 받았다.

"여보세요?"

[왜 안 와. 무슨 일 있어?]

"아니……."

그가 허리를 움직이기 시작했다.

"언니……."

[왜 그래?]

"흠, 아니야⋯⋯."

[아니긴, 무슨 일이야. 새인 씨랑 싸우는 거야?]

"아니야, 잠깐 이야기만 하고 갈게."

[아니 언니가 갈게.]

퍽퍽퍽!

"언니, 나 괜찮으니까 끊어."

그녀가 전화를 끊자마자 그를 째려보았다.

"왜?"

"왜라는 말이 나와요? 아주 못됐어요."

"내가 내 여자랑 섹스하는 게 잘못인가?"

못 말리는 남자였다. 그가 그녀의 몸 안 깊숙이 밀고 들어왔다. 윤정은 그의 몸짓에 미칠 것 같았다. 그렇게 그들은 한참 동안 서로의 몸을 탐하고 있었다. 그들의 밤은 뜨겁게 달아오르고 있었다.


언니가 이렇게 다채로운 표정을 지을 수 있는 사람이라는 걸 오늘 처음으로 안 윤정이었다. 설희는 윤정과 승빈을 번갈아 보고 있었다.

"그러니까 정리를 하자면⋯⋯. 새벽 2시에 자는 날 깨워서 한다는 말이, 결혼을 하시겠다고?"

"응."

"거기다가 서로 바쁘니까 혼인 신고만 하고 같이 살다가 한가해지면 결혼을 하겠다고?"

"응."

"다른 건 다 필요 없고 옷만 가지고 간다고?"

"그건 승빈 씨네 드레스 룸 공사가 끝이 나는 대로 갈 거야."

설희는 잠옷에 가운을 입고는 황당한 표정으로 앞에 앉은 커플을 멍하게 보았다.

"그러니까, 지금 결혼 승낙이 아니라 통보네."

"기분 나쁘셨다면 죄송합니다."

"넌 정확하게 6시간 전에 싸우러 가서는, 지금 결혼반지를 끼고 내 앞에 앉아 있단 말이지?"

"그래."

"하!"

설희의 표정이 아주 다채롭게 변하고 있었다.

언니도 생각이 많은 모양이었다.

"윤정아, 대표님하고 상의를 해야 하지 않을까?"

"그래야 하나?"

"당연하지."

윤정이 핸드폰을 들어 전화를 걸었다.

"야! 지금이 몇 신 줄 알고 전화야? 내일 해."

Rrrrrrr—

"내일 하라고."

분명히 차 대표의 벨소리가 집 안에서 났다.

"내일 전화해."

"벨소리가 집에서 들리지 않았어요?"

윤정은 귀를 세우고는 소리가 언니의 방에서 났다는 걸 알았다.

"소리가 분명……."

"어디서 소리가 났다고 그래? 내 벨소리야."

"언니 벨소리는 내가 아는데 왜 이러실까?"

윤정이 자리에서 일어나 언니의 방으로 가려고 하자 차 대표가 그 방에서 나왔다.

"지금 결혼을 어떻게 해? 다음 주가 영화 촬영 시작인데……."

"차주원!"

"왜? 그래 우리 사귄다."

어이가 없는 상황이었다.

"우리 결혼 먼저 하고 해."

"뭐?"

"설희 씨랑 내가 먼저 결혼할 거니까 너흰 그다음에 하라고."

"대표님……."

설희 언니도 처음 듣는 말인 것 같았다.

"어디 보자."

차 대표가 윤정의 손을 잡았다.

"뭐, 하시는 거예요?"

"이거보다 큰 거 사주려고. 왜?"

차 대표 때문에 어이가 없어진 상황이었다.

"언니, 결혼할 거야?"

"……."

"설희 씨?"

갑자기 언니가 울기 시작했다.

"언니, 왜 그래?"

"너무…… 좋아서."

윤정은 설희 언니의 마음을 너무나 잘 알았다.

"축하해."

그래서 언니를 안아 축하해 주었다.

"승빈이 너, 앞으로 날 형님이라고 불러라."

"뭐?"

두 남자들은 어린아이처럼 싸우고 있었다. 윤정은 살짝 걱정이
되었다. 과연 이 철없는 남자들과 잘 살 수 있을지 말이다.

"내일 드라마 촬영 있잖아. 7시에 일어나야 한다고."

차 대표가 시계를 보며 말했다. 그리고는 언니를 데리고 언니의 방으로 향했다. 아주 당당하게 말이다.

"어쩜 저럴 수 있죠?"

"나도 여기서 잘 거야."

승빈이 대단한 결심이라도 한 듯이 말했다.

"안 돼요."

"안 되긴."

그는 소파에 앉아서 그녀를 끌어안았다.

"내가 잘할게."

"……알았어요."

"진심이야. 지난번에 잘 못 지켰지만 평생을 살아가며 갚을게. 사랑해."

"저도 사랑해요."

그녀는 거실에 승빈과 앉아서 이런 말을 하리라고는 상상도 하지 못했다. 그녀는 정면에 보이는 엄마와 함께 찍은 가족사진을 보았다.

"장모님, 잘살겠습니다."

그가 눈치를 챘는지 엄마의 얼굴을 보며 진지하게 말했다.

"고마워요."

"앞으로는 고마워할 일이 더 많을 거야."

그가 다시 한 번 그녀의 어깨를 감싸 안았다. 그의 따뜻한 체온을 느끼며 윤정은 엄마의 사진을 보며 말했다.

"엄마, 잘살게요. 이제 편히 가세요."

이런 말을 할 수 있다는 게 꿈만 같았다. 윤정은 눈물을 꾹 참으며 그의 가슴에 머리를 기댔다.

## 12. 행복으로 가는 길

크리스마스이브에 왁자지껄한 쫑파티가 열리고 있었다. 삼겹살 집 하나를 빌려 200명이 넘는 스텝들이 모인 가운데 드라마 종방 파티를 하고 있었다.

"자자, 여러분 그동안 고생하셨습니다."

감독이 자리에서 일어나 한마디를 했다.

"우리가 역대 종편 최고의 시청률을 갈아 치울 수 있었던 건 다 여러분들의 노고가 컸기 때문입니다."

박수 소리가 우렁차게 들리고 있었다.

"특히 우리 김윤정 배우에게 이 영광을 돌리고 싶습니다. 어려운 일이 많았는데도 끝까지 '강력팀'을 이끄는 견인차 역할을 했습니다. 우리 김윤정 배우에게도 박수!"

윤정은 갑작스러운 감독의 말에 눈물을 글썽이며 자리에서 일어나 인사를 했다.

"감사해요."

더 이상은 눈물이 나와서 말을 잇지 못한 윤정이었다.

"미쳤나 봐. 왜 눈물이 나오지?"

윤정은 옆에 앉은 동료배우 수진을 보며 말했다.

"윤정이 수고했다."

"감사합니다. 선배님."

윤정은 이렇게 기분이 좋은 적이 없었다. 하지만 다 즐거울 수는 없는 법이었다. 감독의 옆에 앉아서 못마땅한 시선으로 윤정을 보고 있는 성민이었다.

아마 그의 약점을 윤정이 잡고 있다는 생각에서 그런 것 같았다.

하지만 성민은 승빈의 아버지였다. 그래서 모른 척할 수만은 없는 사람이었다.

"윤정 씨!"

감독이 윤정이 있는 자리로 왔다.

"감독님. 앉으세요."

"고생 많았어."

"감독님이 더 고생하셨어요."

"이번 연말 시상식은 윤정 씨가 휩쓸 것 같아. 이전 작품도 시청률이 좋았잖아."

"감사합니다."

"그래서 말인데……."

감독이 뜸을 들이고 있었다.

"내 다음 작품에도 출연해 주면 안 될까?"

"당연히 되죠. 지나가는 엑스트라도 좋아요."

윤정의 말에 감독은 감동을 받은 눈치였다.

"야, 우리 감독님 우시겠네."

옆에 앉은 동료 배우가 놀렸지만 감독은 정말로 감동을 받은 눈치였다. 김윤정은 누가 뭐래도 대한민국의 섭외순위 1위인 배우였다. 기분이 마냥 좋아야 하는 자리인데 윤정은 100% 기분이 좋지만은 않았다.

크리스마스이브에 승빈과 보내기로 모든 걸 다 예약하고 기다리고 있었는데 승빈이 갑자기 대통령 경호를 맡게 돼서 함께 하지 못하게 되었다.

술을 안 마시다가 마시다 보니 취기가 금방 올라오는 것 같았다.

"선배님…… 저 먼저……."

혀도 꼬인 상황까지 되어 버렸다. 더 이상 있다가는 실수를 할 것 같아서 윤정은 자리에서 일어나려고 했다. 그런데 그때 시끌벅적하던 식당이 일순간에 조용해졌다.

"뭐야?"

"이벤트하려나?"

"누구야? 부럽게……."

난리도 아니었지만 윤정의 신경은 오로지 비틀거리지 않고 언니가 기다리고 있는 밴까지 무사히 가는 것이었다.

"어? 의자가 움직이네."

기분이 너무 좋다 보니 취할 때까지 마셔 버렸다

"그래도 기분 좋다."

혼자서 중얼거리며 윤정은 자리에서 조심스럽게 일어났다.

"후……. 전진."

이제 문까지만 가면 된다. 그런데 그녀 앞을 누군가 막고 섰다.

"비켜 주십시오……."

술에 취해 오락가락하는데 앞에 사람은 비켜 주려고 하지 않고 있었다.

"부탁합니다."

사람들의 웃는 소리가 들렸지만 윤정은 앞에 서 있는 남자와 계속해서 씨름 중이었다. 나쁜 인간이 비켜 주지 않고 있었다.

"아저씨!"

그녀가 제법 무섭게 말했지만 남자는 물러설 기미를 보이지 않았다.

"어떻게 할까요?"

승빈은 자기 눈으로 보고도 믿기지 않는 모습을 보고는 멍하게 보고 있었다. 크리스마스이브을 함께하지 못할 줄 알았는데 다행히 저녁시간은 의뢰인이 양해를 해 줘서 다른 경호원과 바꿀 수 있었다.

그래서 회식 자리까지 왔는데 윤정의 모습을 보고는 가만히 있을 수밖에 없었다.

"잠깐만요."

오늘 프러포즈를 하기 위해 감독님께 미리 양해를 구했고 또 나름 열심히 준비를 해 왔는데 윤정이 술에 취해 아주 비정상적인 행동을 하고 있었다.

"윤정아."

"비키시라고요!"

"윤정아!"

"비켜 주시겠습니까?"

이번엔 아주 정중했다. 자신의 앞에 있는 냉장고 앞에서 윤정은 술주정을 하고 있었다.

"윤정아 정신 좀 차려!"

"……."

승빈은 아주 난감한 상황이 되어 버렸다. 그런데 문제는 그다음부터였다.

"윤정아, 나야……."

"오……."

여기저기 난리가 아니었다. 그가 이벤트 업체를 통해 준비한 영상이 나오고 있었다. 원래는 이 장면이 아니었는데 30분 정도 늦어 버린 게 화근인 것 같았다.

"윤정아?"

이제는 거의 사정을 하고 있었다.

"어? 이게 누구야? 사랑하는 우리 승빈 씨다……."

"맞아."

"그런데 승빈 씨, 아까부터 이 아저씨가 안 비켜 줘요."

승빈이 한숨을 쉬며 그녀의 허리를 손으로 잡고 쓰러지지 않게 지지대가 되어 주었다.

"여긴 어쩐 일이에요?"

그가 이러고 있는 덴 다 이유가 있었다.

기타를 치며 4명의 남자들이 그들을 향해 들어오고 있었다. 최

악의 상황은 면해야 하는데 걱정이었다. 사람들은 기대에 차서는 그들을 지켜보고 있었다.

"윤정아? 지금 프러포즈를 하려고 하니까, 우리 10분만 정신 차리자."

"넵."

대답은 잘하고 있었다. 그리고 겉으로 보기엔 멀쩡해 보였다.

"와!"

영상이 끝이 나고 꽃을 든 사람들이 들어와 윤정에게 꽃을 주었다.

"감사합니다. 감사합니다."

윤정은 취해서 연신 감사하다는 말을 하고 있는데 승빈은 쥐구멍이라도 들어가고 싶은 마음이었다.

"윤정아……."

이제 그가 그녀에게 프러포즈를 할 차례였다. 하지만 윤정이 고개를 숙이고 들 생각을 하지 않았다.

"후……."

그는 답답함에 머리를 쓸어 올렸다. 살면서 이렇게 당황한 적은 없었다.

"어쩌죠?"

이벤트 업체 사장이 난감해하며 그에게 물었다.

"그러니까⋯⋯."

"계속하면 되죠."

취한 줄 알았던 윤정이 그를 보고 웃었다. 그리고 안에 있는 사람들이 모두 박수를 쳤다. 모두가 한통속이었다. 그가 감독에게 미리 양해를 구한 게 일의 발단이 되었던 모양이었다.

"우리 결혼할래요?"

윤정이 그의 앞에 한쪽 다리를 세우고 앉아서 반지 케이스를 열고는 그에게 내밀었다.

"⋯⋯."

승빈은 울컥하는 마음에 입이 떨어지지가 않았다. 감정이 없는 줄 알았던 한승빈이 눈물을 흘리고 있었다.

"울어요?"

"⋯⋯."

"사랑해요. 창피하니까 빨리 승낙해 주라고요."

윤정이 그를 바라보며 말했다. 그가 반지 케이스를 받아 들자 또다시 사람들이 환호성을 질렀다.

"사람을 놀라게 하는 재주가 있어⋯⋯."

"내가 그랬어요?"

"응."

"반지 마음에 들어요?"

그가 고개를 끄덕였다.

"뽀뽀해! 뽀뽀해!"

아주 다들 난리가 아니었다.

"장난들이…… 읍!"

그가 윤정의 허리를 안고 입술을 삼켜 버렸다. 뽀뽀가 아니라 화끈한 키스를 하고 있는 그들이었다.

"오……."

장내가 들썩이고 있었지만 그들은 그렇게 한참을 서로에게 열중했다.

"멋있다!"

"축하해요."

반응도 가지가지였다.

"마음껏 드십시오, 오늘은 제가 쏩니다."

술이 더 나오고 사람들도 아주 기분 좋게 술을 마시고 있었지만 아버지의 모습은 보이지 않았다. 승빈은 괜히 마음이 그랬다. 아버지가 자초한 일이지만 어쨌든 그의 아버지였다.

"내가 따로 뵙고 인사드릴게요."

"같이 가."

윤정이 그의 마음을 읽고 그렇게 말해 줘서 정말 고마웠다. 회식 자리의 사람들은 승빈을 보고 다들 잘생겼다고 난리였다. 그의 외모는 어딜 가나 튀는 모양이었다. 승빈은 그 사실이 별로 기분 좋지 않았지만 말이다.

오랜만에 사람들과 어울려 술을 마셨다. 감독도 윤정의 칭찬을 어찌나 하는지 승빈은 기분이 좋았다. 그리고 그가 매니저인 줄 아는 스텝들은 어떻게 된 일이냐고 묻기도 했다. 그의 직업이 보디가드인 걸 말하자 다들 놀라는 눈치였다.

그리고 아주 잘 어울린다고 말해 주었다. 기분 좋게 프러포즈를 마치고 집으로 돌아가는 길에 윤정이 웃으며 그의 볼에 입을 맞추었다. 대리 운전기사가 룸미러로 힐끔거리는데도 아랑곳하지 않았다.

"언제부터 알았어?"

"들어오기 전부터요."

"반지는 또 언제 준비했고?"

"지난번에 미리 준비해 뒀는데 잘한 일이었네요. 반지 마음에 들어요?"

"응."

"다행이다."

그녀가 아름다운 눈으로 그를 올려다보았다.

"그렇게 보지 마."

"왜요?"

"들어가고 싶으니까."

그가 그녀의 귀에 속삭였다.

"야해."

"내가 좀 그렇지."

둘은 두 손을 꼭 잡고 집에 갈 때까지 놓지 않고 있었다. 집에 도착한 그들은 현관에서부터 키스를 하며 서로의 옷을 벗기기에 바빴다.

윤정은 바지를 벗다가 옷에 걸려 넘어질 뻔했고 옷을 예쁘게 못 벗는 건 승빈도 마찬가지였다.

그들이 지나가는 자리마다 마치 뱀이 허물을 벗듯이 벗은 옷들은 그대로 바닥에 던져졌다.

침대에 도착했을 땐 이미 그들은 알몸이었다.

"며칠 참았더니 죽을 것 같아."

"저도요."

이미 둘은 동거를 하고 있었다. 서로에게 너무 푹 빠져 있었고 결혼해서도 그의 집에 살 것이었기 때문에 그들은 동거를 했다.

"우리 1월 2일에 처음으로 구청에 갈까?"

"왜요?"

"혼인신고 하러."

"프러포즈를 이상하게 하시네."

"빨리 완벽한 부부이고 싶어."

"저도요."

서로의 일정 때문에 결혼식은 5월 정도로 생각하고 있었다. 하지만 주변의 시선도 있으니 혼인신고를 하자고 그가 먼저 말했었다.

"승빈 씨⋯⋯."

윤정이 끈적이게 그를 불렀다.

"왜?"

"사랑해요."

"나도 사랑해."

그의 입술이 그녀의 입술을 삼키고 있었다. 그녀의 입안은 부드러운 마시멜로 같았다. 사랑스러운 맛이 나서 그는 쉽게 윤정을 놓아줄 수가 없었다.

"그런데 정말 괜찮겠어?"

"뭐가요?"

"결혼하면 은퇴해야 하는 거 아니야?"

"왜요?"

"인기가 그만큼⋯⋯."

"인기는 결혼하지 않아도 언젠가는 사라지겠죠. 전 그냥 행복하게 살고 싶어요."

"내가 행복하게 해 줄게."

"믿어요."

그녀는 그에게 무한한 신뢰의 눈빛을 보내고 있었다. 그들의 입술이 다시 하나가 되었다. 이렇게 윤정과 함께 있으면 승빈은 행복했다. 그는 살아오면서 지금처럼 행복한 적은 없었다고 생각했다.

"사랑해."

그녀의 입술을 머금고 가슴을 만지며 그는 뜨거운 욕망에 폭발할 것 같았다. 그의 한 손은 이미 그녀의 여성을 감싸고 있었다.

"으으음……"

그녀의 신음소리가 그의 세포 하나하나를 깨우고 있었다. 그의 손가락이 이미 젖어 있는 그녀의 질 안으로 들어갔다. 질척거리는 소리가 그녀도 흥분했음을 말해 주고 있었다. 며칠간 그녀를 안지 못해서인지 그의 몸은 뜨겁다 못해서 타 버릴 것 같았다.

"아…… 흐……"

그가 손가락을 더 깊숙이 넣자 그녀가 뜨겁게 반응했다. 더 이상 참기 힘든 승빈은 자리를 잡고는 단번에 그의 페니스를 그녀

안에 넣었다.

"아악!"

여전히 좁은 윤정이었다.

"으윽!"

그도 이를 악물고는 그녀 안으로 들어가고 있었다.

퍽퍽퍽.

그가 허리를 격렬하게 움직였다. 도저히 부드럽게 할 수 없었다. 그녀의 깊은 질이 그를 미치게 만들고 있었다.

"미칠 것 같아…… 윽!"

"아흐……."

"헉헉헉……."

"더 깊이……."

그녀의 요구대로 그는 깊숙이 그의 페니스를 찔러 넣었다. 방안 가득 짙은 신음소리가 울리고 있었다. 그가 갑자기 자신의 페니스를 빼더니 그녀의 여성을 핥기 시작했다.

"아아악…… 제발……."

윤정이 그의 머리카락을 움켜쥐며 말했다.

"그만해요. 아……."

하지만 그는 지금 윤정을 먹지 않으면 죽을 것 같았다. 그녀의 맛은 천상의 맛이었다. 그녀의 여성을 혀로 가르고 그녀의 클리토리스를 빨아들인 그였다. 그녀의 작은 클리토리스는 그를 매혹시키기에 충분했다.

"아아앙……."

윤정은 뜨거운 신음을 계속해서 토해 내고 있었다.

"승빈 씨…… 어서……."

다시 그의 페니스를 넣어 달라고 윤정이 사정하고 있었다.

"지금은 안 돼."

츄읍츄읍…….

그의 혀가 그녀의 여성 전체를 빨아들이고 있었다. 이런 기분은 정말 처음이었다. 그냥 애무만으로도 승빈은 갈 것 같았다.

처음이었다. 이렇게 섹스가 황홀하다고 느낀 건 말이다.

"승빈 씨 제발……."

윤정이 몸을 비틀며 사정했고 그는 윤정의 바람대로 다시 페니스를 윤정의 질 안으로 밀어 넣었다. 그리고는 허리를 무섭게 돌리기 시작했다. 그는 지금 이성이 사라진 것 같았다.

"으으윽!"

"아아앙……."

드디어 그의 분신들이 그녀 안에 가득 채워졌다.

"난 빨리 아기를 갖고 싶어."

"저도 그래요."

"연기하는 데 지장이 있지 않을까?"

"아마도요."

"괜찮겠어?"

"아까도 말했지만 난 행복하려고 연기를 하는 거예요. 연기 때문에 우리 아기를 갖지 않는 건 싫어요."

"고마워……."

그가 윤정의 이마에 입을 맞추었다. 그들의 뜨거운 밤은 그렇게 흘러가고 있었다.


윤정은 아침부터 거울 앞에 서서 머리끝부터 발끝까지 아주 꼼꼼하게 체크를 하고 있었다. 오늘은 아주 어려운 분을 만나는 날이기 때문이었다.

"후……."

"긴장돼?"

"응, 언니."

"하긴 나라면 절대로 간다고도 하지 못했을 것 같아."

어제 갑자기 성민에게서 전화가 왔다. 처음엔 당황했지만 그래도 시아버지 되시는 분이기 때문에 만나기로 했다. 물론 승빈에게는 비밀로 했다. 승빈이 알면 절대 못 가게 할 게 뻔했기 때문이다.

"그런데 왜 갑자기 부르는 거야?"

언니도 승빈의 아버지가 누군지 알기 때문에 더 긴장하는 걸 알 았다.

"모르지."

"잘하고 와. 지난번 일은 잊어. 이제 가족인데……."

"알아."

"승빈 씨를 사랑하는 것만 생각해."

"알겠습니다."

말은 이렇게 했지만 떨리는 건 어쩔 수 없었다. 윤정은 그가 기 다리고 있는 서울호텔로 향했다.

이번엔 사람들이 많이 있는 장소니까 그나마 안심하고 갈 수 있 었다.

서울호텔에 도착하자 지난번 납치 사건이 떠올라 경호원에게 같이 올라가자고 했다.

승빈이 윤정에게 붙여 준 경호원이었다. 그녀는 자신이 나올 때까지 지켜봐 달라고 했다. 단 승빈에게는 비밀로 하고 말이 다.

"안녕하세요?"

"어, 왔구나. 앉아."

"네."

연기자들답게 각자의 마음을 잘 숨기고 있었다.

"오늘 어떤 일로 부르셨는지……."

"뭐가 그리 급해. 밥부터 먹자."

"네."

그는 자기 마음대로 요리를 주문했다.

"여긴 이게 맛있어."

승빈과는 다르게 아주 가부장적인 사람이었다. 물론 현장에서도 느끼긴 했지만 그 일이 있기 전까지는 대선배님이니까 예의를 지켰었다.

"결혼한다고?"

"이미 했습니다."

"뭐?"

"1월 2일에 혼인신고 했습니다."

유부녀가 된 지 일주일째였다.

"빠르구나."

"결정하기까지 오래 걸리지, 일단 시작을 하면 빠르게 진행하는 편입니다."

"그래?"

"네."

밥이 목구멍에 넘어가지 않았다. 말이 많을 줄 알았는데 성민은 말없이 밥을 다 비웠다.

그리고 후식으로 커피가 나오자 그때서야 성민이 입을 열었다.

"이거."

"이게 뭔가요?"

"우리 집 대대로 여자들에게 내려오는 거다. 마누라가 죽었으니 내가 가지고 있었지."

"네?"

성민은 지금 부인이 있었다.

"이건 본처에게만 주는 거다."

"하지만……."

지금 부인은 본처가 아니란 말이었다.

"승빈이 엄마가 갑자기 세상을 떠났을 때 난 모든 걸 잃은 것 같았다. 내가 사랑했던 유일한 여자가 그렇게 가 버렸으니 내 마음이 피폐해질 수밖에 없었지. 그래서…… 그러면 안 됐지만 제 어미와 많이 닮은 승빈일 곁에 두고 볼 수가 없었다."

왜 이런 말들을 하는지 이해가 되지 않았다.

"내가 승빈이에게 좋은 아버진 아니지만…… 잘 부탁한다."

"네?"

"상자 열어 봐."

그녀는 상자 안을 보고는 깜짝 놀랐다. 금으로 만든 노리개와

비녀, 그리고 쌍가락지가 있었다.

"지금은 찰 수는 없지만 가격은 어마어마한 것들이다."

"그래도 새어머니가 아시면……."

"아니 모를 거다. 네가 말하지 않는다면."

"……알겠습니다."

"그리고 그날 일은 내가 너무 미안하다."

그날 일에 대해서 성민이 진심으로 사과했다.

"정치에 관심이 있어서 그런 거고…… 처음으로 한 일이야. 그게 너라서 미안하다. 그래서 정치는 마음에서 접었다. 죽을 때까지 그냥 연기만 하려고 한다."

"아버님……."

"아버님?"

그는 그녀가 아버님이라고 부른 것에 감동을 받은 모양이었다. 그의 코끝이 빨개지며 눈에 눈물이 차오르고 있었다.

"으음…… 네가 이제 우리 집 대를 이을 아들 하나만 낳아 주면 난 더 이상 바랄 게 없다."

"저도 승빈 씨 닮은 아들은 꼭 낳고 싶어요."

"그래, 아주 멋진 녀석이 나올 것 같구나. 연기는 계속할 생각이야?"

"네……."

그때였다. 갑자기 느낌이 싸하더니 아버지의 얼굴이 굳어졌다.

"승빈이가 오는구나."

"네? 어떻게 알고……."

아무래도 경호원이 보고를 한 모양이었다. 어디서 왔는지 거친 숨소리가 그녀가 앉은 자리까지 들리고 있었다.

"헉헉헉, 가자."

승빈이 아버지를 무섭게 바라보며 그녀의 손을 잡았다.

"승빈 씨, 잠깐만요."

"빨리 나가지 않고 뭐 해!"

"승빈 씨 이러지 말고 내 얘기 좀 들어 봐요."

이번엔 그녀가 승빈을 자리에 앉혔다.

"아버지, 이건 너무하시는 거 아닙니까?"

"승빈 씨, 아버님은 사과하러 오신 거예요."

"……."

"아버님께서 우리 결혼을 축복해 주시러 오신 거라고요. 무턱대고 화부터 내지 말아요."

윤정의 말에 승빈은 흥분을 가라앉혔다.

"내가, 그러니까……."

"감사합니다. 아버지."

처음으로 아들에게 감사하다는 소리를 들은 성민의 눈가가 다시 촉촉해졌다.

"눈에 뭐가 들어갔나 보네……."

성민은 손수건으로 눈물을 빠르게 훔쳤다. 그리고 처음으로 아들의 손을 잡았다.

"미안하다."

"……."

"내가 요즘 너희들을 보면서 느끼는 게 많다. 나이가 들어서 그런가?"

"아니에요, 얼마나 멋지신데요……."

"고맙다 아가."

성민이 그녀를 아가라고 불렀다. 그렇게 들으니 이제는 그가 진짜 시아버지 같다는 생각이 들었다. 호텔에서 훈훈한 시간을 보낸 그들은 집으로 향했다.

"일 안 해요?"

"해야지."

"지금 2시라고요."

"알아."

"빨리 복귀하시죠."

"안 할 거야. 회사에 말해 두고 왔어."

"와…… 이제 가정을 책임져야 할 사람이 말이야. 이렇게 농땡이나 치고 말이야……."

쪽!

그가 신호대기 중에 그녀의 볼에 입을 맞추었다. 봐 달라는 뜻
이었다.

"정말 집으로 갈 거예요?"

"응."

"그럼, 나 한강에 가고 싶어요."

그녀의 말에 그가 한강으로 차의 방향을 돌렸다.

"이렇게 말만 하면 다 해 주는 신랑이 있으니까 너무 좋네요."

"나도 좋아."

그들은 한강에 차를 세우고 커피를 한잔씩 마셨다.

"이거 아버님이 주신 거예요."

"이게 뭔데?"

"대대로 집안의 며느리들이 받는 거래요. 어머님이 돌아가시고
나서부터는 아버님이 보관하고 계셨고, 지금은 며느리인 절 주신
거예요."

"……."

"아버님이 승빈 씨를 고모님 집에 맡기신 건…… 사랑하는 여
자와 너무 닮았기 때문이라고 하셨어요."

"……."

그는 말이 없었다. 그런데 그가 잡고 있는 그녀의 손에 묵직한 눈물방울이 떨어졌다.

"아버님은 당신을 사랑하고 있어요."

"윤정아……."

그가 윤정을 끌어안았다. 그리고 한동안 흐느껴 울었다. 그간의 아버지에 대한 원망이 눈 녹듯이 사라지는 순간이었다.

"이제부터 서로에게 잘하는 부자지간이 되었으면 해요. 옆에서 내가 도울게요."

"윤정아……."

그렇게 그들은 한동안 안고 있었다.

"우리 언니하고 차 대표님하고 같이 해돋이 보러 갈까요? 내일 바빠요?"

"아니, 내일은 일정이 없어."

"우리 가요. 새해도 됐는데 새로운 마음을 가지고 시작해야죠."

"좋아."

그가 차 대표에게 전화를 걸었다. 그리고 언니 커플과 함께 동해를 향해 출발했다. 새해에 기를 받기 위해 말이다. 모두가 행복을 향해 나아가고 있었다. 그런 그들을 세상이 축복해 주고 있는 것 같았다.

윤정은 얼굴에 미소를 가득 채우고 사랑을 담아 승빈을 보았다.

그건 승빈도 마찬가지였다. 그들은 두 손을 마주 잡았다. 앞으로 어떤 어려운 일이 있더라도 슬기롭게 사랑의 힘으로 헤쳐 나갈 것을 맹세하면서…….

에필로그

드라마 촬영 중인 윤정을 지켜보다가 설희는 조용히 골목으로 빠져나왔다. 좁은 골목을 격렬하게 뛰는 신이라서 혹시나 넘어지면 챙겨 주려고 구급상자를 가지러 밴으로 향했다.

밴 앞에는 차 대표가 누구와 전화를 하는지 정신없이 통화를 하고 있었다. 그녀에게 사귀자고 얘기를 한 후에 처음으로 마주친 두 사람이었다.

부끄러움과 민망함이 동시에 밀려왔지만 설희는 모른 척하며 밴에 올랐다.

구급상자는 뒷좌석에 있었다. 그걸 빼기 위해 설희는 밴의 뒤로 향했다.

"어디 있더라……. 아, 여기 있다."

설희는 구급상자를 빠르게 챙겨서 빠져나가려고 했다.

"설희 씨."

하지만 그녀의 바람과는 다르게 차 대표가 밴 안으로 들어왔다.

"아, 안녕하세요?"

"구급상자는 왜?"

"윤정이가 오늘 몸 쓰는 장면이 많아서요."

"그래?"

"네."

그녀가 밖으로 나가려고 하자 그가 설희의 손을 잡아 앉혔다.

"어머!"

"잠깐 앉아 봐."

"네? 그러니까 그게……. 빨리 가 봐야 해서……."

그래도 그가 손을 놓아 주지 않았다.

"내 말에 대한 답이 없어서……."

"무슨 말씀이신지……."

"어제 내가 문자를 보냈는데 말이야 아주 오글거리는 문장들을 골라서 말이야."

어제 그가 보낸 문자를 받기는 했었다. 술이 떡이 돼서 보낸 문자였다. 주어도 없고 형용사만 난무하는 문자였다. 물론 뜻을 모르는 건 아니었지만 취해서 보낸 문자니 무시해 버린 설희였다.

"내 마음은 안 받아 줄 건가?"

"……."

뭐든 장난스런 차 대표이기 때문에 설희는 그의 말을 다 진지하게 받아들일 수는 없었다.

"저 가 봐야 해요."

설희가 말을 하며 몸을 일으키려고 하는 그때 그녀를 강하게 끌어당겨 의자에 앉힌 차 대표였다.

"대표님……. 읍!"

그가 설희의 입술에 키스를 했다. 언제 사람들이 올지도 모르는 곳에서 차 대표가 겁 없는 행동을 하고 있었다.

"으으읍!"

설희는 몸을 빼려고 애를 썼지만 차 대표를 당해 낼 수가 없었다. 그의 혀가 그녀가 저항 못하게 막고 있었다. 설희는 당황하기도 했지만 그의 키스가 너무나 좋았다.

"으으음……. 대표님, 안 돼요."

"왜?"

그녀가 차 대표를 밀어냈다.

"키스도 좋고 다 좋지만 진지한 관계는 싫어요."

"뭐?"

"제 대답입니다."

그녀는 차 문을 닫고 나왔다. 다른 사람들이 볼까 겁이 났지만 차 대표에게 말을 하고 나니 속이 시원했다. 그동안은 그녀 혼자 짝사랑하던 차 대표가 관심을 보여 줘서 끌려 다니기에 바빴지만 이제는 아니었다.

차 대표가 진지한 관계를 운운하는 게 웃기는 일이었다. 설희는 차 대표의 상대가 되지 못했다. 그는 재벌이었고 설희는 아무것도 아니었기 때문이었다. 그의 말에 마냥 좋다고 따를 수 있는 관계가 아니었다.

윤정이 촬영을 하는 걸 보았다. 다행히 다치지 않아서 구급상자를 쓸 일은 없었지만 지금 그녀는 구급상자로도 치유할 수 없는 마음을 다치고 말았다. 그녀가 고백을 하긴 했어도 그건 그녀의 마음이니까 시원하기는 했다.

하지만 그다음부터 차 대표는 마치 그녀가 자기 여자인 것처럼 대하고 있었다.

그녀를 너무 쉽게 본 모양이었다. 촬영이 끝이 나고 요즘에 컨디션 난조를 보이는 윤정을 달래며 그녀는 집으로 향했다. 주차장에 도착해서 집으로 향하는데 갑자기 눈에 띄는 한 커플이 보였다.

"어머, 저기 승빈 씨네. 그 옆엔 누구야? 새인 씨 아니야?"

윤정의 고개가 절로 돌아갔다. 윤정이 승빈과 좋은 관계라고 생각했는데 아니었던 것 같았다.

"둘이 사귀는 게 맞네. 승빈 씨 그렇게 안 봤는데, 사람이 웃기는 구석이……. 윤정아!"

윤정은 엘리베이터를 향해 뛰기 시작했다. 갑작스런 돌발행동에 깜짝 놀라서 그녀도 윤정에게 뛰어가려고 했지만 누군가에게 팔을 잡힌 설희였다.

"어머!"

너무 놀란 설희가 자리에 주저앉았다. 그녀의 팔을 잡은 건 차 대표였다.

"깜짝 놀랐잖아요."

"왜 놀라."

윤정에게 일어난 일련의 사건 때문에 설희도 사람만 봐도 깜짝깜짝 놀라게 되었다.

"왜요?"

솔직하게 짜증이 난 설희였다.

"밥 먹게."

"어디서요?"

"집에서."

"대표님 집이에요?"

"응."

기가 막혔다. 차라리 초등학생을 상대하는 게 낫지 이건 아니었다. 설희는 빠른 걸음으로 집으로 향했다.

"가서 윤정이 말려 주세요."

"왜?"

"왜라뇨? 몰라서 물어요?"

"배고파."

"후……."

한숨이 절로 나왔다. 그녀가 가 봐야 하지만 배고프단 차 대표가 더 신경이 쓰이니, 문제는 그녀 자신에게 있는 것 같았다. 윤정에게 가지 않고 집으로 온 설희는 이런 자신이 이해가 가지 않았다.

"반찬이 별로 없어요."

"괜찮아."

그녀는 엄마를 닮아서 음식 솜씨도 좋았고 손도 빨랐다.

"금방 차려 드릴게요."

"응."

차 대표는 먹이를 기다리는 아기 새처럼 식탁에 앉아서 손으로 턱을 괴고는 그녀만 바라보고 있었다.

"왜요?"

"예뻐서."

"그런 말 좀 하지 마세요."

"왜? 예쁘니까 예쁘다고 하지."

정말 못 말리는 사람이었다.

"왜 여기 온 거예요?"

"설희가 고파서."

"차 대표님!"

"진심이야. 설희는 너무 내 진심을 가볍게 생각하는 것 같아."

차 대표 스스로가 가볍게 만들고 있다는 걸 모르는 것 같았다. 설희는 저녁을 마저 준비하고 있었다. 그때였다. 갑자기 차 대표가 뒤에서 그녀를 끌어안았다.

"대표님 제가 지금 칼을 들고 있거든요."

"알아."

차 대표가 그녀의 손에서 칼을 내려놓고는 설희를 안아 들었다.

"대표님."

"저녁은 나중에 먹자."

"대표님!"

"지금은 내가 죽을 판이야. 나 좀 살려 주라."

그녀가 그의 말을 이해하기도 전에 그는 설희를 안아 들고는 설희의 방으로 향했다.

"지금 뭐 하시는……. 읍!"

그가 다급하게 키스했다. 그가 뭘 원하는지 알 것 같았지만 경험이 없는 그녀로서는 지금 상황이 당황스러울 뿐이었다. 그의 입술이 그녀의 입술을 먹어 치울 것같이 강하게 밀어붙이고 있었다.

"으으음……. 하……."

차 대표는 돌아 버릴 것같이 아찔한 키스를 하고 있었다.

"어제 너무 하고 싶었어."

"……."

"키스를 한 후부터, 아니 설희의 가슴을 만진 뒤로는 하루 종일 정신 나간 놈처럼 이 생각만 해."

"대표님……."

"내가 설희를 진지하게 생각한다고 하는 건 이것 때문만은 아니야. 설희는 정말 내 이상형이야. 조용하면서 강하고 당차지……."

그가 부끄러운지 얼굴을 붉혔다.

"그러니까 너무 장난스럽다고 생각하지 마."

"윤정이가 올 거예요."

"윤정이 안 올 거다에 한 표."

"왜요?"

"승빈이가 윤정일 안 놔 줄 거야. 확신해."

그가 다시 설희의 입에 입을 맞추었다. 그리고는 정신을 차릴
사이도 없이 그녀의 옷을 모두 벗겨 버렸다. 남자 앞에서 옷을 다
벗은 적이 없어서 너무나 부끄러운 설희였다.

"난……."

"괜찮아."

뭐가 괜찮다는 건지 알 수 없었다. 하지만 그가 갑자기 옷을 다
벗고 다가오는 바람에 설희는 너무 소스라치게 놀랐다. 보기에는
잘 몰랐는데 그의 남성은 너무나 거대했다. 저걸 받아들이면 설희
는 죽을 것 같았다.

"싫어요……. 읍!"

또다시 주도권을 빼앗긴 설희는 그의 키스에 점차 빠져 들어갔
다. 그리고 마침내 그들은 하나가 되었다.

"헉헉, 처음이야?"

"……."

차 대표의 얼굴에 놀라움이 가득했다.

"처음인 사람은 처음인가요?"

"응."

"그래서 실망했어요?"

"아니, 미칠 것 같아."

그가 허리를 움직이기 시작하자 설희는 고통과 쾌락에 몸부림을 쳤다. 그리고 끝을 향해 달리던 그가 말했다.

"사랑해."

"……."

처음엔 잘못 들은 줄 알았다. 하지만 그가 계속해서 그녀에게 사랑한다고 말했다. 설희는 너무나 힘이 들어 기진맥진한 상황이었지만 그는 여기서 끝낼 생각이 없었다.

그리고 욕실에서 한 차례 더 진한 섹스를 한 그들은 그대로 침대에 쓰러졌다.

"승빈 씨, 집 전화번호 알죠?"

"왜?"

"윤정이 핸드폰은 내가 가져 왔거든요. 아까 가방도 놓고 달려가서."

설희는 전화를 걸고 후회했다.

"내 말이 맞지?"

"그러네요. 둘이 화해했나 봐요."

조금 전에 그들이 하던 걸 하는 모양이었다.

"나 할 말 있는데……."

"나중에요. 난 너무 피곤해요."

그녀는 그대로 잠이 들어 버렸다. 그런 그녀의 귓가에 차 대표가 속삭였다.

"나랑 결혼해 줄래?"

"······."

꿈을 꾸고 있는 것 같았다. 그의 품이 따뜻해서 아마도 환청이 들린 모양이었다. 설희는 새벽에 윤정이 깨울 때까지 아주 행복한 단꿈에 빠져 버렸다.

새벽 5시.

윤정은 배가 사르르 아프기 시작했다.

"자기야······."

"어······."

"나······ 배가 아파······"

"어?"

승빈이 빛의 속도로 일어나 윤정을 챙기기 시작했다. 아직 예정일까지 3주가 남은 상황이라서 아기를 맞을 준비도 되어 있지 않았다.

"어떻게 하지?"

승빈은 완전히 평정을 잃고 허둥대고 있었다. 그럴 사람이 아닌데 그의 모습에 윤정은 웃음이 터져 버렸다.

"언니한테 전화해. 그럼 언니가 알아서 해 줄 거야."

"응."

그는 빠르게 언니에게 전화를 했고 윤정은 옷을 갈아입었다. 아래층에 사는 언니는 그들이 나갈 차비를 다 끝냈을 무렵 그녀의 집으로 왔다. 차 대표도 머리에 제비집을 짓고는 올라왔다.

"나왔어?"

"나오긴 뭐가 나와."

아직 아기가 없는 차 대표와 언니였다.

"자, 천천히 출발합시다."

새벽에 부산을 떨며 도착한 병원에서 그녀는 혼자 분만실로 들어갔다. 각종 검사를 하는 동안 윤정은 아기가 잘못될까 봐 너무 걱정이었다.

"제발 건강하게만 나와……."

그녀는 자신의 배를 문지르며 마음을 안정시키고 있었다. 아기의 성별은 이미 알고 있었다. 시아버지가 어찌나 좋아하시던지 그녀는 아주 큰일을 한 기분이 들었었다.

아기의 태명은 장손이었다. 그냥 한 말이 태명이 되어 버렸다. 언니는 여자면 어떻게 하냐고 했지만 여자가 장손하면 안 되란 법이 없다며 그녀가 꿋꿋하게 고집했었다. 그런데 지금 장손이 다른 아이들보다 조금 먼저 나오려고 하고 있었다.

"장손아……. 조금 있다가 만나자."

그녀는 이렇게 말을 하고 분만실로 향했다.

"으으윽!"

그녀는 온몸에 실핏줄이 터지는 고통을 겪으며 힘을 주고 있었다.

"산모님, 아기 머리가 보여요."

"으으윽!"

"조금만 더……."

그때 승빈이 그녀의 곁으로 와서는 손을 잡아 주었다.

"괜찮아."

"으으윽……."

"내가 대신 낳을 수만 있다면……."

그가 울고 있었다. 평소엔 아주 강한 사람인데 그녀의 일엔 아주 울보였다.

"아아악!"

"으앙 으앙 으앙—"

"6시 20분 3.5kg 사내아입니다."

간호사의 말에 윤정이 물었다.

"손가락은요? 발가락은요?"

"모두 정상입니다."

걱정이 되었는데 다행이었다.

"수고했어."

그녀의 가슴에 아기를 놓아 주었다. 그리고 첫 수유를 하게 도와주었다.

"엄마, 아빠가 미남, 미녀라서 그런지 아기도 예뻐요. 원래 신생아들은 이렇게 이목구비가 뚜렷하지 않은데……."

아기는 정말 예쁘게 생겼다.

"수고했어."

"아니에요."

"밖에 어른들 와 계셔. 그리고 처형이랑 차 대표도 있고."

다들 고마운 사람들이었다.

"당신 너무 수고했어. 사랑해……."

승빈은 아기보다는 그녀에게서 눈을 떼지 못하고 있었다.

"우리 애기는 하나만 낳자. 내가 심장이 터질 것 같아서 못 보겠다. 10년은 늙은 것 같아."

그의 말에 웃음이 터진 윤정이었다. 그녀는 회복실에 있다가 병실로 향했다. 승빈은 그녀의 옆에서 끝까지 그녀를 지켜 주었다. 조용하기만 하던 그녀의 집에 이제는 웃음꽃이 필 것 같았다.

"사랑해요."

그녀는 승빈의 눈을 보며 속삭였다. 지금 승빈은 밤을 새워서 그런지 꾸벅꾸벅 졸고 있었다. 그 모습이 너무나 귀여운 윤정이었다. 사랑하는 사람과의 결실을 맺었고 이제 아기까지 생기니 책임감이 더 들었다.

잘살아야지 라는 생각이 드는 윤정이었다.

"아기의 탄생을 축하합니다."

갑자기 문이 열리더니 차 대표가 케이크에 불을 붙이고 들어왔다.

"축하합니다. 축하합니다. 장손이 탄생을 축하합니다."

"축하한다."

모두가 축복을 해 주었다. 하지만 같은 시기에 결혼을 한 언니가 아직 아기 소식이 없어서 걱정이었다. 혼자만 너무 기뻐할 수도 없는 노릇이었다.

"또 하나 기뻐할 소식이 있다."

"뭔데요?"

"우리 예쁜이가 임신 3주 차예요. 우리도 어제 알았어."

"언니……."

이번엔 윤정이 울음이 터졌다.

"축하해."

그동안 미안한 마음이었는데 이제는 아주 편했다.

"그러니까 우리 신경 쓰지 말고 마음껏 기뻐하라고."

병실에 웃음꽃이 환하게 피고 있었다. 윤정은 이 웃음꽃이 평생 가길 하늘에 기도했다. 그리고 승빈의 손을 꼭 잡았다.

『레드 라이트』 완결.